KB247965

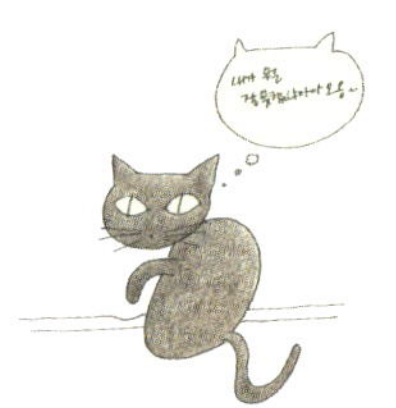

고양이가 닦달한다

글 그림
석윤영

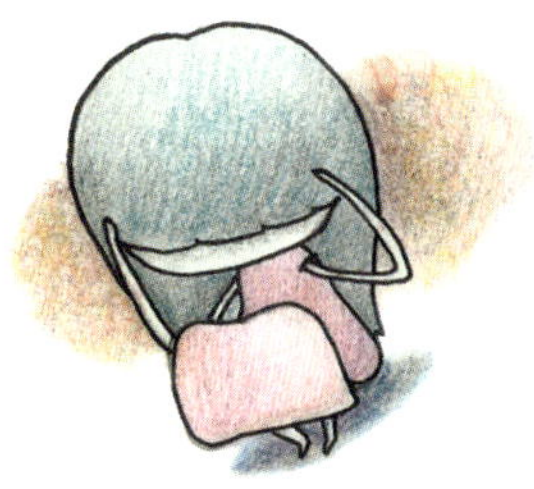

gasse・가쎄

고양이가 닦달한다

초판 1쇄 인쇄 2012년 1월 23일
초판 1쇄 발행 2012년 1월 23일

그림 글 석윤영

펴낸곳 도서출판 가쎄 [제 302-2005-00062호]

주소 서울 용산구 이촌동 302-61 jeil 201
전화 070. 7553. 1783
팩스 02. 749. 6911
인쇄 정민문화사

ISBN 978-89-93489-18-7

값 13800원

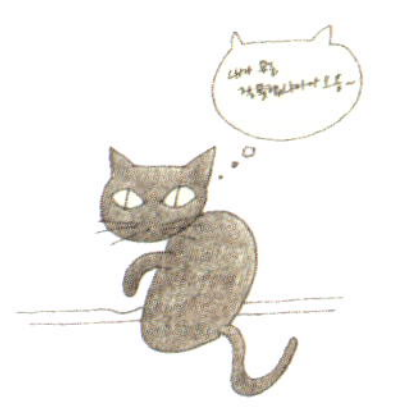

고양이가 닦달한다

글 그림
석윤영

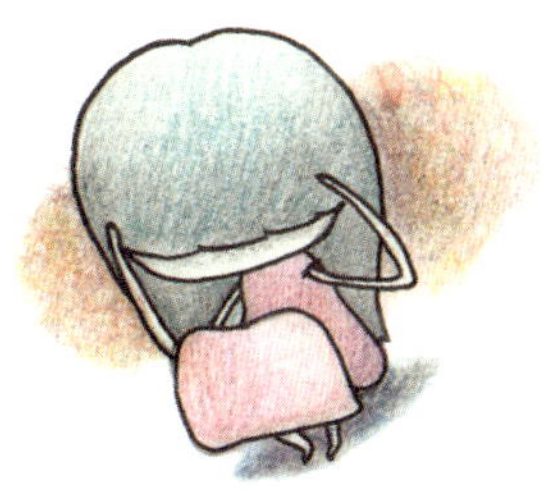

gasse ● 가쎄

thanks to. 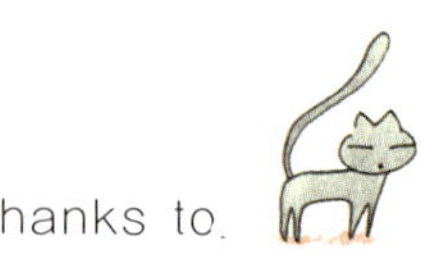

똑딱똑딱 일년동안   속삭였던 것들이
이렇게나   말랑말랑하게   나와주어
얼마나 감사한지 모릅니다.
이 책을 펼치는 모든 분들의 삶이
알록달록 빛나길 바라며 ...
whywhy

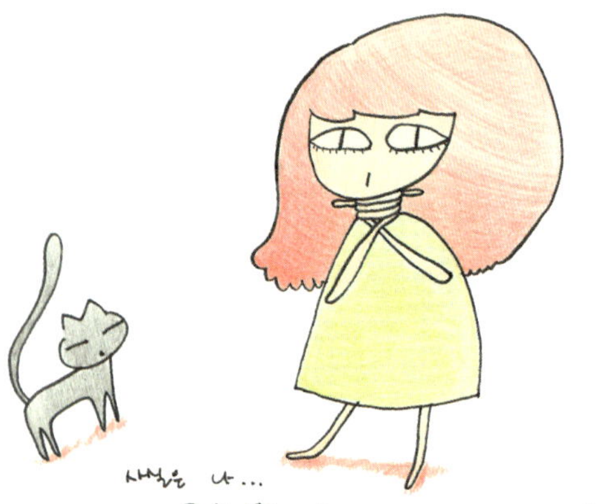

새삼은 나...
고양이한테 알레르기 ㅠㅠ. 20110123 whywhy.

하지만 7년 째 고양이 집사 whywhy..

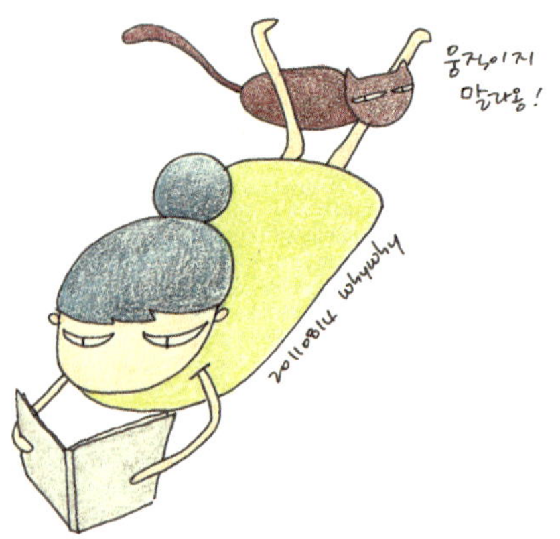
움직이지
말라옹!
20110814 whyuohy

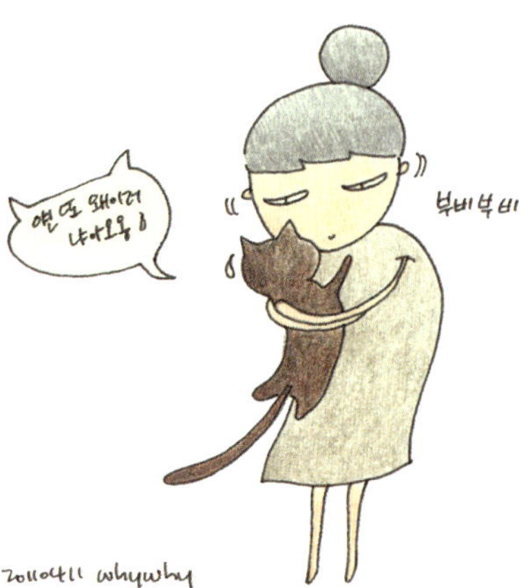
얘 또 왜이러 냐허엉 ♂
부비부비
2011.04.11 whywhy

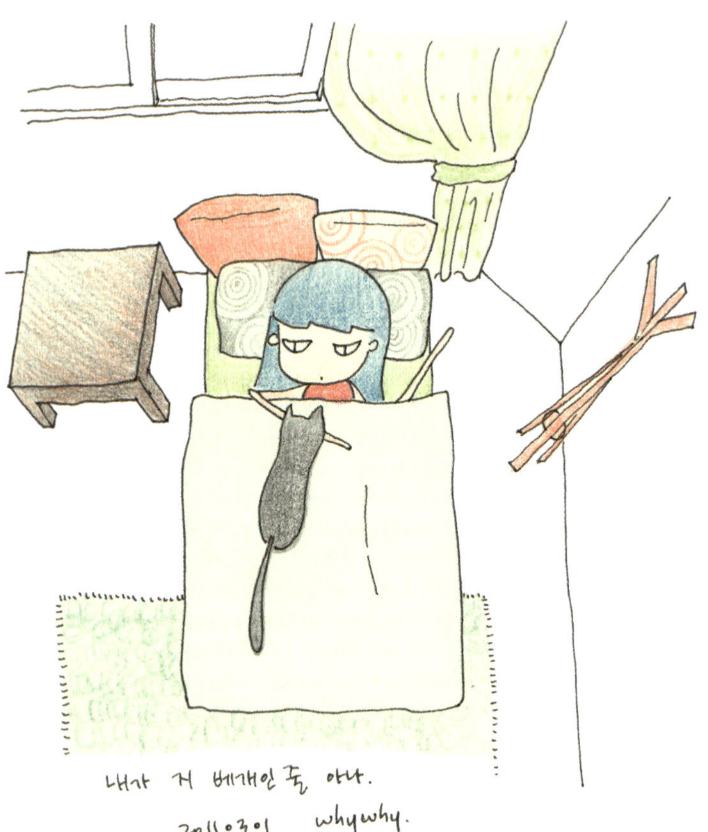

내가 저 베개인 줄 아나.
20110301 whywhy.

내가 무슨 지 베개인 줄 아나...

처음 데리고 왔을 때 우리 고양이 카스 3개월이었다. 너무 작아
서 손바닥에 쏙 들어오는 사이즈. 귀여워 내 목에 올려놓고 잠을
자곤 했다. 그리고는 2005, 6, 7, 8, 9, 10, 11년. 어언 7년. 혁.
벌써 일곱 살;;; 이제는 내가 무슨 지 베개인 줄 안다. 팔 저리고
다리 저려서 밀어내도 버릇 들어 자꾸 온다. 역시 고양이 팔자가
상팔자. 부럽다.

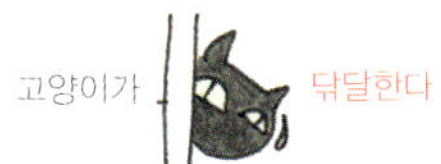

앗! 다래끼!

어제부터 눈이 까슬까슬하다 했는데 눈을 뒤집어 보니 뾰루지처럼 다래끼가 났다. 확실히 다래끼인지는 모르겠다. 뭔가 작은 동그라미가 생겼는데 엄청 눈이 불편하다. 우리 고냥님 카스도 내가 거울보고 막 눈 뒤집고 있으니 걱정이 되셨는지 야옹야옹거리며 걱정을 해준다. 네이버 건강검색을 해봤다.

예방방법: 평소에 항상 손을 깨끗이 하고 눈을 함부로 만지지 않는다. 눈을 만져야 할 경우에는 손을 깨끗이 씻은 후에 만지도록 한다.
생활가이드: 다래끼는 감염성 염증이므로 평소 더러운 손으로 눈을 만지지 않도록 한다.
식이요법: 염증이 있으므로 술은 금한다.

그러고 보니 나는 습관적으로 눈을 만진다. 손 더러운 줄도 모르고 막 비볐나 보다. 술... 술은 소독해야 하니까 마셔야겠다.

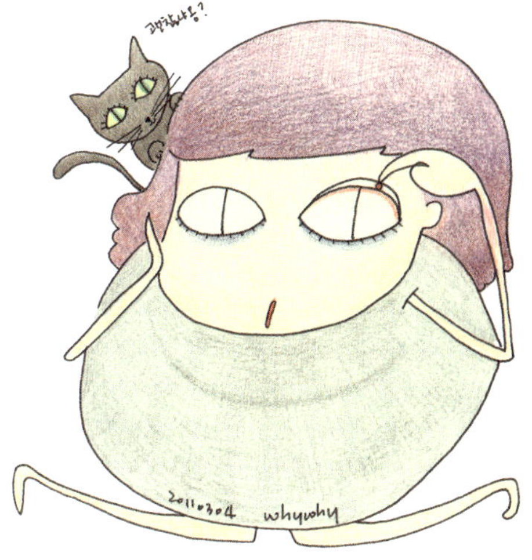

괜찮나용?
2011.03.04   whywhy

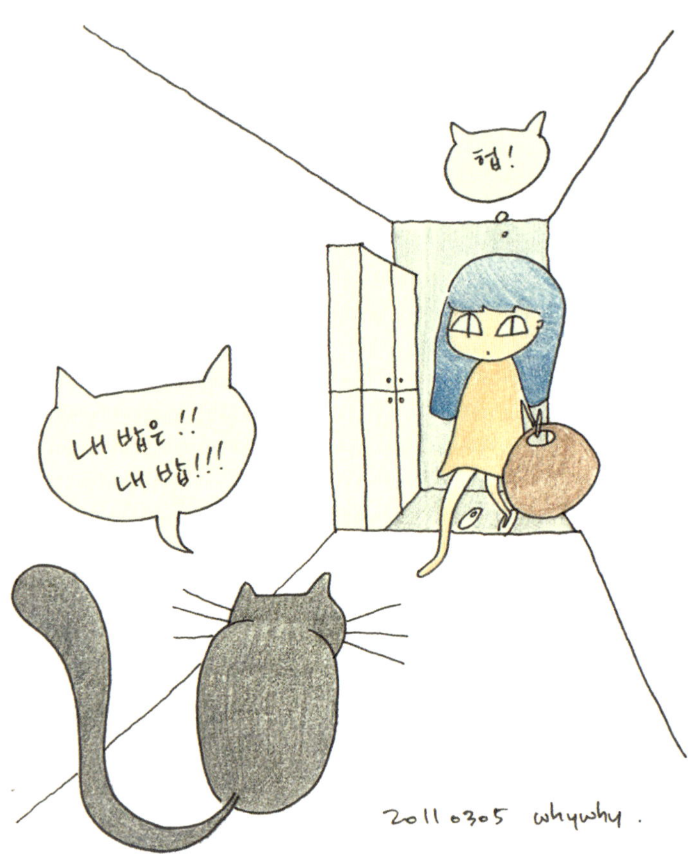
헙!
내 밥은 !!
내 밥!!!
2011 0305 whywhy .

내 밥 내놔!!!

우리 고양님 카스 밥이 떨어졌기에 마트에 갔다.
룰루랄라 딸기도 사고. 오렌지도 사고. 반찬 하겠다며 콩나물과
시금치도 샀다. 집에 들어오는 순간! 나를 마중 나와 있는 카스님
의 얼굴을 마주친 순간! 알았다. 정작 사오려고 했던 카스 밥을
빼먹었다는 것을. 아... 이 못난 엄마를 용서해주겠니. 흑...

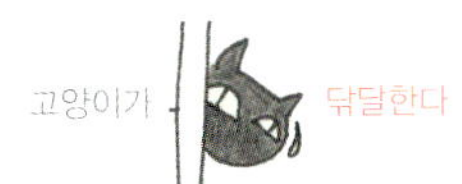

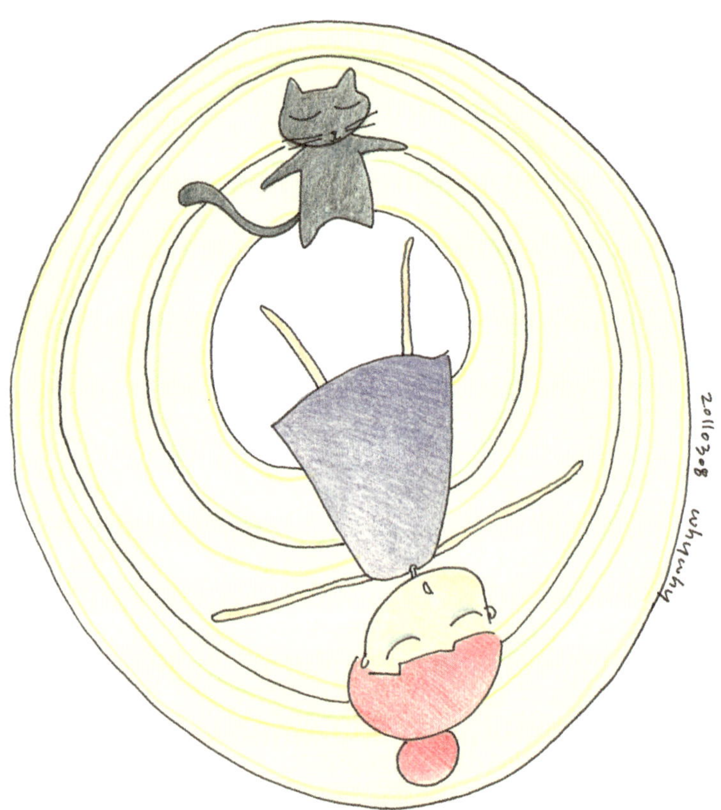

순식간에 월세 살이로 변신.

요즘 집값이 오르고 전세대란이니 하는 말들이 많아서 다음 달에 계약 만기인 우리 집도 걱정이 엄청 많았다. 그런데 오늘 올 것이 왔다. 주인아줌마가 반전세로 돌리자며 오른 금액만큼이라도 월세로 내라는 것이다. 깎아달라는 것도 안 된다고 하고 보증금 더 드린다고 하는 것도 안 된다고 한다. 싫으면 나가라는 식. 아. 이 서울 바닥에 집 하나 없는 내 신세. 서럽다. 갑자기 월세 살이가 되었다. 아. 서러워. 패닉 상태...

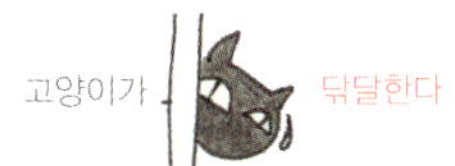

멍 때림.

어제의 가난뱅이 컨셉 여파가 커서인가. 아침 일찍부터 컴퓨터 앞에 앉았지만 일도 잘 안 되고 집중도 잘 안 되고, 그림도 안 그려지고, 계속 멍 때리고 있다. 크흑.
뭔가 상큼한 게 필요하다며 하겐다즈 녹차아이스크림을 아구아구 먹어본다. 그것도 먹을 때뿐.

또 멍 때린다.

그래도 이럴 때 우리 고양님 카스가 있어 다행이다.

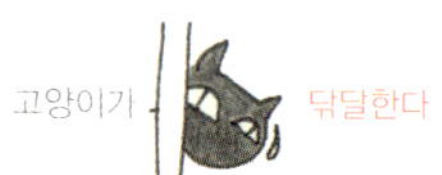

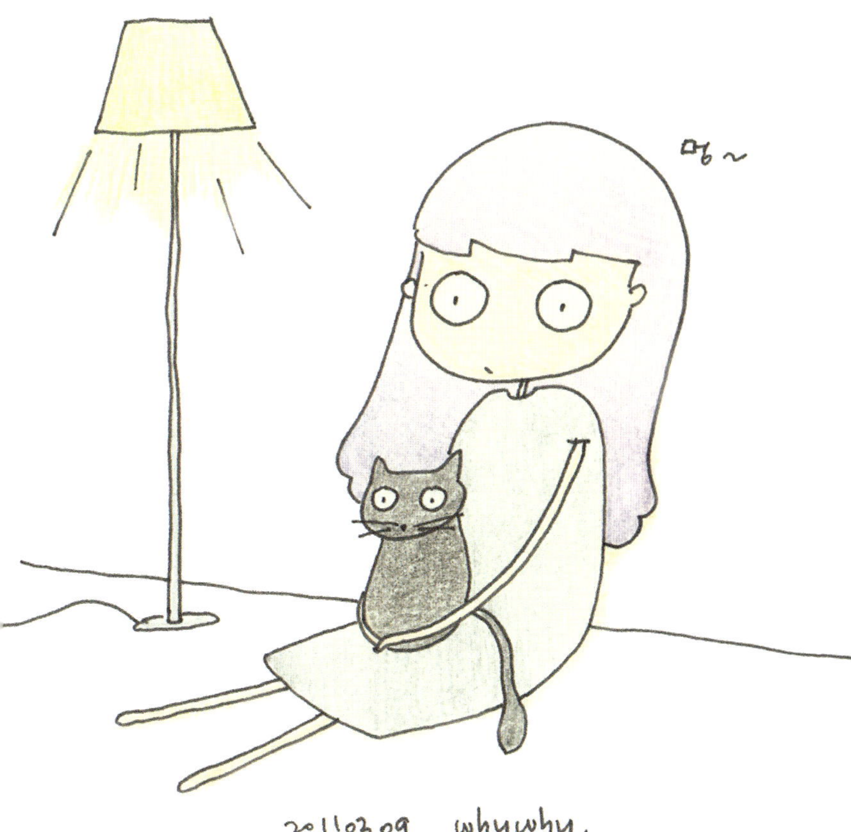
애~
20110309 whywhy.

아. 나 종이에 손베임.

으윽.

종이에 손이 베었다. 일 때문에 그냥. 잠시 A3 종이를 봤는데...
순식간에 사악~ 손이 베었다.

아... 너무 싫다...
아 이런 거 너무 싫다.
으으으 이 느낌...

젠장.

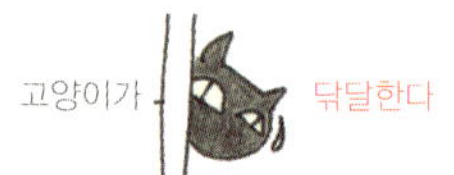

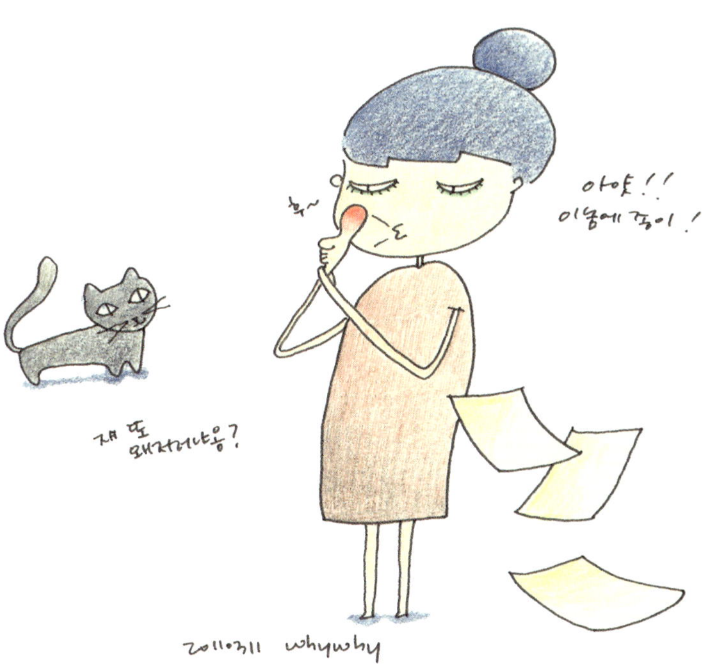
훅~
아얏!!
이놈에 종이 !
쟤 또
왜저러냐옹?
20110311 whywhy

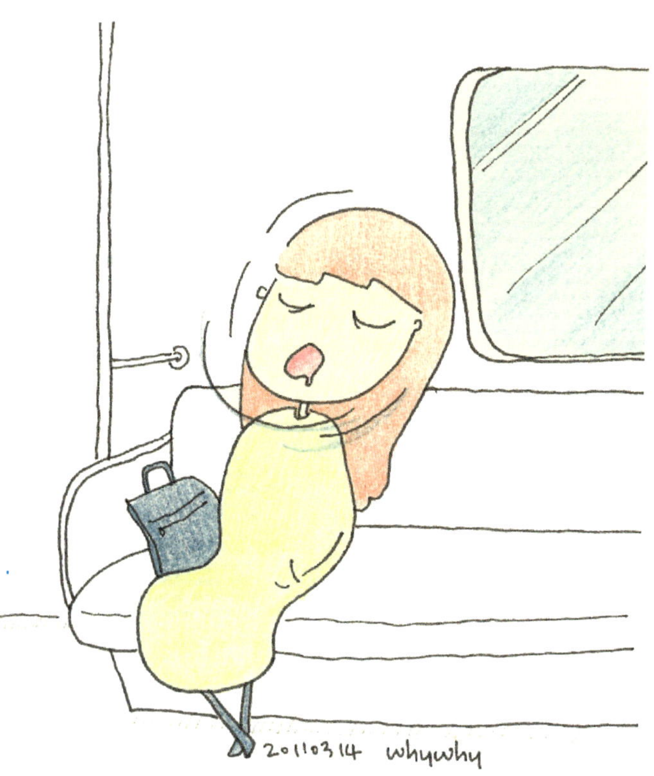

20110314 whywhy

바야흐로 봄? 아니면 피곤해?

아 무슨 일하나 하는데 이렇게 사람을 오라 가라 하는 건지. 미팅 하느라 도면 그릴 시간은 정작 없다. 큰일. 1시 반 미팅이면 오후 시간을 다 까먹는 터라 작업하던 맥이 딱 끊겨버린다. 11시에 점심을 일찍 먹고 A3 도면 출력하러 킨코스로 고고. 헉. 무슨 A3 도면 한 장 뽑는데 1,100원씩이나 받는다. 출력기를 A3로 살 걸 그랬나. 어쨌건, 돈 5,500원을 쓰고 미팅장소로 출발한다. 지하철로만 1시간 걸린다.

시청에서 1호선을 갈아타고 한참 가야 된다. 낮이어서 그런지 대체로 한산한 지하철. 문 옆에 자리를 잡고 주머니에 손을 넣었다. 그런데 어느샌가 나 입 벌리고 헤드뱅잉하고 있다. 지하철 문 열릴 때 찬바람이 샤악 들어와서 화들짝 깬다. 근데 또 금세 잠든다. 또 헤드뱅잉 한다. 또 깬다.

바야흐로 봄인가.
민망하다.

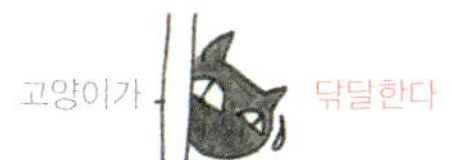

내 물은 건드리지 말란 말이야!

거실에 물 떠놓은 것을 깜빡했다.
앗! 맞다. 물 마시려고 했는데.
가보니 이미 고냥님 카스가 점령했다.
컵 안으로 머리를 쑥 집어넣고
마시지도 못 할거면서 꼭 저런다.

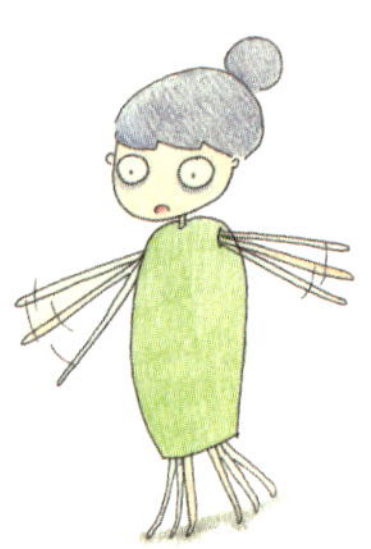

'야아! 내 물은 건드리지 말란 말이야.' 말은 못하고 어어어어 하는 순간,

다시 머리를 빼다가 결국 물을 쏟고 만다. 유유히 카스님은 사라지시고 나는, 시녀답게 뒤처리.
이놈의 고양이 궁금증. 뭐든 자기가 해봐야 된다. 내가 마실 거는 본묘가 먼저 마셔보셔야 되고 모든 문과 상자들은 들어가 보셔야 되고 본인 물이 뻔히 바로 옆에 있는데!

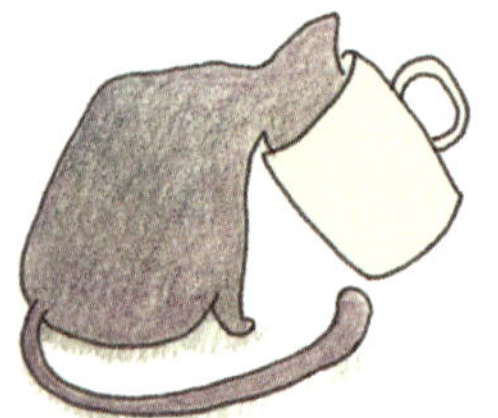

아~ 내 팔자야. 그래도 이쁘단다. 으이구.

고양이가 닦달한다

불면증.

걱정이 많아서 그런지 뭔가 확실한 것 하나 없는 불안한 내 상황 때문인지 올해 들어 잠을 잘 못 자는 것 같다. 나이 들어선지 이런저런 생각들이 너무 많다. 그냥 다 접고 이 나라를 뜰까... 대학원을 가서 공부를 더 할까... 인테리어 말고 다른 일 재밌는 건 없을까... 뭐 신나는 일은... 에효... 끝이 없구먼. 2시는 기본이고 뜬눈으로 밤을 지새울 때도 있다. 잠을 잘 자야 살도 빠질 텐데 말이지.

오늘도 역시 잠이 오지 않는다. 이번에 교보 문고에서 배달시킨 책을 들춰본다. 예전에는 이런 책 보면 한 장 넘기기 무섭게 잠이 들었었는데 더 말똥해진다. 정말 나이 들었나. 허헛. 무심한 고냥님 카스. 지 할 일만 한다. 꼬리말아 꼬리 잡고 그루밍. 저렇게 유연할 수가. 역시 고양이.

카스야~

부럽다~

이래저래...

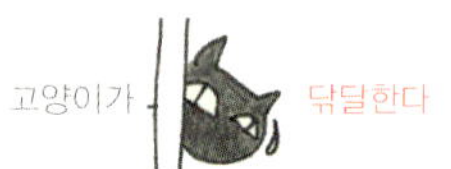

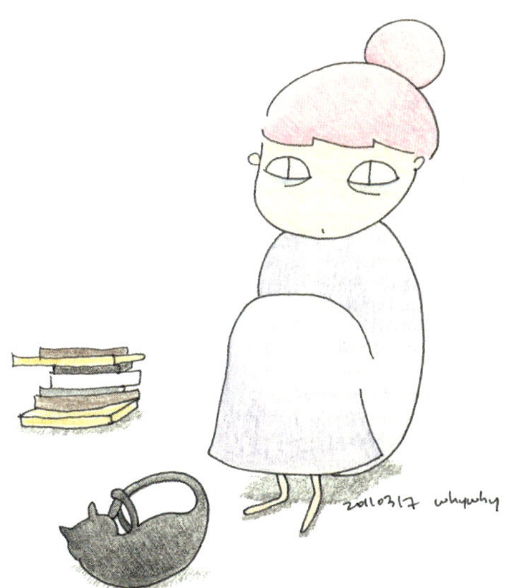
20110317 whywhy

황사비.

황사가 심하더니 이제는 황사비까지 내리고 있다.

황사여서 그런지 눈도 더 붓는 거 같고 목도 까슬까슬했는데 비
오고 나면 이 황사가 좀 진정이 될는지...

다음 주부턴 또 꽃샘추위라는데 언제까지 추우려고 이러는 거야!
얌전히 집에 있어야겠다.

이러다가 4월부터 완전 더워지는 건 아닌지 모르겠다.

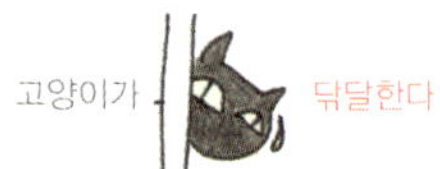

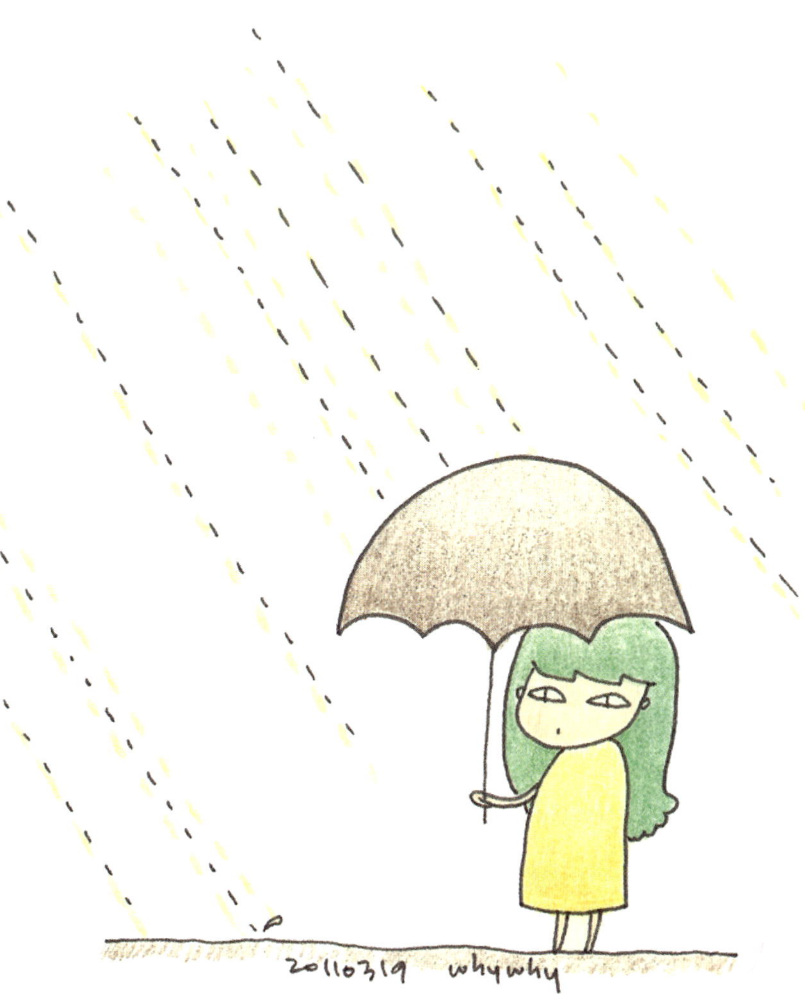
20110319 whywhy

Pat Metheny & Friends 공연 예매완료!

우후 신난다. 완전 좋아하는 Pat Metheny 공연. 서울재즈페스티벌2011. 세종문화회관에서 5월 10,11일 이틀에 걸쳐 공연이 열린다. 10만 원이 훌쩍 넘는 공연비의 압박으로 손이 벌벌 떨리기는 했으나 이 공연은 꼭 봐야겠다며 예매. 세종문화회관에서 공연 본적이 없어서 좌석의 감은 없으나 개인적으로 1층에서 보는 공연보다 2층에서 살짝 내려다보는 것을 좋아하는 관계로 2층으로 좌석을 정했다. 대박 넓어서 Pat 아저씨가 점으로 보이는 건 아닐까 살짝 걱정되긴 하지만... 아. 기대된다. 그런데 너무 한참 뒤잖아! 두 달 뒤라니. 언제 5월이 오시나아아~~

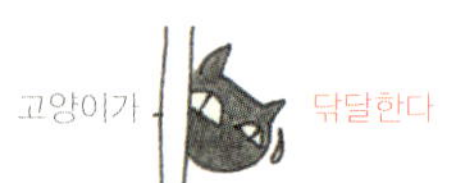

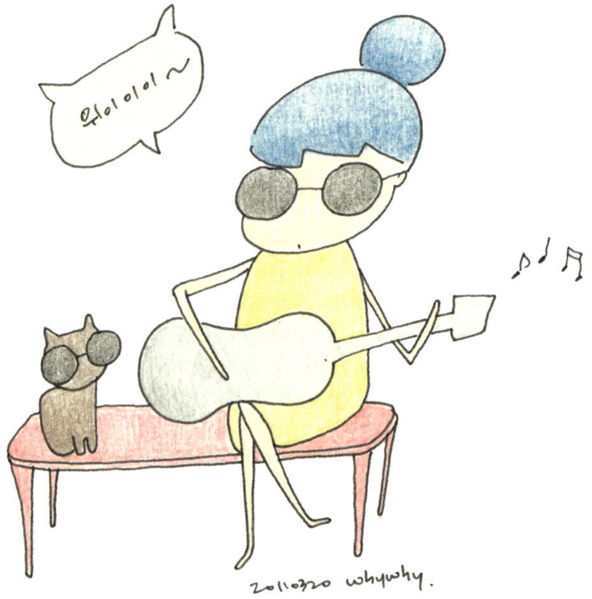
아이이이~
20110320 whywhy.

이제 그만 좀 바꿔라!

이제 설계마감이 열흘밖에 안 남았다. 이런 급박한 상황에 자꾸 평면이 바뀐다. 평면이 바뀌면 구조, 마감 평면 등도 바뀌고 입면도 바뀌고, 천장도도 바뀌어야 하고 디테일도 바뀌어야 한다.

망할.

이제 그만 바꿀 때가 지났다!
절망감에 철퍼덕 앉아버린다.

내 팔은 무슨 죄람.

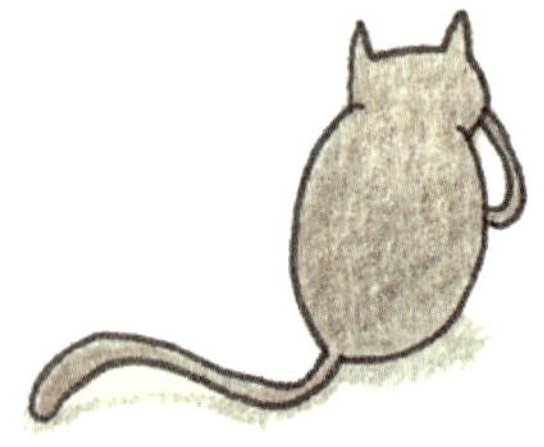

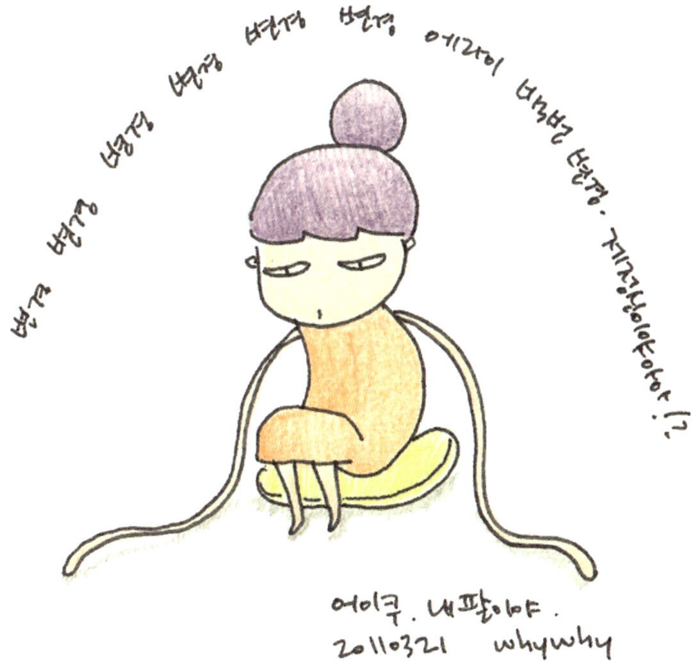
변경 변경 변경 변경 변경 어라이 대박변 변경. 저기저장이야야!?
어이쿠. 내팔이야.
20110321   whywhy

고양이가 닭달한다

아. 아. 아이폰.

나는 누구보다도 아이폰에 만족하고 있고 디자인을 위해서라면 내가 맞춰야지 하고 생각하는 사람 중의 하나다. 그런데 요즘 자꾸 멀쩡하던 핸드폰에 SIM이 없다며 숨바꼭질 놀이를 하자고 조른다. 어흑.

도대체 왜 이런 거지. 이것도 한두 번이지. 꼭 급할 때 이런다. 꼭 제출 시간 얼마 안 남았을 때 인쇄가 안 되는 것처럼.

이런 것도 리퍼 사유가 될까?

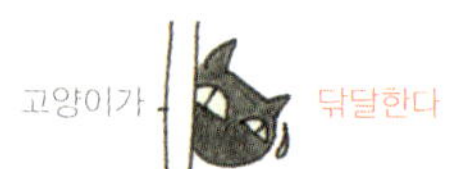

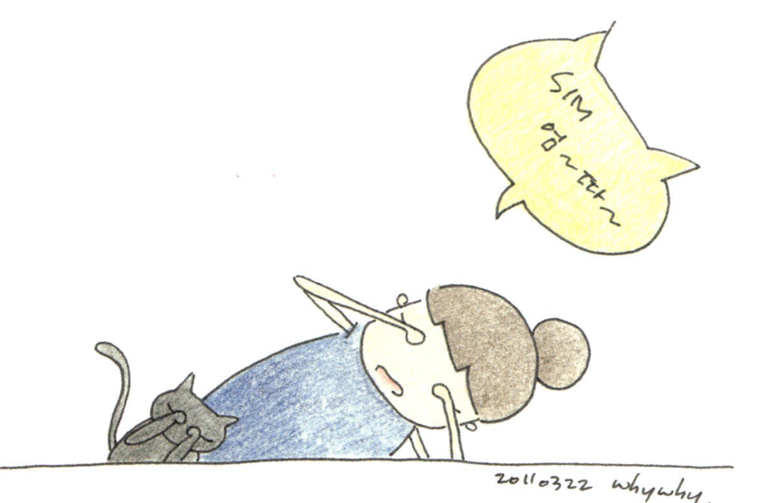

2011.03.22 whywhy.

요리 배우고 싶다아~

요즘 올리브 TV에서 '맛있는 TV' 라고 해서 여러 요리프로그램을 해준다. 요리하는 걸 좋아하는 나는 그 프로그램들에서 눈을 뗄 수가 없는데 '마스터 셰프' 가 하고 있으면 특히 더 그렇다. 요리마다 주제가 있고 제일 못 만든 사람은 탈락하고 마는... 한 번도 접해보지 않은 재료들도 있고, 다들 신기할 정도로 창의력이 뛰어난 것 같아 한번 TV를 켜면 계속 넋 놓고 보게 된다. 드라마 파스타도 재방송해주고.

아 나 바쁜데 이렇게 TV 보고 있을 새가 없다고! 근데 요리 배우러 다니고 싶다. 왠지 잘할 것 같은 이 근본 없는 자신감은 뭔지.

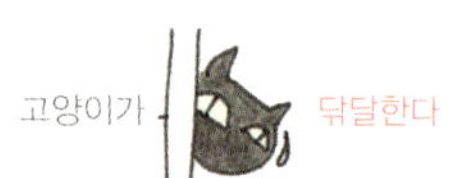

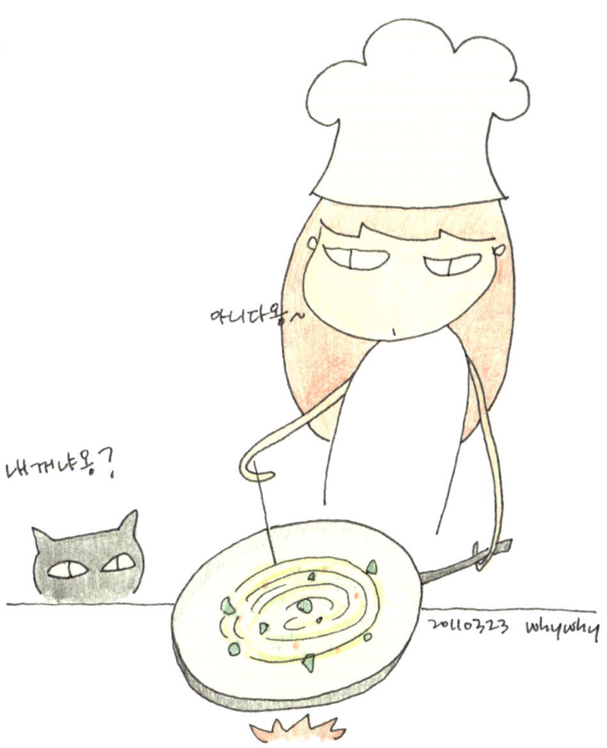
아니다옹~
내꺼냐옹?
20110323 whywhy

또... 불면증.

잠이 오지 않는 이 밤...
어두워질수록 마음은 우울해진다.
뭔가 재밌는 거 없을까 재미가 없다.
그럴수록 일기는 컬러풀하게...

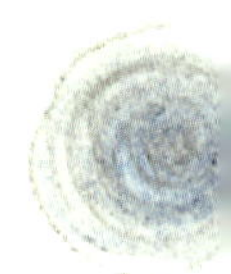

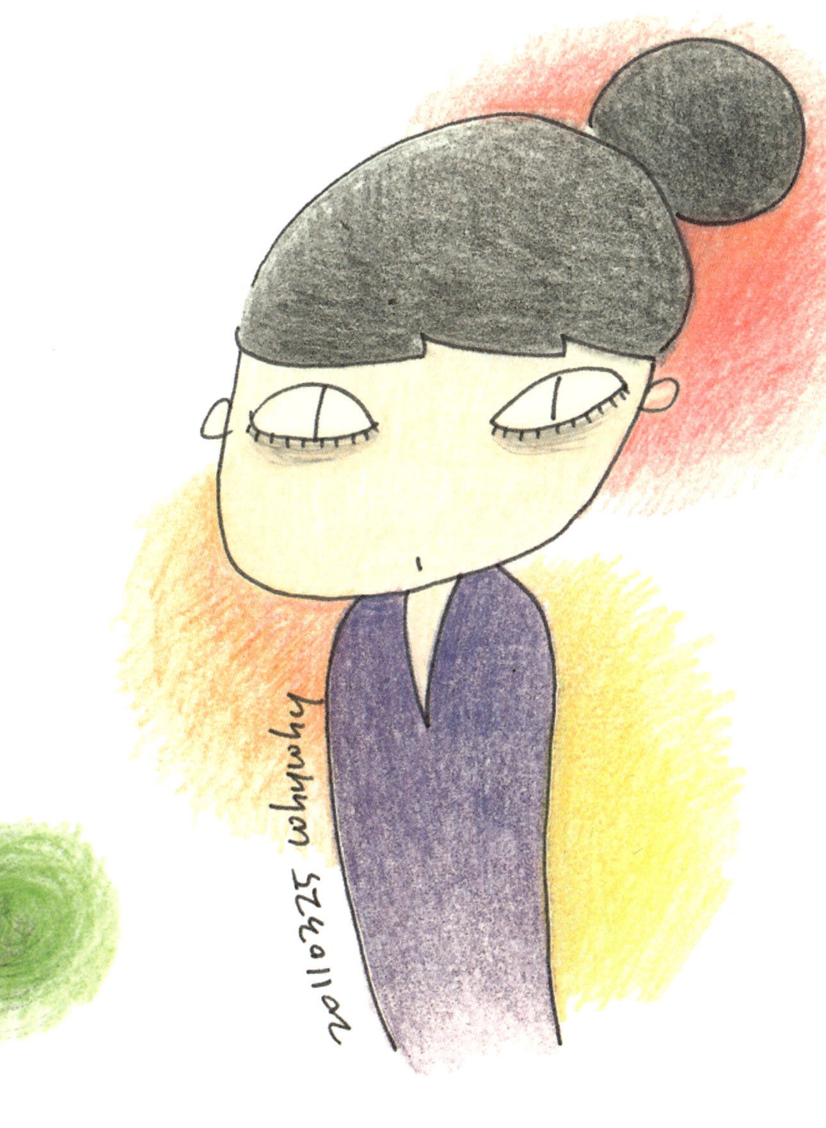

wohyohyo
2011.04.25

손 잡아도 되겠습니까~

도도녀 우리 카스. 손잡는 것 싫어라 한다. 가시나. 그래도 그나
마 허락되는 시간이 있다. 하루에 단 두 번. 아침저녁 꾹꾹이 타
임. 아침에 나 깨울 때, 지가 밤에 자고 싶을 때 하는 꾹꾹이 시간
에는 내가 아무리 손을 만져도 가만히 그릉그릉 한다. 사랑한다
는 표정과 함께...

나는 니 손 잡고 싶단 말이다. 계속계속.

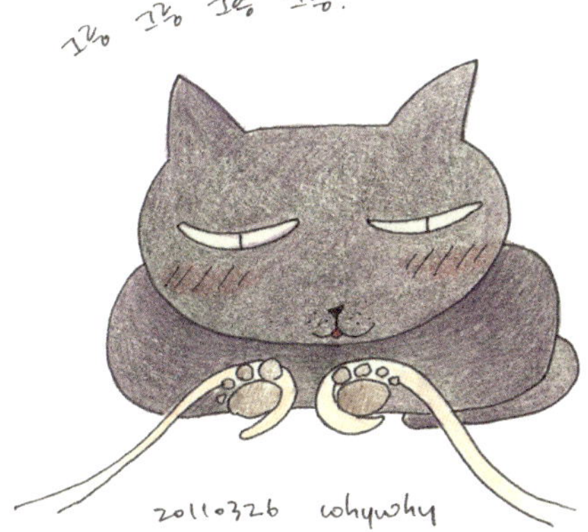
그르릉 그르릉 그르릉 그르릉.
20110326 cohywhy

이놈의 설거지 자식은 귀찮기도 하지.

요리하는 것은 즐겁지만 설거지하는 건 정말 비호감이다. 귀찮아~ 귀찮아~ 게다가 동생이 먹고 치우지 않은 것까지 수북이 쌓여 있다. 이놈의 자식은 왜 설거지를 안 하고 난리야. 먹었으면 해야 될 거 아니야! 안 먹을 수도 없고. 미루고 미루다가 결국은 설거지하기 시작. 시집갈 때는 식기세척기를 꼭 사겠어!

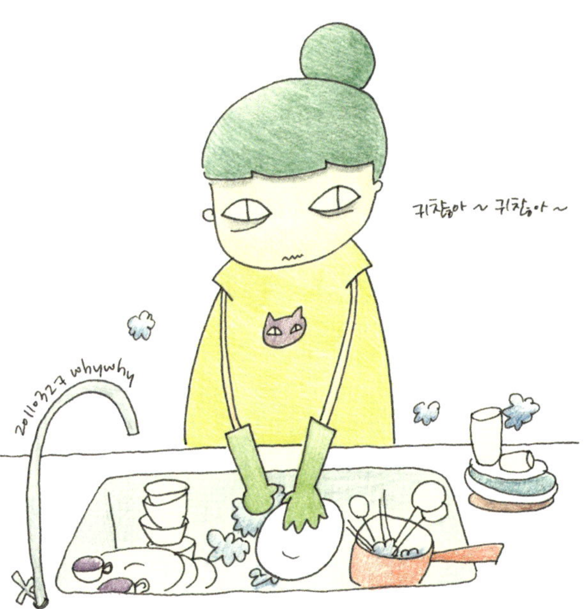

귀찮아 ~ 귀찮아 ~
2011.03.27 whywhy

다 왔어!

어이쿠. 다 왔어! 이제 며칠만 지나면 해방이다! 31일에 제출하
면 이제 정말 끝~

오늘. 내일... 지나면... 조금만 힘을 내어 유녕~!
놀러도 가고 머리도 하고 술도 마시고 친구도 만나고 쉬기도 쉬
고 하고 싶은 거 엄청 많아.

빨리 이 힘든 3월이 지나갔으면 좋겠군.

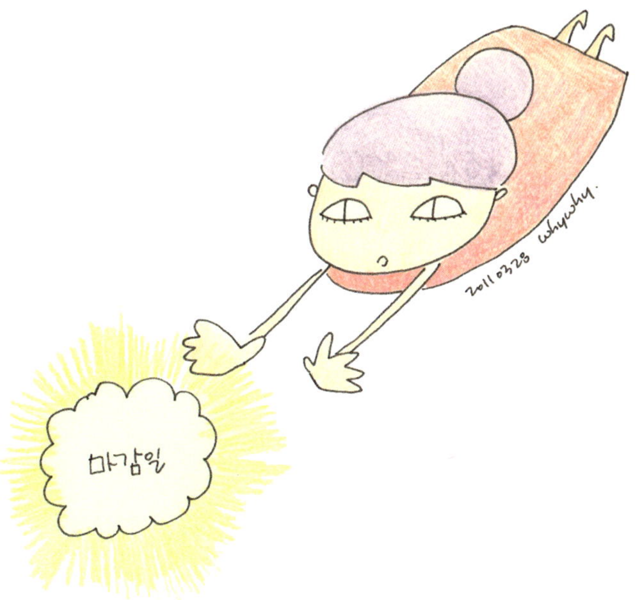
마감일
2011 0328 whywhy.

충무 아트홀 뮤지컬. 사랑은 비를 타고.

우리 막말정 짱지가 뮤지컬 표를 들이밀며 데이또 신청을 하여 보게 된 '사랑은 비를 타고.' 충무 아트홀에서 하고 있다. 충무 아트홀이라고 해서 어디지 어디지 많이 들어본 덴데 했는데. 막상 거기 가보니 압!

중앙디자인 다닐 때 무슨 판소리 하우스라고 프로젝트 제안한 적이 있었는데 그거 PT를 여기 사장님께 했었다. 그래서 연말에 쉬지도 못하고 계속되는 야근에다가 31일 그들 종무식 끝날 때까지 기다렸다가 제안 드렸었던. 뭐 어찌 됐건 여기서 공연 보는 건 처음. 알고 보니 나름 창작 뮤지컬로 오랫동안 공연해왔고 홍록기도 출연했었더구면. 세 명이 출연하는데 나름 연기도 잘하고 웃기는 부분도 많고 앞에 있는 관중에게 장난도 치는 등 여러 퍼포먼스가 많아 눈이 즐거웠다는. 고마워. 정~ (요즘 극장도 못 가는 내 팔자를 바꾸어주다니.)

원래는 무대를 그리고 싶었으나 내일 있을 마감 압박으로 인해 나의 상황으로 변경. 내 앞의 등치 좋은 아저씨 때문에 나는 숙숙

이리저리 나의 몸을 움직일 수밖에 없었다. 아 난 왜 이렇게 쪼꼬매가지고. 자리도 무슨 강의실 의자 같은 것 주욱 연결해가지고 두 시간 동안 아주 허리 아파 죽는 줄 알았다. 저런 건 개선해 주어야 할 듯. 아. 아무튼. 문화생활을 한 유녕. 뿌듯한 하루였습니다.

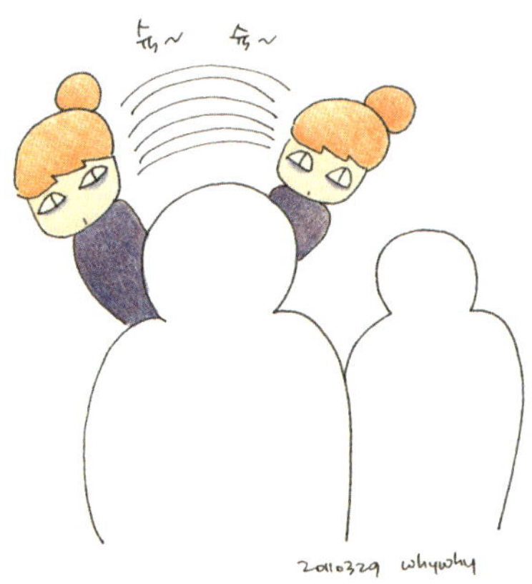

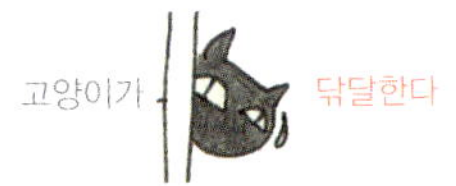

변경 없는 도면 작업이란 없는 것인가~

아~~짜증 만땅!

제일 짜증 나는 상황이 벌어졌다. 도면이 중간중간에 한두 장씩 추가가 되어서 도면번호가 하나 둘씩 밀리게 된 것. 100장이나 되는 도면을 언제 다 바꾸고 있냐. 아 열불이 나서 술을 막 들이 켰지만 상황은 해결되지 않고 어차피 해야 되는 것. 눈물을 머금 고 해야지. 어흑. 도대체 변경 없는 도면 작업이란 없는 것인가.

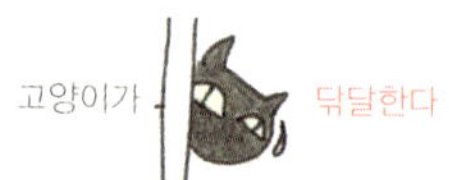

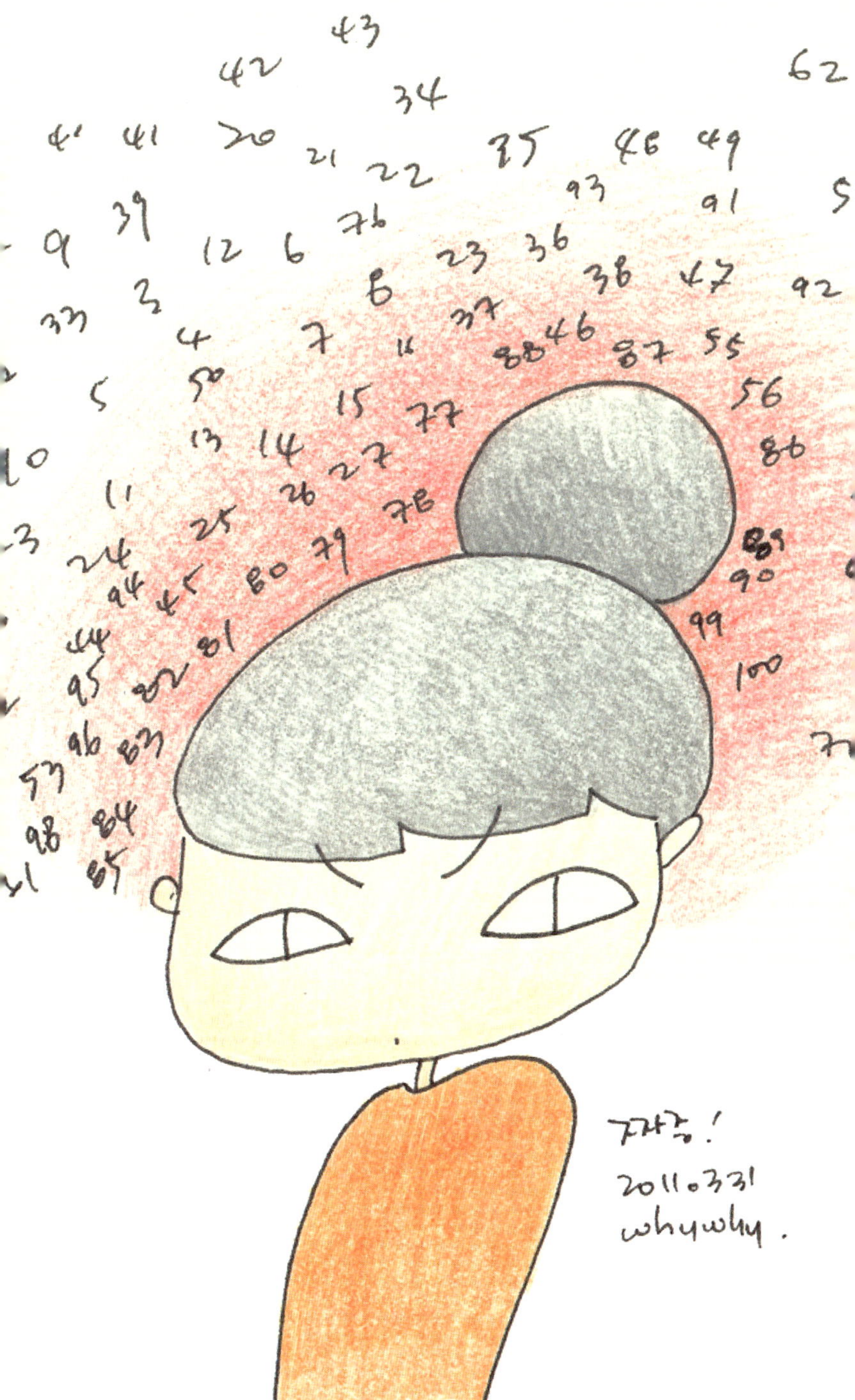
최고!
2011.03.31
whywhy.

유희열의 스케치북에 10cm 나오다!

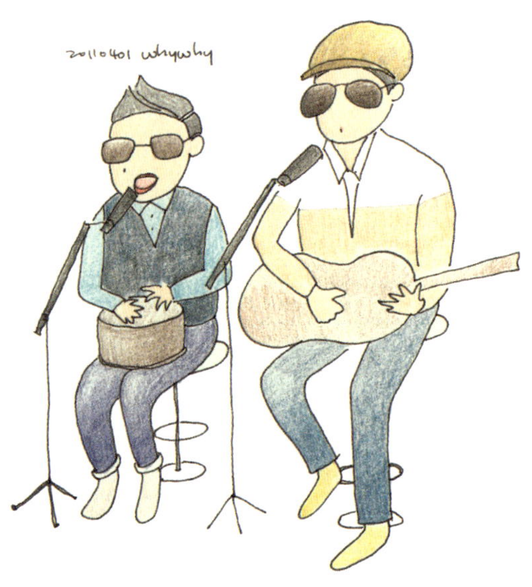

티브이를 보는데 유희열의 스케치북에 루시드폴과 함께 10cm가
나왔다. 한 달 동안이나 고정으로 나온다니 엄청난 발전이다. 작
년 영등포 타임스퀘어 안에 있는 pub project에서 저들이 공연
하는 것을 처음 봤다. 둘의 키 차이가 10cm가 나서 팀 이름이

10cm라며. 인상적인 말을 해서 유심히 보게 되었는데 '아메리카
노' 라는 노래를 하는 것이었다. 가사가 이렇다.

아메리카노~좋아 좋아 좋아

아메리카노~진해 진해 진해

어떻게하노~시럽 시럽 시럽

빼고주세요~빼고주세요~

아 이 중독성 강한 멜로디와 가사하며 저 작은 보컬의 목소리가
너무 특이해서 그때부터 좋아라 했었다. 회사에도 막 퍼뜨리고
말이다. 이제 정규앨범도 내고 여기저기 음악프로그램에도 많이
나오는 것 같아 괜히 내가 뿌듯한 것 같은 이 느낌은 뭔지. 아무튼
한 달 동안 유희열의 스케치북은 넘기지 말고 꼭 챙겨봐야겠다.

10cm 화이링~~!!

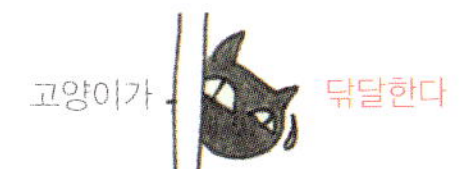

다이어트. 정복될 나의 뱃살들.

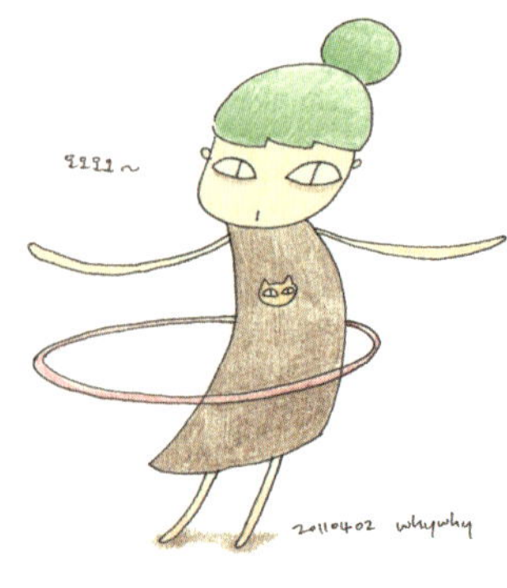

갑자기 날이 따뜻해지고 겨울에 계속 집에서 일했던 나는 급! 불어난 나의 옆구리 살들이 걱정된다. 안 그래도 작년에 입던 원피스들이 살짝씩 꽉 끼는 느낌이어서 정말 살이 많이 찌긴 쪘나 보다 생각했는데 이거 생각만 하고 넘어갈 일이 아니다. 운동해야 할 때!

수영장을 다시 가자니 그냥은 못 가겠고 일단 살을 좀 빼고 가야겠다. 어흑. 똥 뱃살 뺄 때 훌라후프만한 게 없다는 우리 막말정 짱지님의 말에 인터넷 검색 들어갔다. 근데 종류가 너무 많아 뭘 사야 할지... 헙. 일단 좀 더 알아봐야겠다.

내가 뭘 잘못했냐옹~

우리 집 처음 구했을 때 도배장판을 새로 하고 들어왔는데 싸게 싸게 한다고 걸레받이 없이 장판을 벽체 쪽으로 말아 올려서 마 감해버렸다. 그게 화근. 우리 고양이 꼭 나 티브이보고 있으면 내 뒤에 와서는 장판을 들춘다. 내가 싫어라 하는 거 알면서도 눈치 살살 보면서. 이놈의 가시나. 맨날 자기랑 놀아달라고 이런 식으 로 시위 아닌 시위를 한다. 혼내도 또 하고 또 하고. 왜 혼내는지 도 모르는 불쌍한 눈을 하고는. 그러면 내가 마음이 약해져서 못 혼내는 걸 아는 거다. 약아빠진 고양이 같으니라고. 결국은 내가 져서 안고는 쓰다듬어준다. 내가 너를 어떻게 이기겠니. 어우.

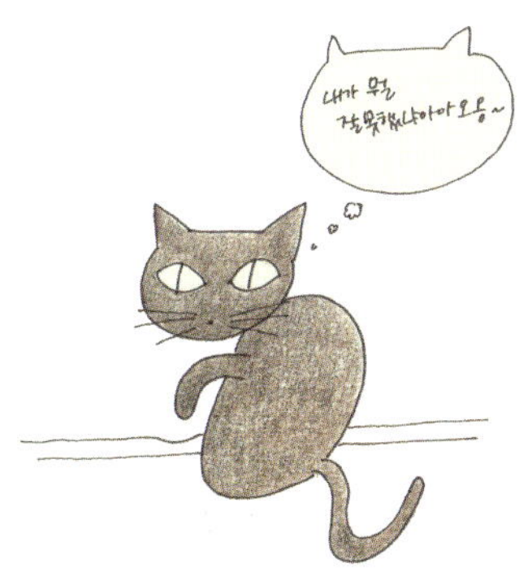

봄이 와.

봄봄봄봄 봄이 왔어요.

날씨도 따뜻하고 밥 먹으면 엄청 졸리고 식욕은 여전히 땡기는..
봄이 왔다. 나른해서 계속 축축 늘어진다. 방사능방사능 하는데
잘 모르겠다아~

날만 좋네. 봄바람 살랑살랑.

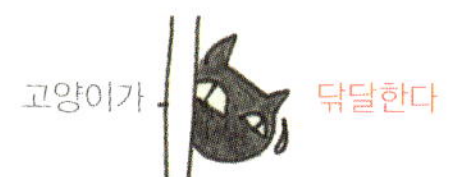

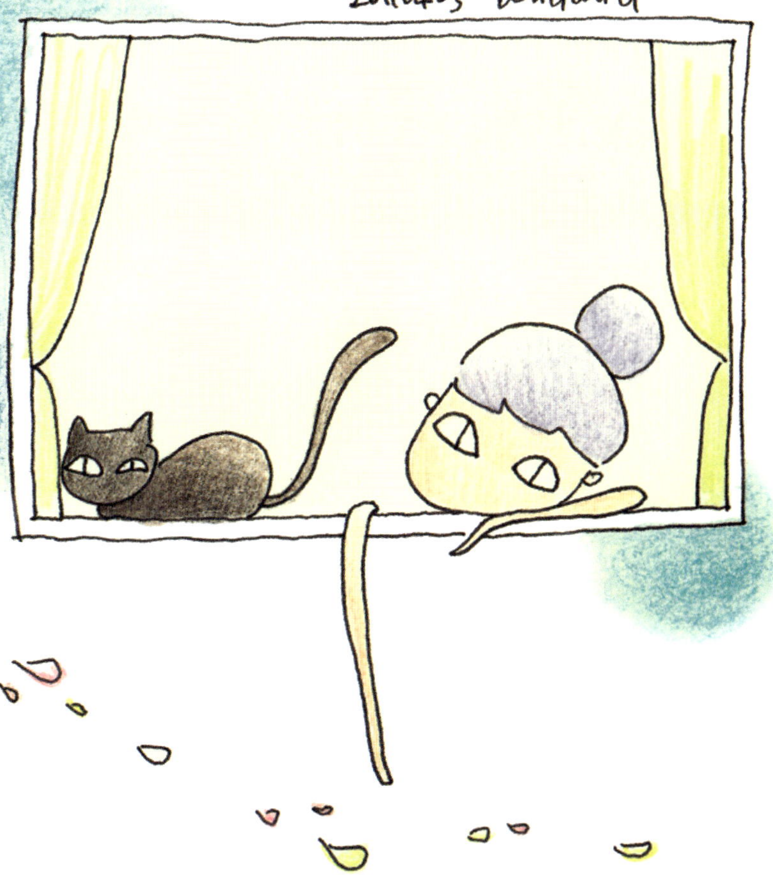

20110405 whuwhu

부위별 살 빼기.

날도 점점 따뜻해지고 겨울에 불어버린 나의 몸 때문에 걱정하고 있었다. 이제 나이 들어서 안 먹으면서 빼는 건 죽어도 못하겠다면서 동생에게 얘기했더니 부위별로 살 빼는 방법에 대해서 알려줬다.

1. 팔뚝 살 정복
똑바로 서서 앞으로나란히를 한 다음 손목을 좌우로 흔들며 돌려준다.
그다음 주먹을 쥐고 돌려준다.

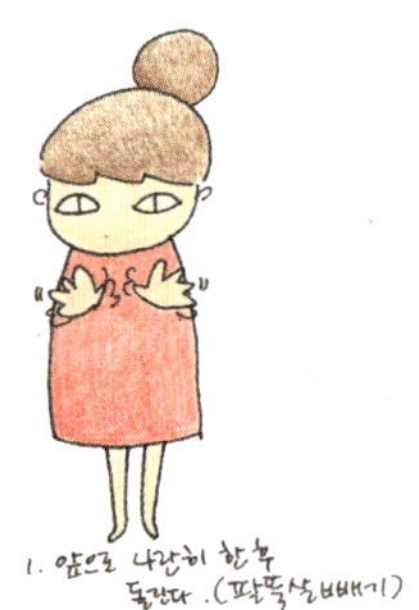

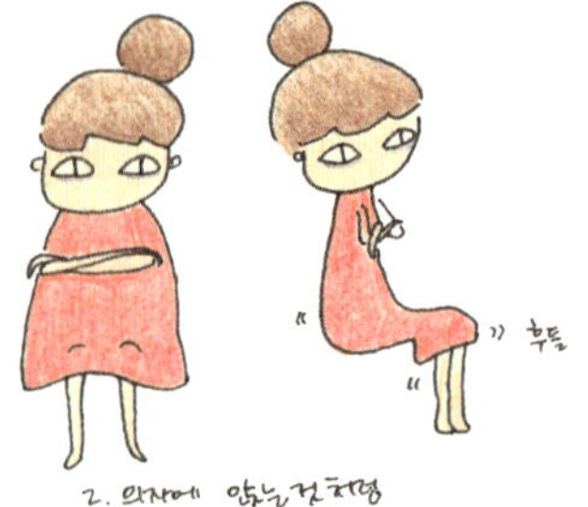

2. 허벅지살 정복
일명 기마자세.
팔은 고정시키고 앉았다 일어나기를 반복한다. 이때 등이 일자로 내려가게 하고 엉덩이가 뒤로 쑥 빠지면 안 됨.

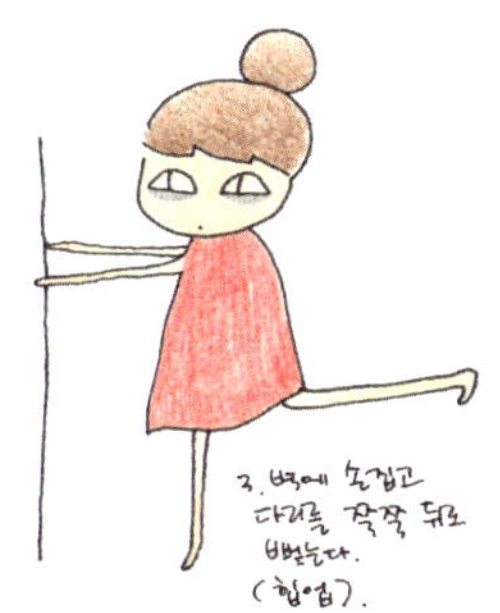

3. 힙 업
벽에 손을 집고 다리를 쭉쭉
뒤로 뻗어준다.
한쪽씩 번갈아 가면서.

4. 뱃살 빼기
윗몸 일으키기 변형. 짐볼에
다리를 올리고 상체를 들었다
놨다 한다.
이때 완전 누워버리면 안 됨.

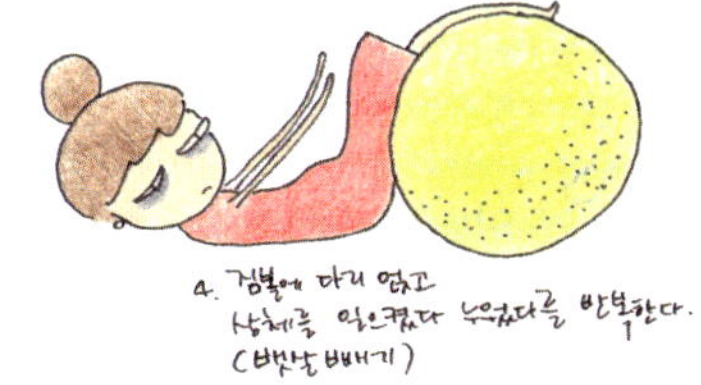

해보면 은근 힘들다. 점점 내려오는 다크서클과 함께 뻗어버렸
다. 이것도 매일매일 꾸준히 해야겠다. 어쨌건 지도해주신 동생
윤푸님께 감사의 말을 전한다.

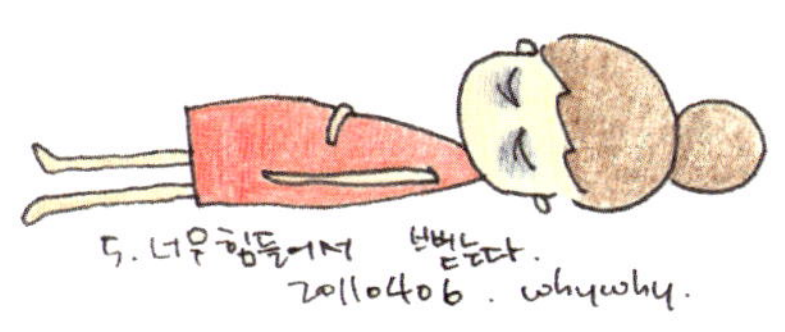

방사능비에도 소주 한잔.

이게 다른 때 같았으면 봄비라고 하겠지만. 요즘 상황이 상황이니만큼 방사능비라고 하는 게 맞는듯하다. 비가 오니 소주 생각이 난다는 향의 부름을 받아 우리 동네 고깃집에서 삼겹살, 목살과 함께 소주 한잔했다. 향은 상사와 목 디스크 때문에 나는 불투명한 나의 미래 때문에 이래저래 이야기하면서 술잔을 기울였지. 해결되는 건 아무것도 없어도 해소되는 건 있는 듯. 다 친구와 소주 덕분.

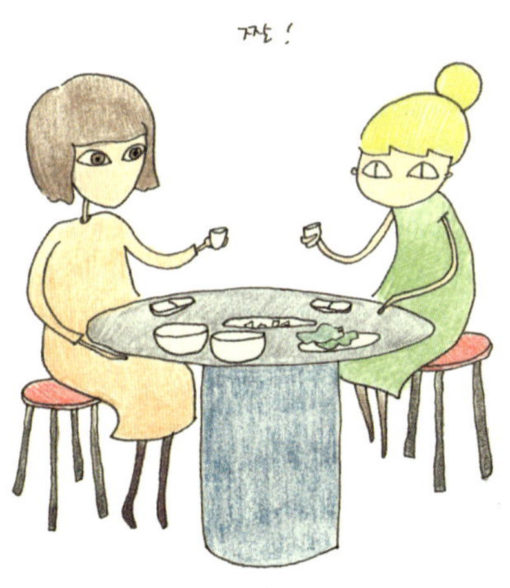

아 나 왜 이러고 있니...

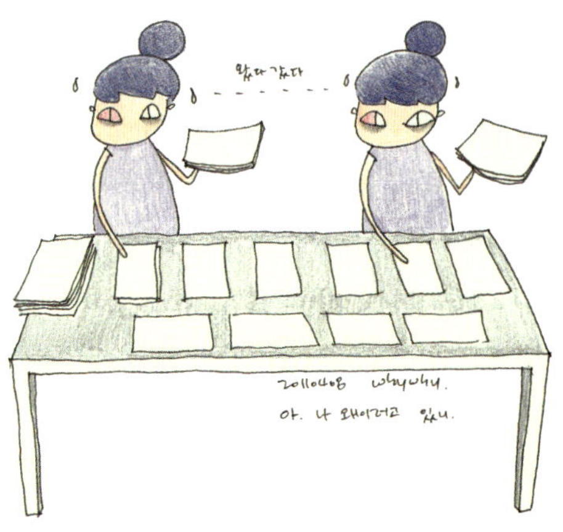

맡겨놨던 출력물이 잘못됐다는 연락을 받고 부리나케 또 그 사무실로 달려갔다. 눈도 터져서 빨갛고 컨디션도 안 좋은데... 오늘 머리도 하고 느긋하게 돌아다니면서 여유를 즐기려고 했건만. 펌 예약도 취소하고 미친 듯이 도면 출력하고 순서대로 도면 정리를 했다.

A3도면 100장 10부. 지금 허리 끊어지겠다. 전기장판으로 허리를 지지고 누워 있어도 계속 아픈 이 몸뚱아리. 팔도 쑤시고 아주 여기저기 죽겠다. 쉽게 되는 일이 이렇게 없냐. 에혀. 아 내 허리.

네이버 실천일기 이벤트 당첨!

한 달 동안 꾸준히 쓴 실천일기 당첨자에 선정이 되었다고 메일이 왔다. 외식외식외식! 이라고 계속 외쳤지만... 뮤직이용권이라고 왔구만. 어쨌건 돈 주고 사는 건가 본데 공짜다. 히히. 외식상품권은 도대체 어떤 사람들이 가져가는 거야? 어응~

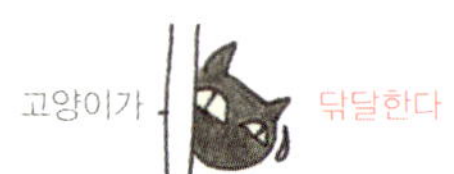

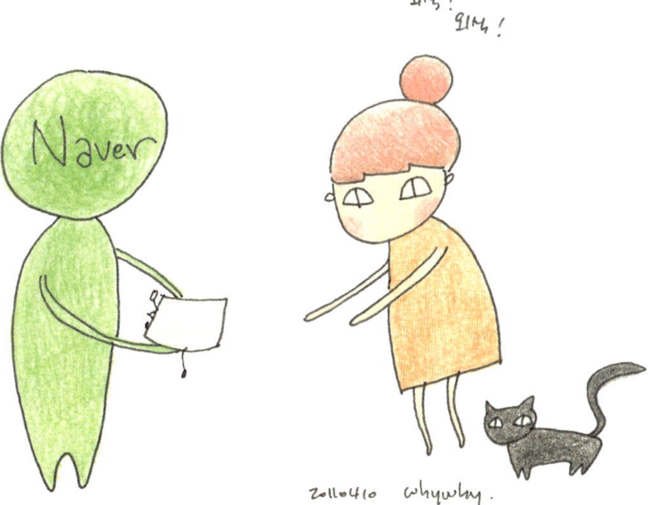

왜냐! 왜냐!
Naver
20110410 whywhy.

우리 고양이는 돌아가시면 안 되는데...

회사 친구들을 만났다. 그 중 한 명의 강아지가 어젯밤 세상을 떠나서 그 친구 눈이 많이 부었더랬다. 너무 많이 울어서... 안타깝다. 남 일이 아닌 것 같아서 다들 마음이 아팠다. 집에 돌아와서는 가만히 밥 먹고 있는 우리 카스를 번쩍 들어 부비부비 해본다. 우리 카스 계속계속 내 옆에 있어줘~

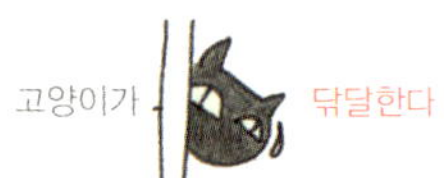

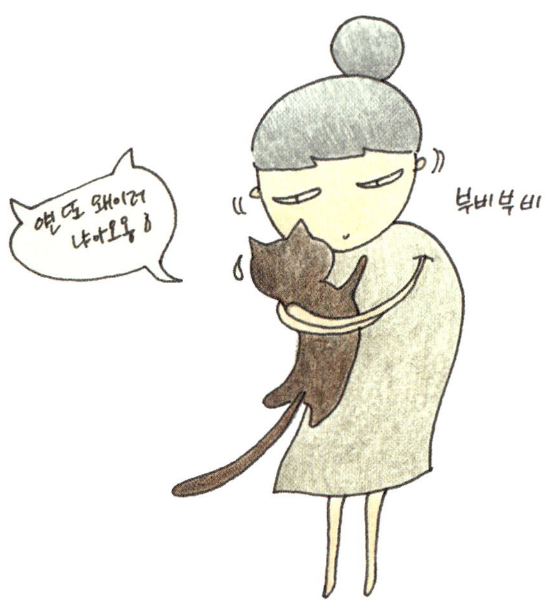

앤 또 왜이런 나어요옹ㅎ
부비부비

엄마 생일 선물.

한 2,3년 전쯤인가 엄마생일이라서 백화점 구경을 하다가 아르마니에서 목걸이를 선물한 적이 있다. 그때 세일하고 뭐 할인받고 해서 30만 원 정도에 샀던 거 같은데 줄이 도금 줄이었다. 한번 무료로 도금해준다고 했었는데 엄마 왈 보증서도 어디 뒀는지도 모르겠고 도금하면 또 벗겨져서 어차피 금으로 해야 되는데 18k로 하면 얼마고 14k로 하면 얼마더라. 전화 끊고 가만히 생각해보니 엄마 생일이 곧 다가온다. 이번엔 엄마생일 때 뭘 해야 되나 고민하고 있었는데 엄마랑 통화하다가 목걸이 얘기가 또 나왔다. 이거는 사달라는 얘긴가? 일단 끊었다. 백수인 나에게는 부담일 수밖에 없다.

또 엄마랑 통화했다. 또 금목걸이 얘기가 나왔다. 이건 확실하게 사달라는 얘기다. 못살아. 그 목걸이는 왜 줄이 세 줄이나 되어서는 펜던트 값보다 금값이 훨씬 더 나오게 생겼다. 엄마에게 내가 해 줄 테니 좋은 거로 맞추라고 했다. 엄마는 애교 섞인 목소리로 계속 '진짜? 진짜?' 를 외쳤고 나는 금전적 출혈은 있지만 엄마가 이렇게 좋아하는 걸 보고 마음속으로 뿌듯하다.

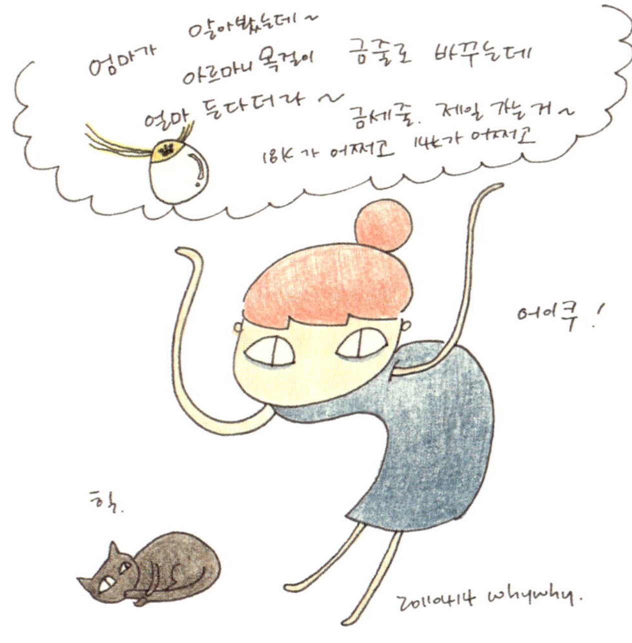

하지만... 내년엔 또 뭐가 기다리고 있을까. 참. 우리 카스는 참
고로 지금 꼬리잡기 놀이 중.

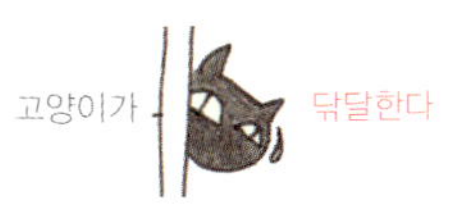

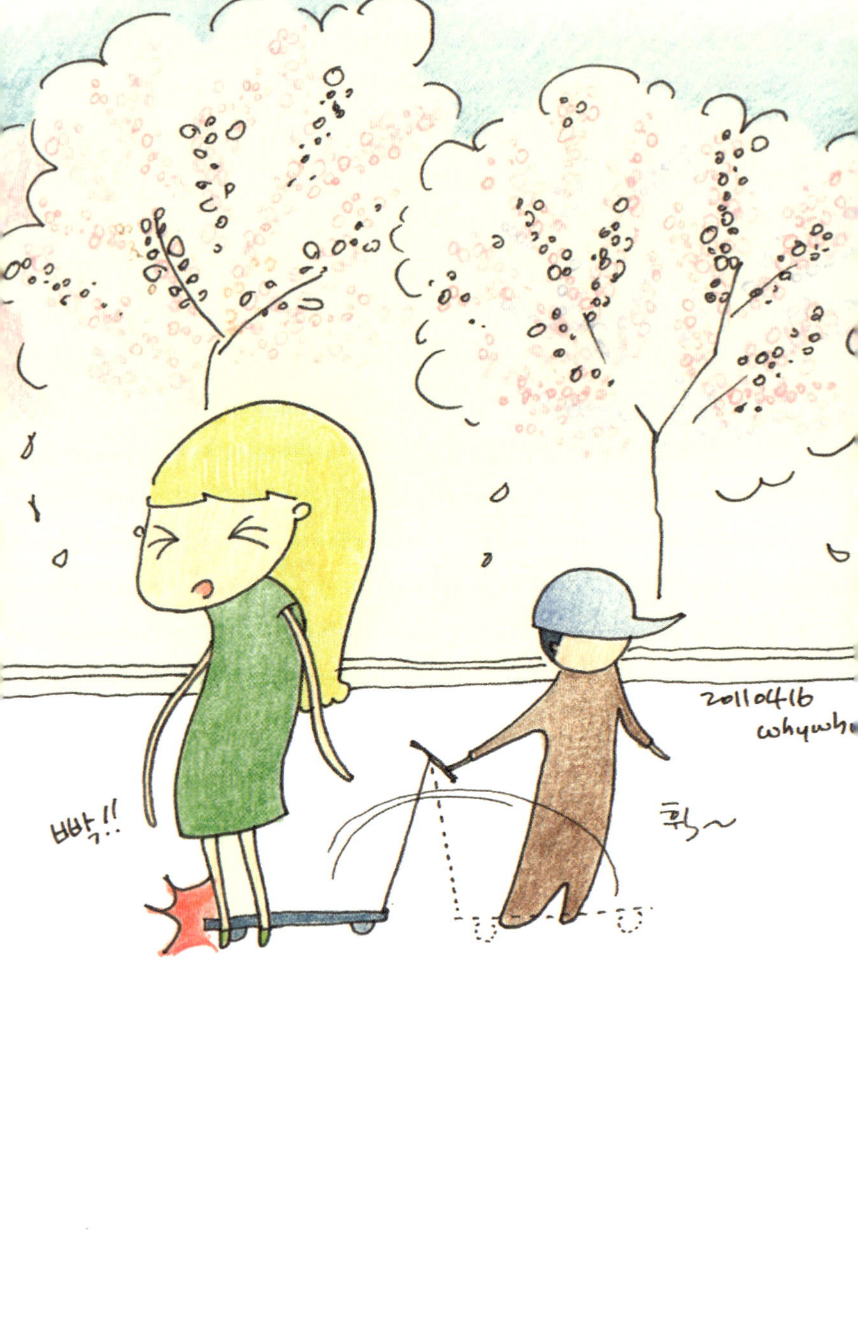
빡!!
휙~
2011.04.16
whywh

당인리 발전소 꽃놀이 갔다가 봉변당하다.

주말을 맞이해서 당인리 발전소에 꽃놀이를 갔다. 여의도 보다는 사람이 훨씬 적다고는 하던데 그래도 꽃놀이 나온 사람들이 많았다. 벚꽃나무 밑에서 돗자리 펴고들 누워서 끼리끼리들 먹고 웃고 떠드는 사람들. 우린 너무 준비를 안 하고 꽃놀이 나왔나. 맨몸으로 왔으니...

나는 선글라스도 없이 눈을 찌푸리고 벚꽃을 보면서 걸었다. 그런데 얼마 걷지도 않았는데 갑자기 뭔가 통증이 빡! 퀵보드를 타고 다니던 어린아이가 뒤로 돌아가려고 그랬던 것 같다. 퀵보드를 휙 돌리는 동시에 나의 복숭아뼈를 타격. 외마디 비명... 악! 저놈 자식은 지가 쳤는지도 모르는지 그냥 유유히 가버리고 나는 눈물이 찔끔 났다. 이래서 애들이 문제라며 짜증을 벅벅 냈지만 여기저기 피어 있는 벚꽃을 보며 계속 짜증 내기란 쉽지 않았다. 금세 잊어버리고 꽃놀이를 계속한다. 비가 오면 금방 져버리겠지만 그래도 이순간만은 제일 예쁘다.

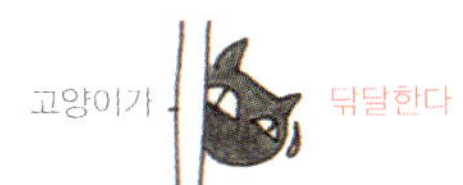

돗자리 다시 접기는 어려워요~!

친구들과 올림픽 공원으로 봄나들이를 갔다. 적당한 곳에 자리를 펴고 앉아 아~ 우리 셋이 언제 평일 낮에 느긋이 이렇게 봄나들이할 줄 알았겠냐며 또 언제 이러겠냐며 이런저런 얘기들과 함께 맥주와 와퍼를 아구아구 먹으면서 왕 수다를 떨었다. 슬슬 일어나려고 돗자리를 접는데 문제가 일어났다!

이렇게 접나? 이렇게이렇게? 요롷게 접나? 요래요래?

우리 셋이 돗자리를 잡고 올림픽공원이 떠나가도록 웃었다. 이게 대낮에 맥주 마셔서 더 웃겼나 싶기도 하다. 어쨌건! 펼칠 때와 반대로 다시 접는 것은 만만한 일이 아니었다. 결국 대~충 원래와는 다른 모양으로 접어버리고 우리는 다음 모임을 기약했다.

돗자리 다시 접기는 정말 어려워요!

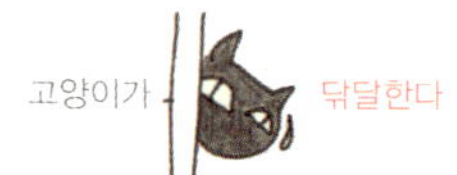

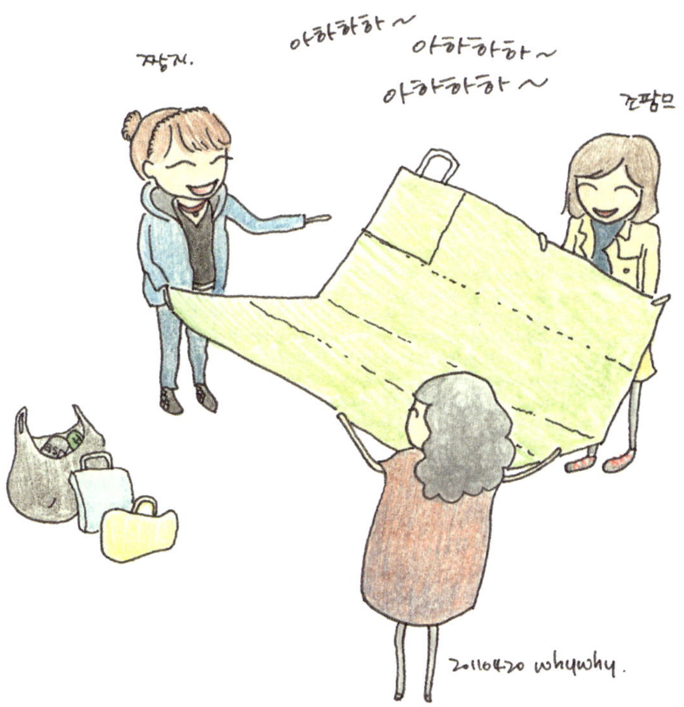
짱저.
아하하하 ~
아하하하 ~
아하하하 ~
건팡므 .
20110420 whywhy.

작심삼일. 또 밀려드는 후회.

6년 전쯤 취미로다가 일본어를 1년 정도 배웠다. 그냥 막연히 다른 나라의 언어를 배워보고 싶었다. 조금 더 하면 더 발전할 수 있는 시기였지만 일이 바빠지면서 매일 되는 야근철야에 짬을 낼 수 없는 상황 때문에 공부를 그만하게 되었다.

다시 한 번 시작해보자며 올해 초 한 달 동안 문법 정리해주는 인터넷 강의를 등록했다. 또 프리랜서로 하던 일이 터졌다. 강의는 반밖에 못 들었다.

또 한 번 더 해보자며 그때 한 것 까먹지나 않게 해야겠다며 또 스마트 폰 강의를 등록했다. 또 프리랜서로 하던 일이 터졌다. 강의는 또 반밖에 못 들었다. 오늘까지가 마지막 강의 일인데 밀린 강의들을 열심히 보았다. 완전 몰아서 몇 개를 보니까 머리에 남는 것도 그닥 없다.

이놈의 작심삼일. 아무리 바빠도 마음만 잘 먹으면 하루에 30분, 1시간쯤은 낼 수 있을 텐데. 시간관리를 너무 못 한 나 자신 때문에 후회가 물밀듯 밀려온다.

그래도 또 한 번 더 해보련다. 아무것도 하지 않는 것보다는 또

후회를 하게 될지 모르지만 한 번 더 나를 믿고 도전해야겠다!

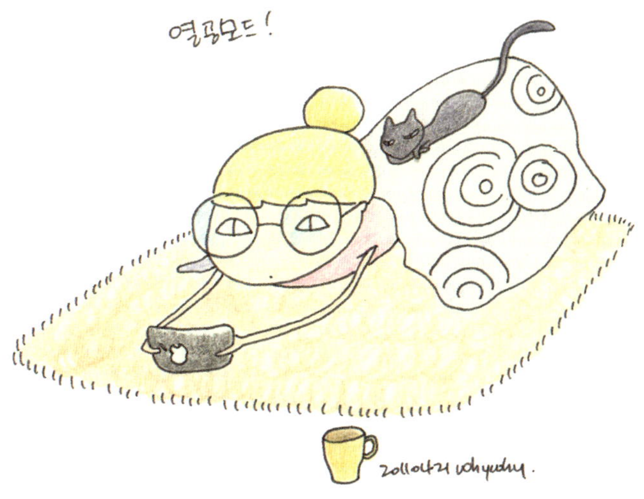

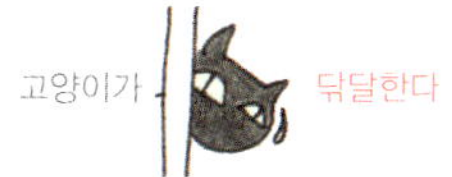

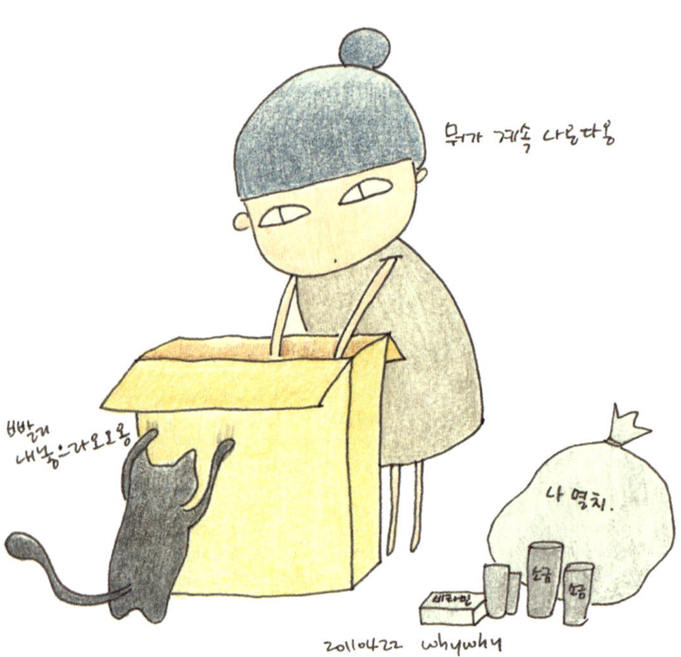

뭐가 계속 나롬다옹
빠발게
내놓으라오1옹
나 멸치.
2011.04.22 whywhy

엄마가 보낸 택배.

엄마가 일본 방사능 때문에 걱정이 된다며 택배를 보낸다고 했다.

그게 도착했는데... 국물 내는 멸치에서부터 소금, 설탕, 참기름 뭐 각종 캔류, 비타민까지 끝도 없이 뭐가 나온다. 그러면서 엄마는 당분간은 물고기 사먹지 말라며 냉동실에 있는 것만 먹으라며 걱정 아닌 걱정을 계속한다. 옛날 같았으면 엄마가 오바한다고 싫어라 했을 텐데 이제는 뭐 그러려니 한다.

나도 좀 걱정이 되는 건 사실이니까.

어쨌건.
엄마 덕분에 잠깐 부자가 된 것 같은 느낌이다. 하하하

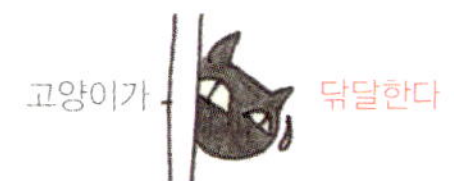

4시 44분.

난 시계 볼 때마다 4시 44분이다. 어쩔 땐 11시 11분. 뭔가 그럴 때만 딱딱 보는 능력이 있나? 뭔가 불행의 징조인가?? 이런 식으로 생각을 많이 하는 것 같다. 왜 그럴까?

사람들이 핸드폰으로든 컴퓨터 모니터 제일 우측 하단의 시계로든 무의식적으로 시간을 많이 보는 것 같다. 하루에도 수십 번은 그냥 시간을 확인하게 된다. 그런데 꼭 11시 11분이나 4시 44분을 보게 되면 무언가 다른 의미가 있는 것처럼 특별하게 느껴지는 심리 때문에 그런 것 아닐까? 수없이 많이 보던 중 한번 걸려든 거다. 갑자기 그런 생각이 드네. 뭐 아니면 말고.

오늘도 4시 44분을 봤다.

그냥 4시 44분일 뿐이다.

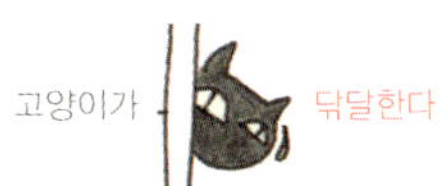

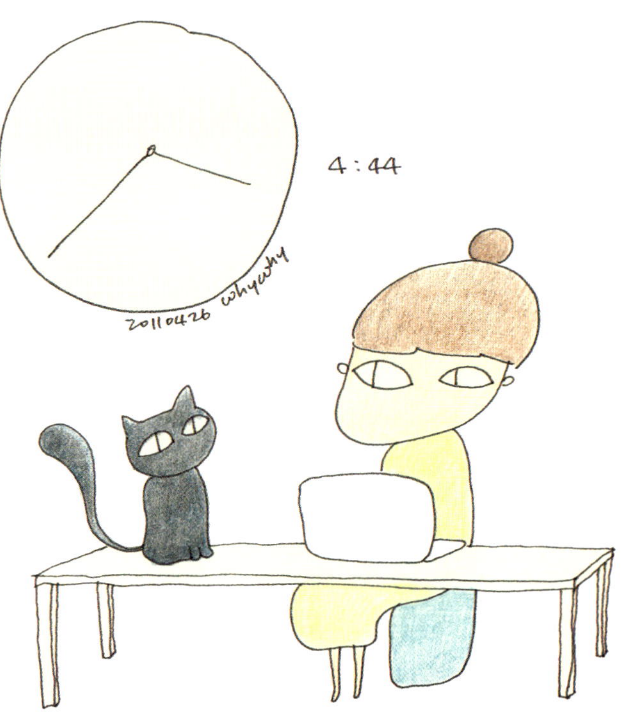
4 : 44
20110426 whywhy

악! 담 결림!

바닥에 지우개가 떨어져 있어서 잠시 나의 뻣뻣함을 망각하고 줍겠다고 딱 몸을 숙인 순간이었다.

왼쪽 뒤 등 쪽에서 통증이 빡! 외마디 비명 악!

너무 아파서 움직이지를 못하겠다. 몸 비틀기는커녕 누울 때도 아프다. 이놈의 근육통.

누구는 운동부족이라며 운동 좀 하라고 구박하지만 오늘까지도 아프면 병원에 가보아야겠다.

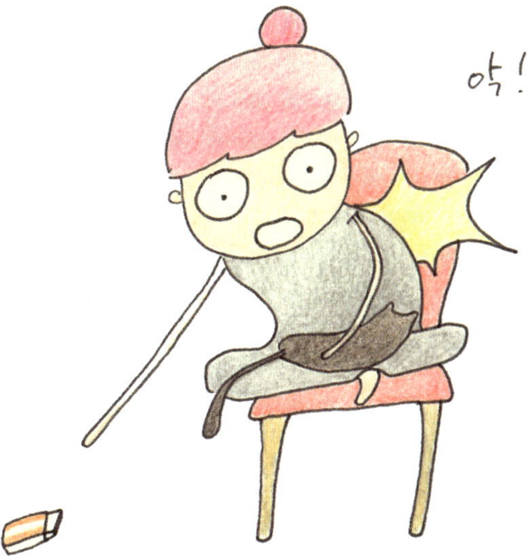
악!
20110424 whywhy

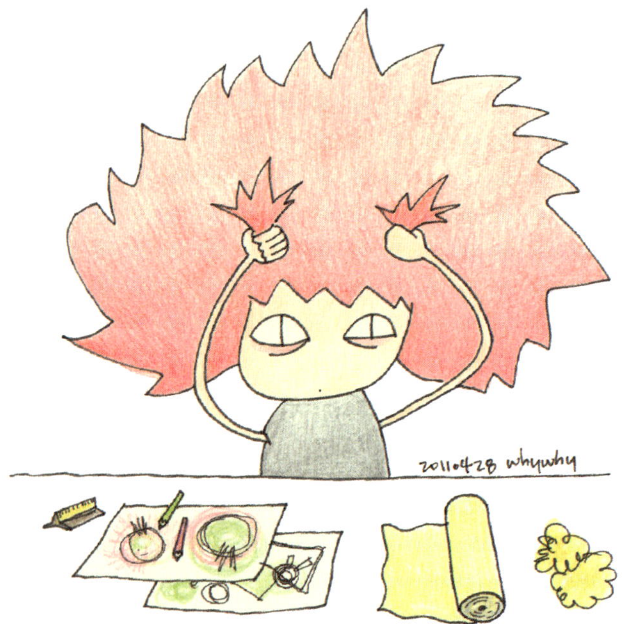
20110428 whywhy

아 하기 싫다~!

일주일 만에 뭘 후딱 해치워야 하는 일을 받았다. 처음 받을 때부터 괜히 이상하게 하기 싫더니 계속하기가 싫다. 나는 한번 하기 싫다고 생각되면 끝까지 잘 못하는 성격이어서 그런지 집중도 안 되고 아무 생각도 안 난다. 이 일을 받지 말았어야 했었나. 지금이라도 안 한다고 할까. 하기 싫은 마음에 이런저런 궁리를 해보지만 이미 늦었다. 해야만 한다. 마음을 다잡고 다시 앉아서 해본다. 이렇게 해보까 저렇게 해보까...

아아아아악!!!

머리를 쥐어짜도 뭐가 안 나온다. 디자인 일이라는 게 참 마음대로 되지 않는다는 걸 또 한 번 실감한다.

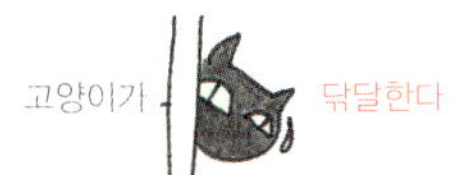

노트북이 지 자리인 줄 아나…

컴퓨터를 하다가 잠깐 자리를 비우면 그 사이 우리 카스 키보드 위
에 자리 잡는다. 아주 잠깐 사이에 노트북을 아주 바보로 만든다.
ㄷㄷ3ㄷㄷ4ㄷ3ㄷ34343434ㄷㄷ
이렇게 이상한 외계어를 써서 친구에게 폭탄메시지를 보내기도
하고 바탕화면에 나와 있던 파일을 실행시켜 꺼져있던 포토샵이
열리기도 한다. 어떨 때는 완전 먹통이 되기도.

오늘도 잠깐 자리를 비운 사이 어김없이 노트북 위에 올라가 앉
아 있다. 식겁하고는 파일들을 확인했다. 다행히 작업하던 것은
저장한 대로 되어 있다. 휴…
배가 따뜻해서 자꾸 올라가나 보다. 그런가 보다. 그래도 먹통은
만들지 말아 줄래? 내 말은 알아듣는 거냐옹?

갑자기 무라카미 하루키의 해변의 카프카의 나카타상이 생각난
다. 사고로 인해 똑똑했던 전과는 달리 바보가 되지만 고양이와
대화할 수 있는 능력을 가지게 된… 내일은 다락방에서 그 책을
찾아봐야겠다.

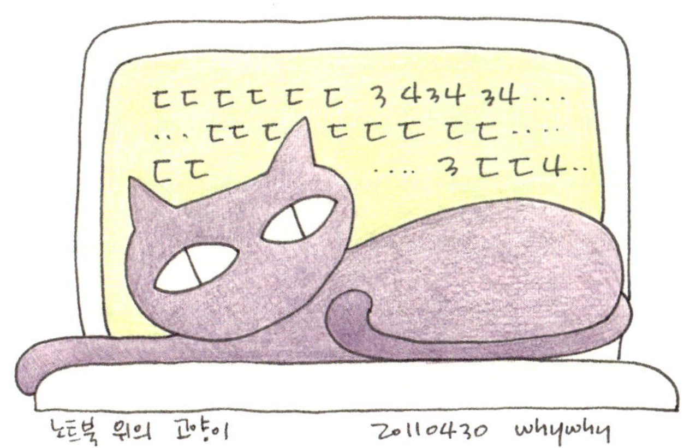

노트북 위의 고양이   20110430 whywhy

나 whywhy 이야기.

나는 까만 옷만 입는 아이다. 실제로 옷장에도 까만 옷밖에 없다. 엄마가 준 아이보리 재킷과 친구들이 몇 년 전에 생일선물로 준 빨간 조끼 외엔 죄다 블랙이다.

20대... 꿈 많은 20대에 나는 3,40대에는 멋진 디자이너가 되어 있을 거라고 상상하면서 whywhy라는 캐릭터를 만들었다. 나의 브랜드를 만들겠다면서... 내 이름이 윤영이라 참 특징이 없고 민둥민둥하며 심지어는 이니셜도 썼을 때 예쁘지가 않다. yy 그러다가 그 이름 이니셜이 역발상이 되어 whywhy가 탄생이 되었고 지금도 계속 나는 whywhy로 살고 있고 평생을 그렇게 살 거다.

그리고 무언가 특징이 있어야 했다. 나의 브랜드. Whywhy. 작은 키, 평범한 외모에 뭐 하나 특출난 게 없고 내세울 것이 없던 나는 컬러라도 정해보자며 블랙을 결정했다. 그리고는 그 뒤로 계속 블랙 옷만 입고 있다. 누구는 왜 맨날 똑같은 옷만 입냐 하고 누구는 지겹지도 않느냐 한다. 하지만 나는 매일 다른 옷을 입고 있고 지겹지도 않다. 같은 블랙이지만 디테일이 모두 다르다.

나만 아는, 나만 소중히 여기는. 나는 까만 옷만 입는 아이로 기억되고 있다. 나의 인테리어 경력이 10년이니 그간 알던 사람들에게는 적어도.

서른이 훌쩍 넘은 지금 나는 훌륭한 디자이너도 아니고 무언가를 확 이룬 것도 아니며 심지어는 아직까지 사춘기만 같다. 그래도 아직까지 나는 whywhy다.

계속 whywhy

참. 그런데 왜 그림일기의 whywhy는 컬러풀하냐고? 그건... 그림이니까...

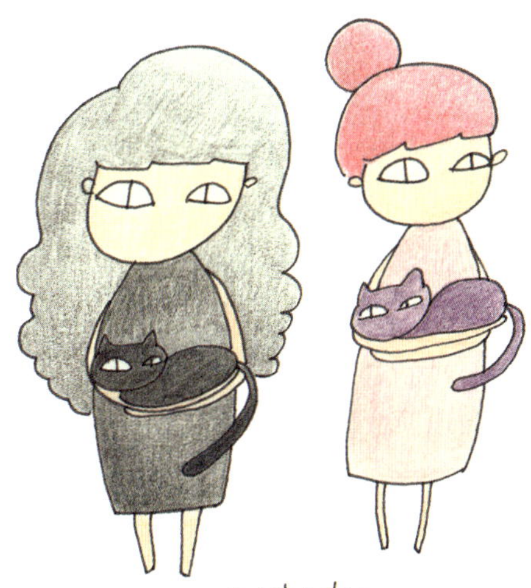

시사랭크쇼. 열광.

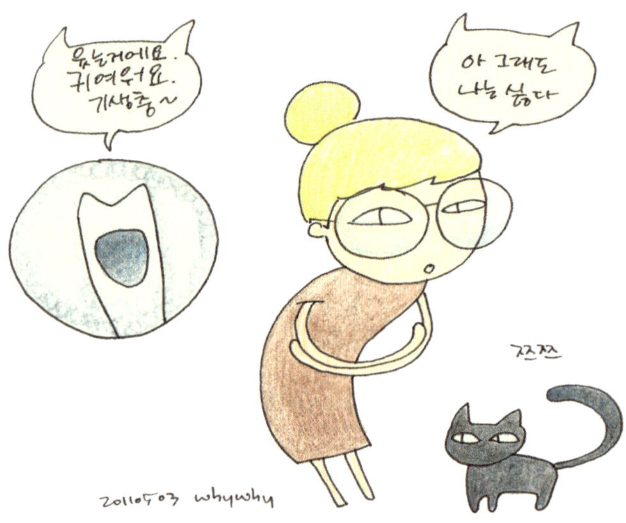

티브이를 보는데 tvN에서 시사랭크쇼 열광을 한다. 김정운 교수와 호란, 김태훈 아저씨 등이 나와서 진행을 하고 이런저런 사회문제나 현상 같은 것들을 가지고 서로 얘기하는 형식이다. 시사 토크쇼지만 진행자들의 센스 있는 말들로 막 웃게 되는 희한한

프로그램.

아무튼 최근 내가 본 것은 기생충에 대한 진실을 파헤치는 것이 있는데 서민 교수라는 분이 나와서 (본명이 '서민' 인가보다) 이것저것 설명을 하는데 신기한 얘기를 했다. 예전에는 우리가 못 살던 시절에 반해 지금 현재, 몸속 기생충들을 약을 먹고 관리를 하면서 없애서 면역력이 낮아져서 아토피 같은 피부질환이 심해졌다는 것이다. 아니 뭐 듣고 보니 그런 것 같기도 해서 열심히 보고 있는데

.....

기생충 확대 사진들을 보여주며 기생충도 웃고 있는 거라며 귀엽다고 한다. 이게 참 사람마다 입장차이가 있는 것 같다.

아아아아아 그래도 저건 싫다아. 닭살이 마구마구 돋으면서 고개를 절레절레 흔들었다.

봄이니까 약 사서 먹어야겠다. 얼른.

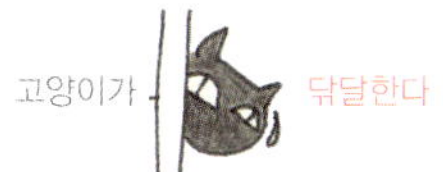

꿈에서도 덥다.

꿈에서 계속계속 더웠다.

너무 찌는듯한 여름날. 나는 한 카페에 들어가서 아이스커피와 얼음물을 주문했다. 얼음물을 받자마자 벌컥벌컥 마셨다. 얼음도 아그작 아그작 씹었다. 그래도 계속계속 더웠다. 꿈인 줄도 몰랐다. 계속 얼음을 리필해서 먹었지만 이 더위는 해소되지 않았다. 새벽에 벌떡 깨버렸다.
너무 더운 나머지...

어젯밤 자기 전 아이폰 충전기를 켠다는 것이 전기장판 스위치를 켰나 보다. 이불이 뜨끈뜨끈하다. 땀이 막 흘렀다. 얼마 전까지만 해도 매일매일 전기장판을 사랑해주던 나다. 이렇게 봄님은 야속하게 빨리 가버리셨다.

금방 확 더워질 것만 같아서 아쉽다.

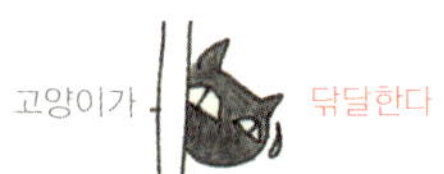

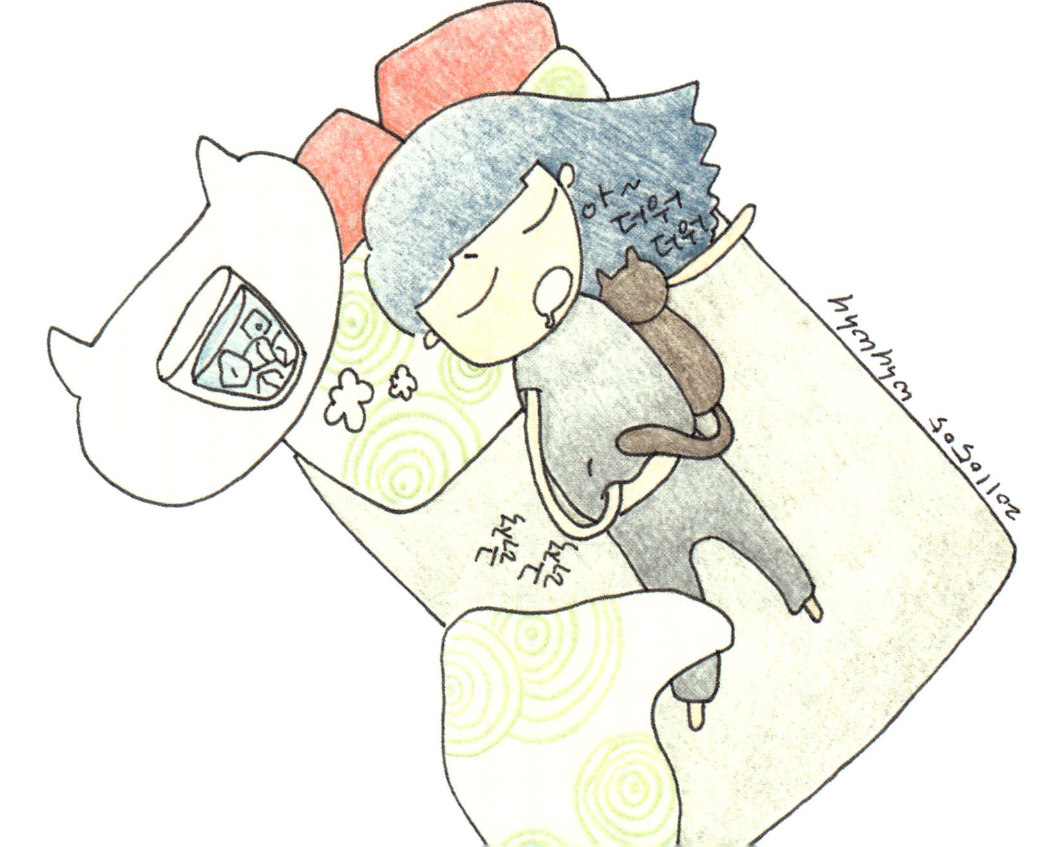

아~ 더워 더워
글렁쩡 그렁쩡
whywhy 20110505

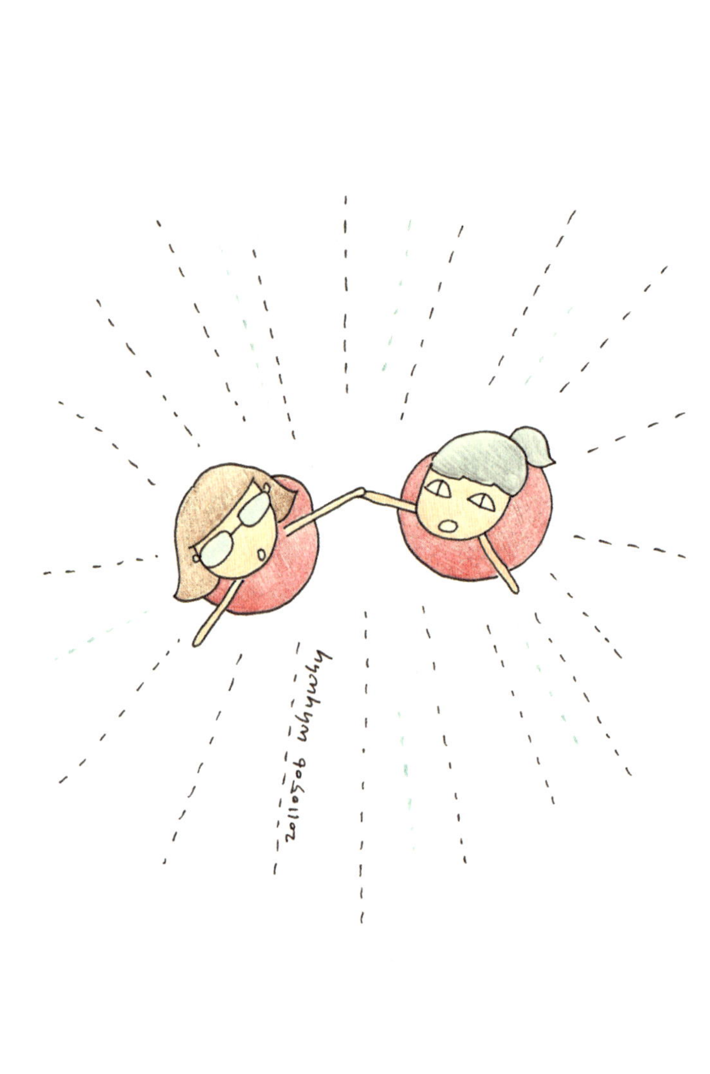

비가 오면 생각나는 그 시절.

이렇게 비가 추적추적 오는 날이면 문득 그때 그 시절이 떠오르곤 한다.

고등학교 때였다. 봄비가 너무 예쁘게 내리길래 친구 양양과 비 맞으러 나가자며 나가서 미친 듯이 비 맞고 미친 듯이 좋다고 웃던 그 시절. 비 맞고는 뭐가 그렇게 좋다고는 웃고 떠들었는지... 그랬던 날들이 있었더랬다. 네모난 작은 책상에 앉아서 창 밖 바라보면서 얘기하고 도시락 까먹으면서 좋아하고 같이 쉬는 시간에 매점 뛰어가서 튀김만두 사 먹던 그 시절. 그립다. 생각해보면 참 소중했던 모습들이다. 그때 당시에는 몰랐지만 말이다.

돌아갈 수 없어서 더 그리운 것 같다.
내가 더 나이가 들고나면 지금의 나도 그립겠지?

오늘을 행복하게 살아야겠다.

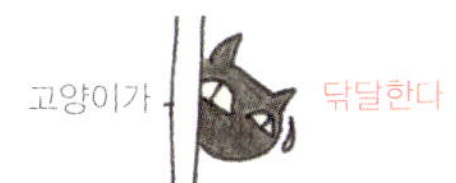

별명.

나는 여고를 나왔다. 미대를 가려고 야자를 안 하고 저녁 시간에
는 미술학원을 가고 끝나면 독서실에 가서 나머지 공부를 했다.
다른 친구들은 야자도 하고 새벽까지 공부하고... 지금 생각해보
면 그때니까 그 나이니까 해낼 수 있었던 것 같다. 그 살인적인
스케줄. 또 하라면 절대 못할 것 같은. 학교에 와서는 쉬는 시간
이면 엎드려 자기 바빴다. (사실 수업시간에도.. 종종.) 그러면 친
구들이 옆에 와서 내 팔을 하나씩 잡고 쪼물딱거렸는데 그 이유
는 찹쌀떡처럼 몰랑몰랑하다는 것이었다. 그래서 그때 붙여진
별명이 '찹쌀떡' 큭. 웃긴다. 친구들은 내 팔을 쪼물딱 거리면서
전날 봤던 드라마에 나온 남자배우, 가요 톱 텐에 나온 남자가수
가 꼭 자기 남자친구인 마냥 우리오빠우리오빠 거렸고 얘기하면
서 행복해했다. 그녀들은 이제 자기만의 오빠를 만나 잘들 살고
있겠지. 훗. 저 때는 왜 저렇게들 치마 안에 파란색 체육복을 꼭
꼭 챙겨 입었는지... 그다지 좋은 천도 아니었는데... 만인의 슬
리퍼 삼선 아디다디도디스. 요즘 날씨가 자꾸 비 오고 오락가락
하다 보니 예전 생각이 많이 난다.

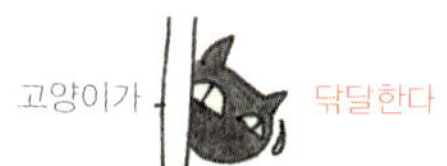

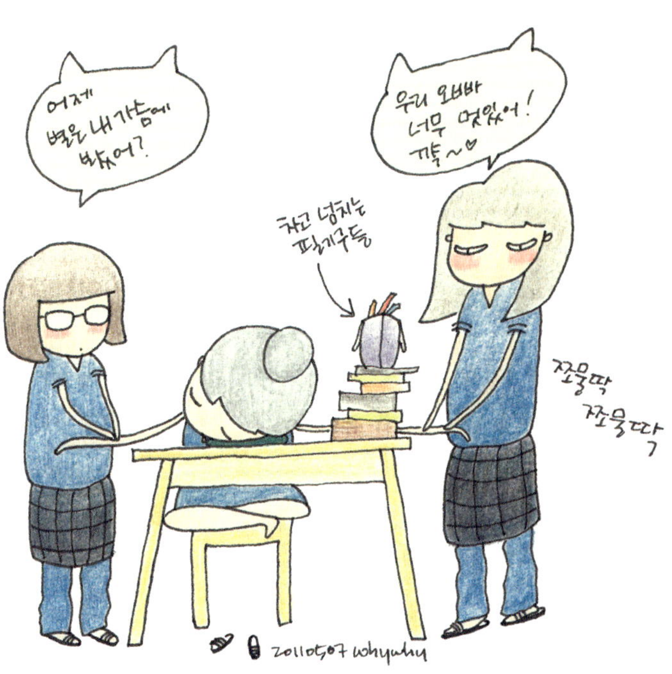
어제 별을 내 가슴에 봤어?
우리 오빠 너무 멋있어! 끼룩~♡
작고 냉정한 팔계구들
쪼물딱 쪼물딱
20110507 whyuhu

예쁘게 웃자!

나는 사진 찍는 게 무서웠다. 아. 정확히 말하자면 사진 찍히는 것. 다른 이들의 사진은 많이 찍는 편이다. 뭐가 그렇게 무서웠는지 카메라만 들이대면 손으로 얼굴을 가리고 마구 움직이는 등 요리조리 샤샥 피했다. 사진이 찍히는 그 순간 그 찰나에 어색해지는 표정과 부자연스러운 제스쳐 비대칭 얼굴까지... 그걸 다시 내 눈으로 확인하는 게 두려웠던 것 같다. 그래서 내 사진이 별로 없다. 이게 다 나에 대한 자신이 별로 없어서인 것 아닐까. 이제 웃는 연습을 해야겠다.

털파리같이 '느하하캬캬', '아하하하하' 이렇게 웃는 거 말고 예쁘게 예쁘게 웃는 연습!

씨익 웃어본다.

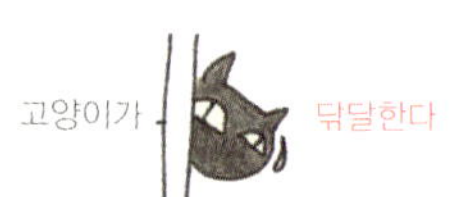

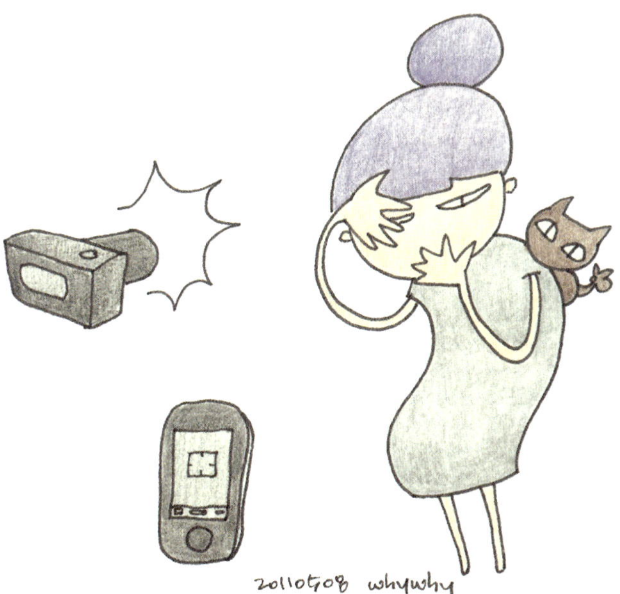

20110508 whywhy

정신줄 놓지마.

5월 들어 계속 구멍 난 가슴 때문에 쭈욱 정신을 놓고 살았다. 잠도 잘 못 잤고 먹지도 잘 못했다. 컨디션 조절 완전 실패다. 그런데 이제서야 생각이 났다. 지난주에 일을 받은 게 있다는 것을. 헙. 수요일에 투시도 발주를 내야 되니까 오늘 내일 디자인을 다 해야 되는데... 흑. 어쩐다...

그런데 지금 이 급박한 시점에서도 집중이 되지 않고 먹먹하기만 하다. 일을 괜히 받았나 싶다가도 정신 차리고 일이나 바쁘게 하면 좀 낫겠다 싶다가도... 이랬다 저랬다 한다.

정신줄 놓지마~

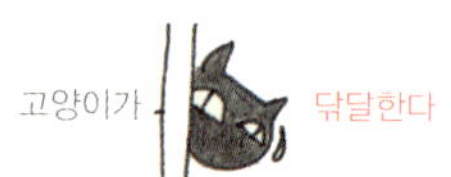

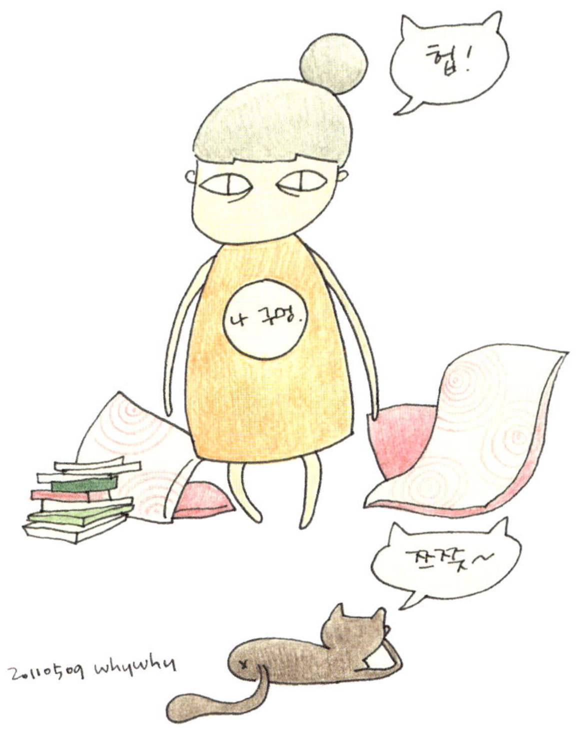

20110509 whywhy

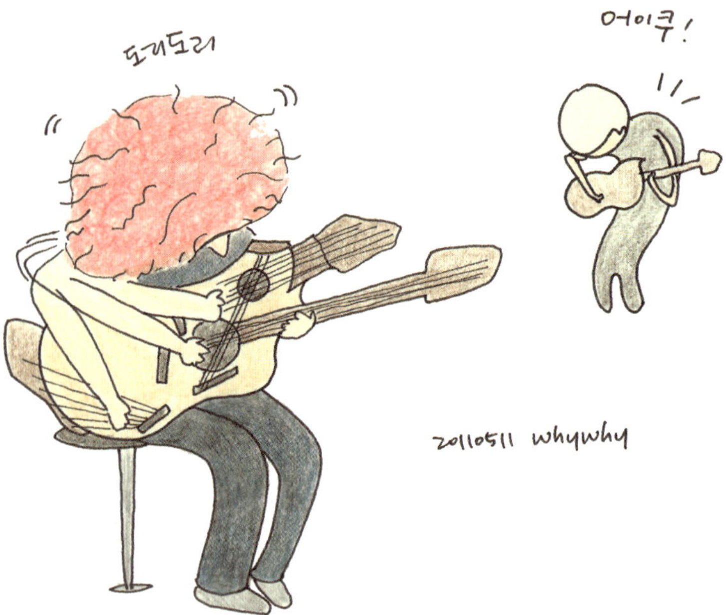
도리도리
어이쿠!
20110511 whywhy

PAT METHENY&FRIENDS
공연_서울재즈페스티벌.

드디어 몇 달을 기다린 결과. 보고 왔다. 팻님과 친구들의 공연. 원래 같이 가려고 했던 이와는 함께 하지 못했지만... 어쨌건. 스티븐 할아버지의 베이스, 산체스의 드럼 소리로 공연장은 꽉 찼고, 게리 할아버지의 비브라폰 연주로 신비스러운 분위기였다.

개인적으로 스티븐 할아버지의 등뼈와 허리가 정말 걱정이 되었다. 공연 내내 꾸부정한 포즈로 열정적으로 연주하는 모습이 안쓰러울 정도. 그리고 산체스는 왼쪽 스틱을 신기하게 잡더라. 게리 할아버지의 비브라폰은 뭐라 말로 할 수 없을 것 같다. 꼭 4개의 스틱(이것도 스틱이라고 해야 하나?)이 손가락인 것 마냥 자유자재로 연주하는 모습이 꼭 외계생명체 같았다고나 할까? 팻 아저씨도 계속 기타를 바꾸어가며 연주했고 나중에는 피카소 기타로 신에 가까운 연주를 했다. (그의 팔 근육이 그냥 만들어진 게 아닌 것 같다. 같이 간 언니가 그것까지 봤냐며 면박했지만. 하하) 뭔가 말로 하기 힘들다. 공연은 직접 봐야 하는 것 같다.

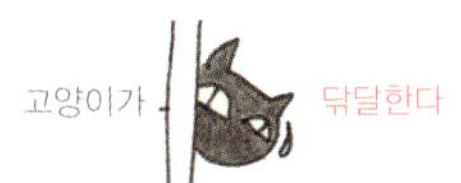

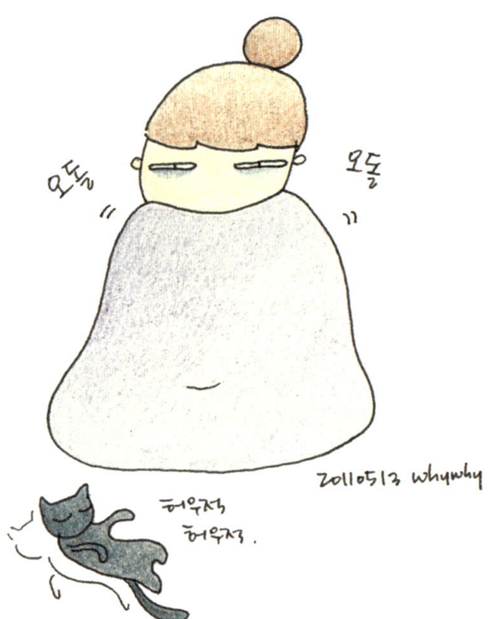
오돌
오돌
2011 0513 whywhy
허우적
허우적.

오뉴월 개도 안 걸린다는 감기.

어제 낮에 외투를 입고 나갔다가 너무 더워 저녁때 나갈 때는 외투를 안 갖고 나갔다. 그것 때문인가? 오뉴월 개도 안 걸린다는 감기에 걸렸다. 아침에 일어나니 목이 콱 막혀서 말도 안 나왔다. 몸도 으슬으슬 춥고. 혼자 있을 때 아프면 서러운데 일 때문에 약도 못 먹는다. 약 먹으면 약 기운에 헤롱 대서 일을 아예 못하니까. 아파도 참는다. 비염이 있어서 대부분은 코감기가 걸려서 코 푼다고 정신없는데 이번 감기는 목감기 인가보다. 목이 너무 아프다.

저놈의 카스는 또 무슨 꿈을 꾸는지 팔을 허우적허우적 댄다. 팔자 좋은 것. 마지막 일을 넘기고 나서야 밥 먹고 약을 먹고 전사했다. 그나마 요 근래 제일 오래 잘 잤다. 약 기운에 빌어. 모두 감기 조심 하시길~~

그런데 오돌오돌 떨다 보니 맛있는 오돌뼈가 생각난다. 쩝. (벌써 다 나았나 보다.)

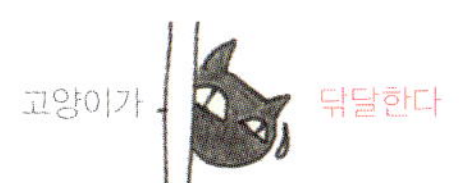

무한 반복인생.

앞머리를 자르고 난 뒤부터 무한 반복 재생되는 저 단계들. 앞머리는 정말 금방 길어서 금방금방 눈을 찌른다. 이번엔 정말 길러서 여성스러워져 보자며 꾹 참고 쫌만 더 쫌만 더를 외친다. 한쪽으로 넘겨서 눈 한쪽이 가려지거나 머리띠를 하거나 핀을 꽂거나 어떻게든 참아보겠다고 노력한다.

하지만 귀 뒤로 넘길 때까지 참지 못하고
결국은 잘라버리게 된다.

자르고 나면 기르고 싶고 기르고 나면 자르고 싶고
추우면 더운 게 좋고 더우면 추운 게 좋고

이렇게 간사한 사람의 마음.

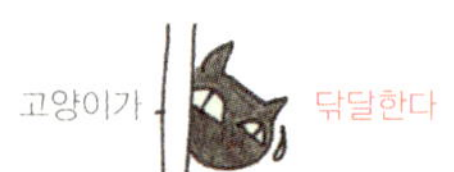

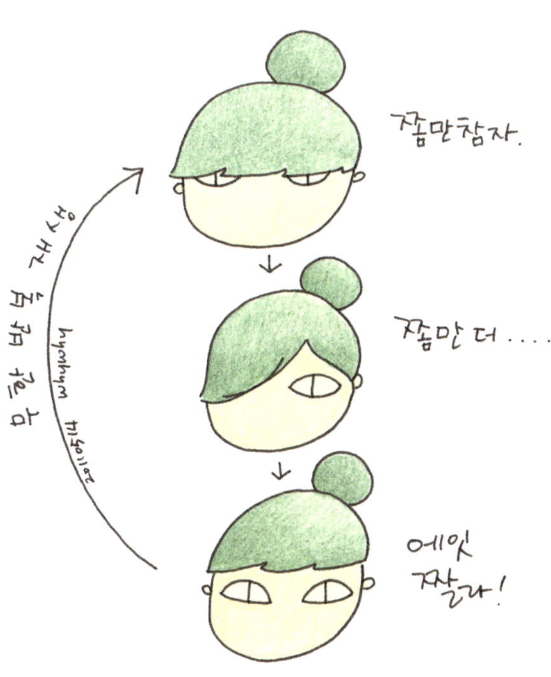

무한 반복 재생
2011.05.14 whywhy
쫌만 참자.
쫌만 더....
에잇
잘라!

고양이도 높은 곳에서 떨어지나요~

우리 고양이 카스도 여느 고양이들처럼 높은 곳에 올라가는 것을 좋아한다. 화장대로 쓰는 낮은 테이블에서 전신 거울을 발판으로 도움닫기를 탁 해서 점프하면 (사실 이건 좀 위험;;) 옷장 위로 슉 잘도 올라간다. 이 옷장에서 저쪽 떨어진 옷장까지 날다람쥐처럼 휘리릭 날아가기도 하고 그 높은 곳에서 바닥까지 한번에 점프 하기도 한다. 그런데! 이게 웬걸 원숭이가 나무에서 떨어질 때가 있는 것처럼 고양이도 높은 곳에 못 올라갈 때가 있었다. 푸하하 한번에 올라가지 못하고 두 손으로 데롱데롱 매달려서 끼야옹~ 끼야옹~ 뒷다리를 올려보려고 버둥버둥 거리는 것이 아닌가. 결국 올라가기 실패. 우리 카스의 위엄 다 어디 갔나요~ 아. 괭이 얼굴 팔려서 어떻게 살아가나요.~ 아. 인증 샷을 찍었어야 했는데 웃느라고 못 찍은 게 한이다. 한번 실패하더니 아직까지 올라가려 하지 않는다. 요 자존심 쎈 귀여운 뇨석.

나 없을 때 왠지 올라가는 연습하고 있지나 않을까.

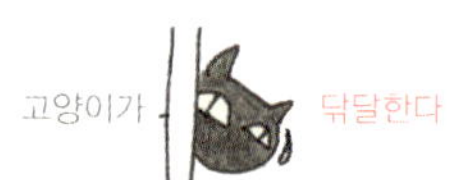

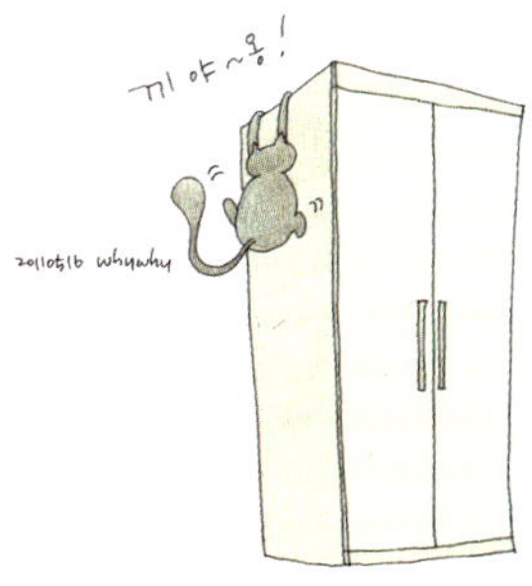
끼야~옹!
2011.05.16 whywhy

어머! 조팜므언뉘!

간만에 또 셋이 뭉쳤다. 짱지(그림의 왼쪽)와 조팜므(오른쪽) 그리고 나. 여자 셋이 뭉치니 어찌나 할 얘기가 많은지 (짱지는 몸이 안 좋은 관계로다가 도망갔지만. 나도 안 좋은데. 췌)

짱지는 인테리어 3년 해보더니 이건 아닌가 싶었나 보다. 방향전환. 일러스트레이터로 활동 중이시다. 발을 빼려면 애초에 빼야 된다. 잘 선택한 거라 본다. 활동영역을 조금씩 늘려가는 게 앞으로 점점 잘 될 거다. 하지만 조팜므와 나는 발을 빨리 못 뺐다. 그러다가 어영부영 회사에서 이리저리 일에 치이고 사람에 치이고 하다가 벌써 10년 차가 되었다. 된장. 무슨 놈의 시간은 이렇게나 빨리 가버리는지 벌써 그렇게 되었나? 계속 인테리어 회사를 다닐지 프리랜서로 일을 받아서 할지 어떻게 하는 것이 좋은 것인지, 더 좋은... 나에게 더 맞는 일이 있는 것인지 생각하고 찾아보고 있다. 그러면서도 이놈의 인테리어를 확 놓지 못한다. 배운 게 이거라고 아주 이러지도 저러지도 못하고 있다. 오춘기. 둘 다 단단히 겪는 중.
사실 아직 둘 다 시집을 못...안 가서 (못 갔다기보다는 안 갔다고

해두자.) 더 그런 것 같기도 하다. 다른 시집간 친구들은 이런 걱정
보다는 남편 걱정, 뱃속에 혹은 벌써 세상 빛을 본 아이들 걱정하느
라 자신에 대한 생각은 잘 못하는 것 같다. 하지만 우린 아니다.
지금 우리가 온전히 우리 자신에 대해 고민하는 이 시간이 어쩌
면 행복한 것일지도 모른다는 생각이 든다.

그 와중에 우리 테이블에 커다란 이상한 벌레가 껄떡댄다. 짱지
와 나는 어어어~ 어떡하냐고 손도 못 대는데 우리 중에 제일 조
신하게 생기신 조팜므께서 단번에 제압. 돌려보내셨다. 짱지는
사랑의 눈빛을 보냈고 나도 신기해했다. 저런 대범함 때문에라
도 곧 자신의 길을 찾을 수 있을 것 같다. 조팜므 화이링~!

짱지도 물론 우리
다 함께 화이링 ~!

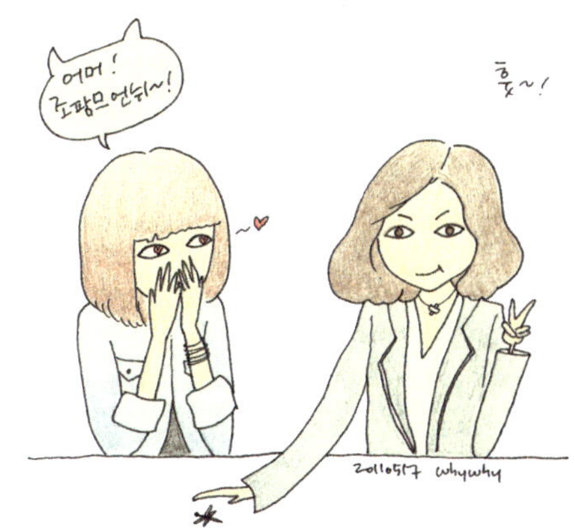

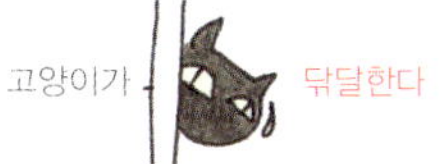

프리랜서 or 직장인.

프리랜서의 좋은 점.

1.자유로운 나의 시간.

일을 딱 언제 시작하건 언제 끝내건 나의 뜻에 달렸다. 오늘 하기 싫으면 내일로 미뤄도 된다. 대낮에 친구와 만나 점심도 먹을 수 있고 아프면 그냥 아프기만 해도 된다.

2.자유로운 장소

회사의 정해진 나의 자리가 아니고 집이든 카페든 내가 원하는 장소가 내 일터가 된다. 사실 회사에 매여 있다고 디자인이 잘 되는 것도 아닌데 회사 상사들은 자리를 비우면 농땡이 친다고만 생각하더라. 어쩔 땐 광합성 하며 커피 한잔 하면서 일할 때 집중이 더 잘된다.

3.자유로운 나의 몸

내가 무슨 옷을 입든 무얼 먹든 상관없다. 파자마 바람으로 일을 하든 맥주를 마시면서 일을 하든 아무도 뭐라고 할 사람이 없다. 어찌 되었건 자유롭다는 소리군.

직장인의 좋은 점.

1. 누군가와 함께한다는 것.

무슨 프로젝트를 하건 간에 나 혼자 하지는 않는다. 그 사람들과의 팀웍이 좋건 나쁘건 간에 누군가와 이야기하며 발전시킬 수 있다. 디자인이라는 건 정답이 없기에.

2. 따박따박 들어오는 수입.
그달에 미친 듯이 일을 했건 일이 없어서 좀 놀았건 상관없이 일정 날짜가 되면 야근비, 경비가 들어왔고 일정 날짜가 되면 월급이라는 게 들어왔다. 어찌 되었건 따박따박이라는 건 무시할 수 없는 큰 것.

직장인이든 프리랜서든 장단점이 있는 것 같다. 음...인테리어 회사의 디자이너는 너무 개인 시간이 없다. 일단은 지금은 자유로운 게 더 좋다. 아직은 취직할 때가 아닌 것 같다. 하하 또 합리화인 것인가?

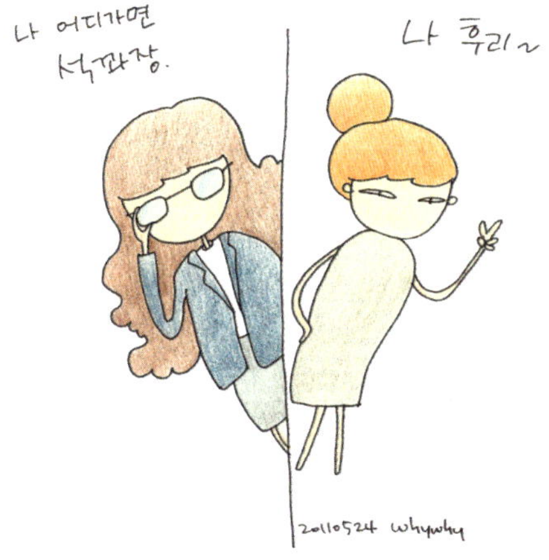

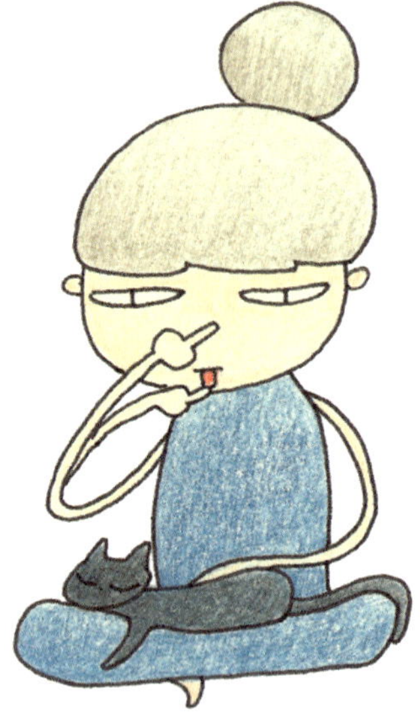

고양이가 닥달한다

무릎고양이.

우리고양이 카스는 원래 무릎고양이가 아니었다.
그냥 앉아 있으면 발, 다리 귀퉁이나 살짝 베고 자거나 옆에 와서
애교 떨며 치대는 정도.

올해 들어와서 집에서 일을 하다 보니 책상을 사고 의자를 사게
되었는데 이때부터였던 것 같다. 7살 중년 꽹이 습성이 바뀐 게.
의자에 앉아서 일을 하고 있으면 아래에서 계속 야옹야옹거린
다. 그래서 무릎에 올려주면 무릎에서 놀다가 꼬리도 잡고 요리
조리 자세도 바꾸어가며 자기도 한다. 요즘은 내가 올려주지 않
아도 풀쩍풀쩍 잘만 올라온다. 이 녀석 이래봬도 3킬로가 넘는지
라 한두 시간 무릎에 앉혀놓으면 다리에 쥐가 난다. 침으로 코끝
을 바르는 응급처치를 해보지만 소용없다.

예전엔 왜 우리 카스는 무릎고양이가 아닐까... 무릎에 좀 올라
와서 얌전히 있었으면 좋겠다는 생각을 많이 했는데 막상 또 무
릎고양이가 되니까 너무 무거워서 감당이 안 된다. 정말 간사한
사람의 마음.

콧구멍에 바람 좀 쐬고.

무슨 바람이 불었는지 훌쩍 떠났다. 그냥 무작정 기차여행을 하고 싶었고 무작정 바다가 보고 싶었다. 그래서 아무 생각 없이 아침 7시 기차를 타고 강릉으로 고고. 날씨 좋은 날 다 놔두고 왜 하필 비가 올랑말랑하는 날을 선택해서는 (그래도 빨리 잘 다녀왔다. 지금 이 시간은 우르르쾅쾅 비가 막 온다.) 우중충한 하늘과 시퍼렇게 넘실대는 바다. 엄청난 바닷바람으로 너무 추워서 발꼬락 하나 바닷물에 담그지 못했다. 아쉽다. 곧 다시 한 번 더 가야겠다. 그런데 나이 들고 6시간씩 기차 타는 건 정말 힘들더라. 올 때는 버스터미널에서 우등고속을 타고 3시간 만에 서울 도착.

그래도 오래간만에 짠 바다 냄새 맡고 오니 속까지 소독된 것 같은 느낌.

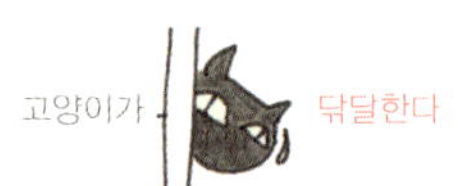

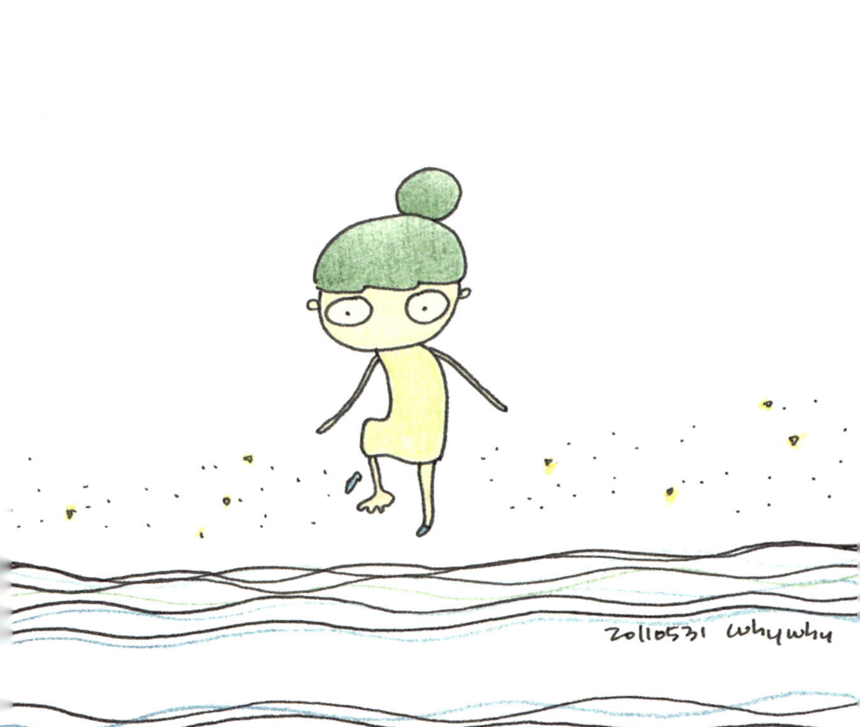
20110531 whywhy

누가 땡 좀 해줘~!

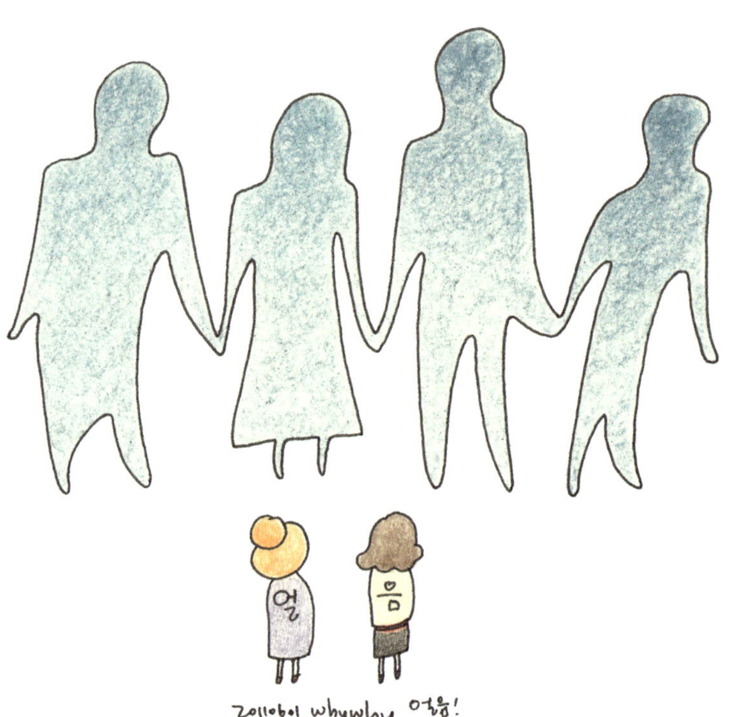

조팜므와 오늘 프로젝트 미팅을 하고 살짝 일도 보고 밥도 먹을
겸 홍대로 왔다. 둘이 농담 따먹기 하며 인도를 걷고 있었는데 앞
에 큰 장벽 하나가 나타났다. 사람들이 여러 명이서 인도를 모두
점령한 것이다. 가로 일렬로 우리 앞으로 다가오고 있다. 이 인간
들 틈도 주지 않고 비키지도 않는다. 우리 둘은 순간 얼음이 되었
다. 어떻게 해야 하는 것인가. 어느 틈이 가장 뚫기 쉬운 틈이란
말인가. 짧은 시간 안에 오만 생각으로 머리가 복잡해졌다. 누가
땡 좀 해줘~!

그들은 왜 일렬로 서는 것일까. 운동회 줄 맞추기도 아니고. 앞서
거니 뒤서거니 하면 누가 뒤쳐지고 낙오라도 되나. 쫌 비켜주기
라도 하던가. 뭉치면 용감해져서 그런 것일까.

6월 첫날부터 투덜 모드 일기네. 하핫하하핫
쪽수 많다고 으스대지도 말고 혼자라고 기죽지도 말고 배려하면
서 매너남녀들이 되는 6월이 되자!

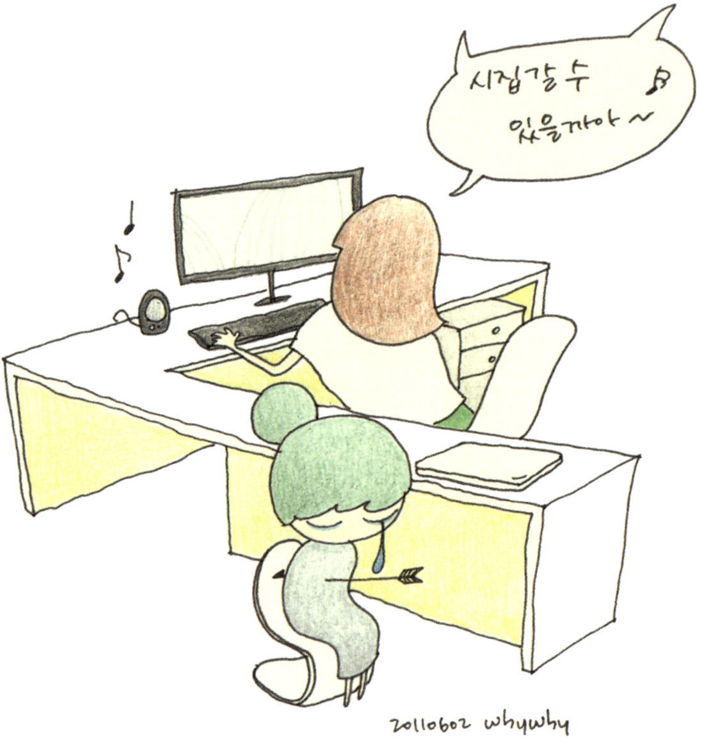

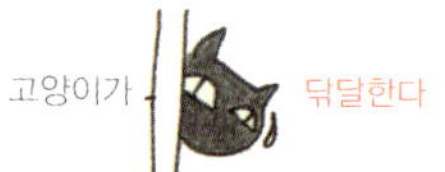

시집갈수
있을까아~
2011o6o2 whywhy
고양이가 닦달한다

시집갈 수 있을까~

작업실 친구들이 모두 자기를 버리고 갔다며 짱지가 한마디 훅 던져서 난 또 덥썩 물고는 (우리 이런 관계. 훅 던지고 덥석 무는 이런 관계) 홍대 조폭 떡볶이에서 떡볶이와 순대를 사서 짱지네 작업실로 놀러갔다. 마약 같은 조폭 떡볶이와 순대를 마구마구 먹으며 수다를 떨다가 잠깐 각자 작업을 했다. 짱지가 노래에 맞춰 흥얼거리기 시작했다. 나가수에서 이소라가 부른 보아의 넘버원을 조~타고 부르더니 다음노래... 갑.자.기.

시집 갈 수 있을까~ 시집 갈 수 있을까~

크헉. 맙소사. 이 무슨 이런 노래가 다 있나. 알고 보니 이 노래는 커피 소년의 '장가갈 수 있을까' 순간 화살이 관통했다. 나 걱정 안 하는 것 같아 보이지만 나름 시집 못 갈까 봐 걱정하는 서른 세살. 그래도 요즘 나 외로울까봐 잘 챙겨주는 친구 같은 동생 짱지에게 고마움을 전하며. 그런데 언니 콧대 잡고 있다. 제발 그 노래만은... 그리고 그렇게 모니터에 들어갈 듯이 일하니까 어깨 허리 아픈 거임.

반려동물. 이미 우리의 가족.

향과 같이 사는 반려견 쭈쭈가 얼마 전부터 잘 먹지도 않고 덜덜 떤다고 향이 걱정했다. 괜찮아질 걸로만 믿고 있었는데 갑자기 향이 울먹거리며 전화했다.

"쭈쭈가 아파… 수술해야 된대." 수술 그 한마디에 나도 휴지를 막 찾았다. 수술 받으면 괜찮아질 거라고 위로하면서도 혹시나 하는 마음도 들었다. 그래도 괜찮아질 거라는 믿음을 가지는 것밖에… 걱정하지 말라고 말하는 것밖에 해줄 수 있는 게 없었다.

쭈쭈 완전 아기일 때 우리 집에 며칠 데리고 있었던 적이 있었다. 향이 부산에 내려가야 한다고 데리고 가기도, 그냥 두고 가기도 불안해서 내가 잠깐 맡았다. 요 똑똑한 쭈쭈가 그 얼마 같이 있었던걸 기억하고 있는지 항상 나를 보면 엄청 반겨준다. 쭈쭈는 수술을 했고 지금 꼬깔콘을 쓰고 회복 중이다.

이미 가족이 된 우리의 반려동물들… 건강하게 계속 우리 옆을 지켜주었으면 좋겠다.

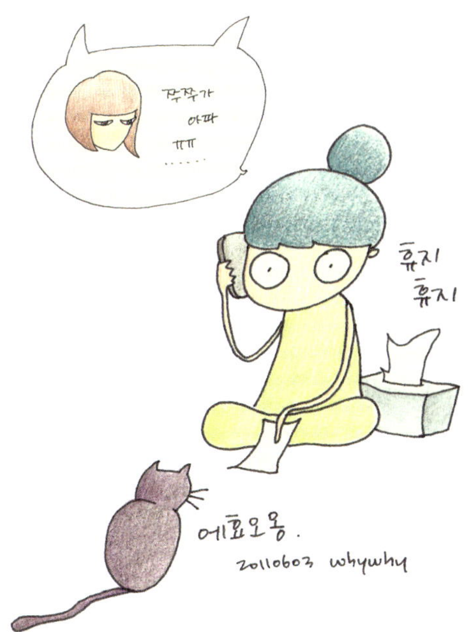
쭈쭈가
아파
ㅠㅠ
. . . . .
휴지
휴지
에흐오옹 .
20110603 whywhy

고양이가 닦달한다

금주.

30대가 되어서 급격히 줄어든 주량에 요즘은 술을 좀만 먹어도 감정적으로 통제가 안 되어 6월 말까지 금주를 해야겠다. 안 그래도 감정적인 편인데... 술을 마시면 머리가 어떻게 되나 보다. 미친 듯이 웃다가 미친 듯이 울다가 이러다가 똘끼대마왕으로 변신하겠다.

그렇게 되기 전에 손 쓰는 것이니 주위에서도 도와주시길.

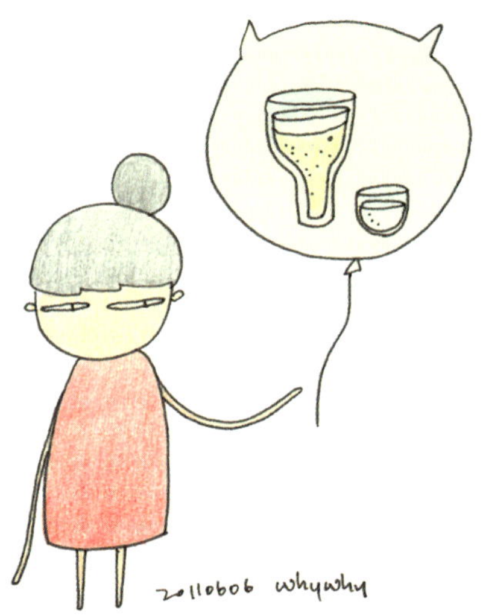

안 괜찮을 때 하는 말.

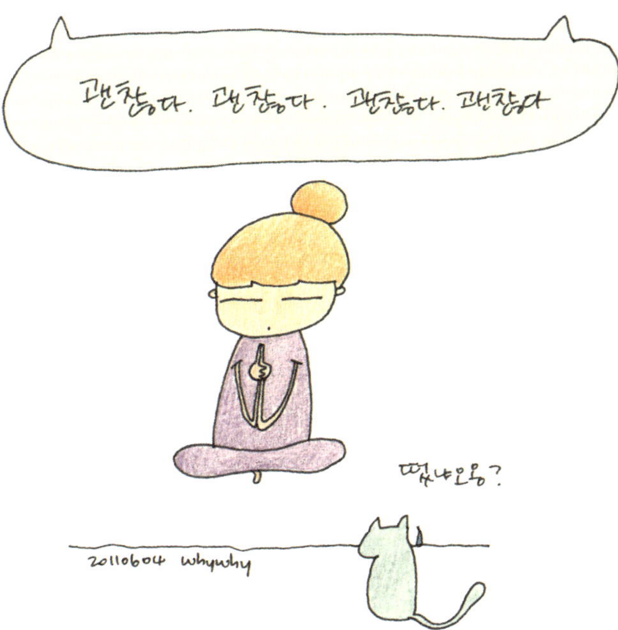

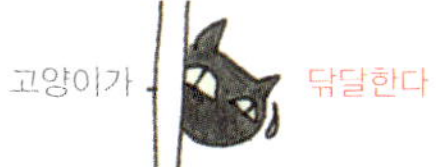

Inner peace.

열심히 일해볼까 생각만 하다가 결국 딴짓을 열심히 하고 있는
나에게 필요한 것
inner peace~

강인한 유녕이 되자며 마음을 다잡고 다잡다가 한순간에 무너져
버리는 나약한 나에게 필요한 것
inner peace~

살을 빼 보자며 소식하겠다며 하루에 한끼두끼 먹다가 쿠어억
폭식해버리는 나에게 필요한 것
inner peace~

쿵푸 팬더 보고 온 날. 저러고 있다.

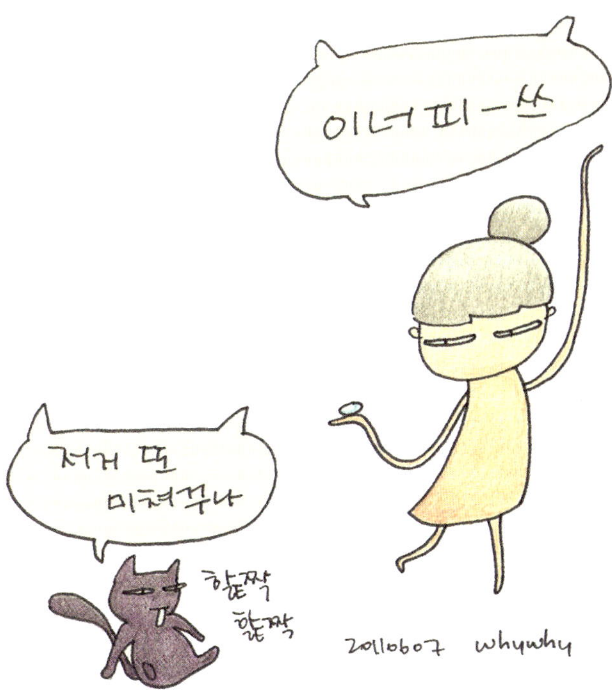
이너피—쓰
저거 또
미쳐꾸나
할짝
할짝
20110607 whywhy

남자 여자.

연애문제연구소장(사실은 그냥 친구) 황만두와 몇 달 만에 만났
다. 황만두도 인테리어를 하는 남자아이. (인맥이 참 얕다. 하하)
보통 만나면 같은 일을 하니까 일 이야기, 회사, 상사 이야기로
시작해 서로의 연애이야기로 끝을 달리며 폭풍 수다를 떤다. 나
는 여자입장에서 이러쿵저러쿵 이야기를 하면 황만두는 남자입
장에서 그건 이래서 그런 거고 저런 거라고 이야기를 해준다. 문
제를 그게 문제라고 꼬집기보다는 남자입장이 어떠하
니까 그래서 이해해주라고 또 영리하게 굴라고 얘기
해주는 편이다. 그리고 주옥같은 말들을 많이 해주는
데 이번에 만나서 제일 와 닿는 이야기.

…….

네 마음도 마음대로 못하는데 남의 마음
을 어떻게 네 마음대로 할 수 있겠어.
최대한 이해해주고 좋은 때를 유
지하려고 서로 노력해야 관계가

계속되는 거야. 너랑 나처럼 이런 친구관계에서는 왜 싸울 일이 없는지 알아? 서로 바라지 않고 기대하지 않기 때문이지. 네가 기대하는 것이 있는 것처럼 그 사람도 너한테 기대하는 것이 있는 거야. 서로 노력해야 돼.

…….

마음에는 참 와 닿지만 막상 닥치면 그렇게 하기 힘든 게 현실. 둘 다 나이만 먹고 연애할 사람도 없고 하기도 힘들다고 푸념하는 것으로 수다의 마침표를 찍었다.

서로에게 100%인 사람을 만나는 것은 불가능한 것인가? 100%인 사람을 만나는 것이 아니라 서로 100%가 되기 위해 노력하는 것인가.

아 어려워 어려워.

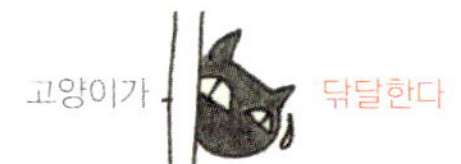

왜 일케 재밌냐옹?

우리 고양님 카스. 노트북에 올라가는 것으로 모자라 복합기에 올라가서 버튼누르기에 맛 들였다. 파워버튼이랑 잉크버튼 이것저것 그때그때 제 마음에 따라 마구 눌러댄다. 꾸욱... 새벽에도 종종 그러는 통에 자다가 깜짝 놀라 벌떡벌떡 일어나게 된다. 결과적으로 프린터기가 안 된다! 악!! 종이가 들어가다가 삐뚤게 먹히면서 되지 않는다. 엉엉. 싸구리 복합기를 사긴 했으나 사서 출력 몇 번 해보지 못하고 고장이 났으니 속이 쓰리다. 이럴 줄 알았으면 좋은 스캐너를 샀어야 했나.

아. 인생은 후회의 연속.
에효. 그래. 카스 너 하고 싶은 대로 다 해~ 고장밖에 더 나겠어.

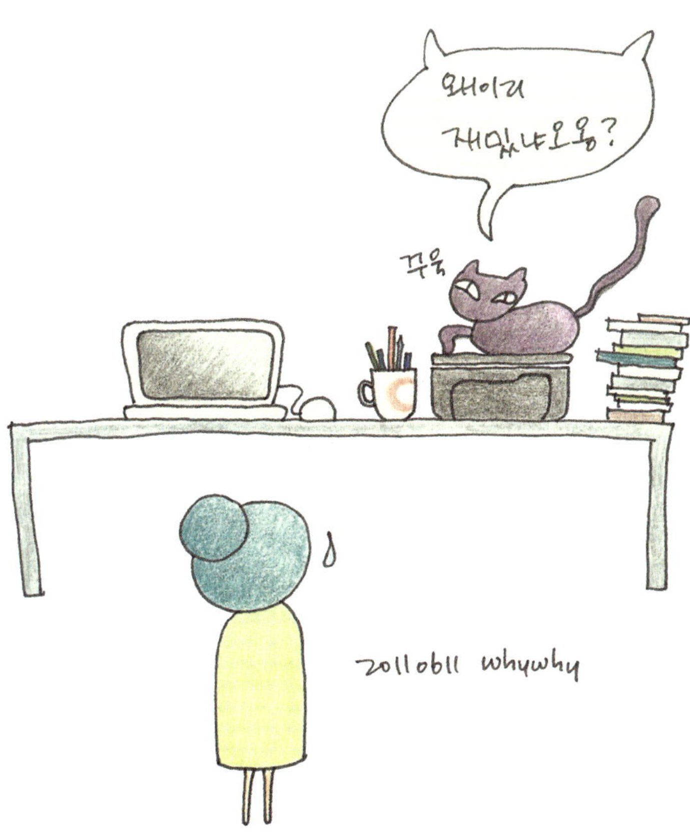
왜이리
재있났오요?
꾸욱
2011 06 11 whywhy

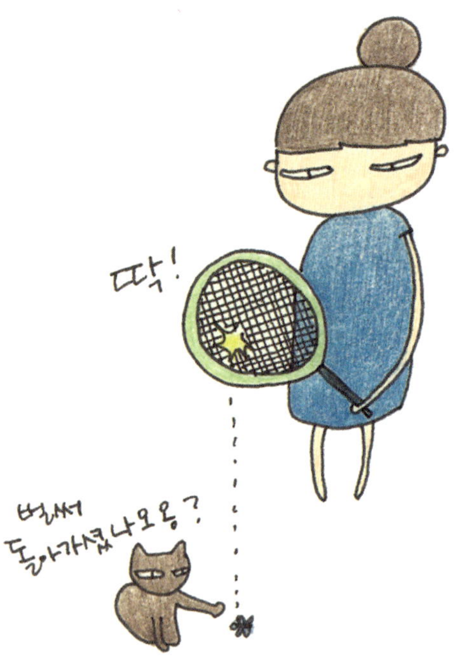
딱!
벌써
돌아가셨나요옹?
20110617 whywhy

전기충격 테니스채.

엄마가 인터넷 쇼핑을 얼마 전부터 살짝씩 하더니 우리 집에 테니스채처럼 생긴 전기 충격기가 배송되었다. 곧 여름이고 나는 모기들의 공격대상이라 엄마가 보내준 것. 이런 것도 컴퓨터 usb 충전방식이네. 노트북에 연결해서 충전을 했다. 사용법도 간단하다. 버튼을 누르고 휘두르기만 하면 OK. 아직 우리 집에 모기는 없어서 쓸 일이 없었는데 갑자기 웬 왕 똥파리 한 마리가 들어와서 왱왱거리며 돌아다녔다. 한번 해보자며 버튼을 누르고 왕 똥파리를 향해 휙 휘둘렀다.

딱! 소리와 함께 힘없이 맥없이 죽어 떨어져 버린 왕 똥파리 씨. 한방에 죽였다. 왠지 미안한 마음이... 그러니까 나한테 오지 마.

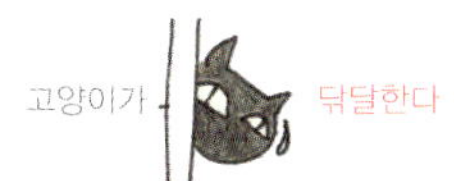

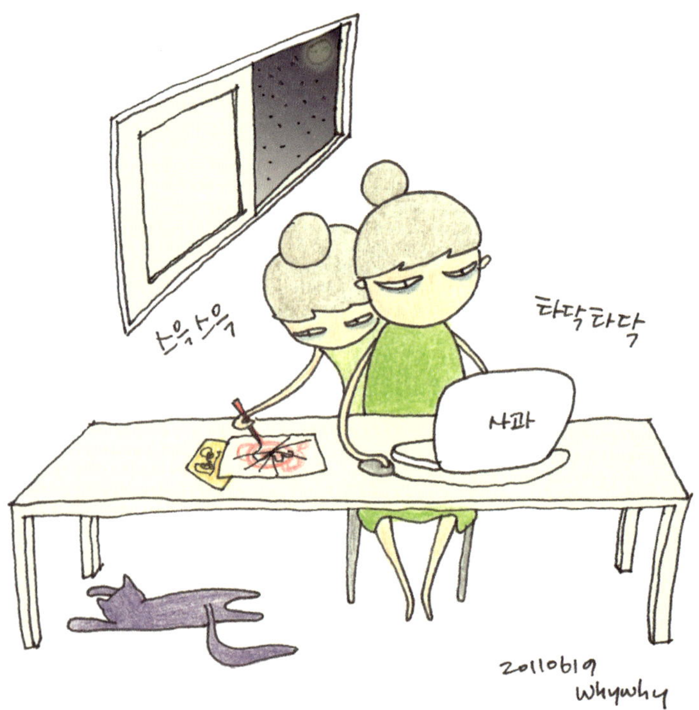

사욱사욱
타닥타닥
사파
20110619
whywhy

역시 벼락치기의 묘미는 집중력.

일해야 하는데 주말 내내 놀고 인터넷과 책 삼매경에 빠져 있다가 카스랑 놀고 뒹굴 거리면서 티브이도 보고... 이제 더는 미룰 수 없는 시간이 되어 책상에 앉았다. 시험공부이건 작업이건 간에 벼락치기의 묘미란 놀라울 정도의 집중력이 아니던가.

밤 11시 반부터 2시까지 딱 작업을 마치고 야근했다며 피곤해한다. 야근은 무슨. 낮에 했으면 됐잖아! 어쨌건 회사에서 야근한 것 마냥 다리도 퉁퉁 붓고 완전 피곤한 것이 앞으로는 벼락치기 하지 말고 미리미리 좀 하자고 다짐한다. 그런데 또 안 되겠지?

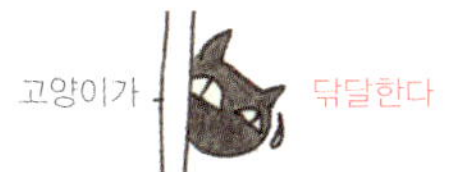

캬흑. 나이의 압박.

조팜므가 미팅을 하고 홍대로 와서 오래간만에 조팜므, 짱지와 함께 셋이 모였다. 우리 짱지 그동안 아프고 골골대었던 아픈 경력들을 얘기하는 중이었다. 입술 수술할 때 들어온 레지던트가 본인보다 훨씬 어리다며 이제 어떻게 해야 되냐며 마구 푸념을 내어놓을 때였다. 이제 자기도 레지던트보다 나이가 많다며… (사실 짱지, 우리보다 강산이 반 바뀔 만큼 어리다.)

우리의 치매 조팜므(치명적 매력의 조 팜므파탈) 주먹을 불끈 쥐며 탕탕~! "그럼! 나는! 우리는!! 어떻겠니??"

사실 군인 아저씨도 이제 아저씨가 아니고 군인 동생들이고 예비군 아저씨도 아저씨가 아니라며 우리와 같은 연배는 민방위라며… 크흑 이어가지 못하겠다. 말을… 크흑. 콧대만 잡을 수밖에…

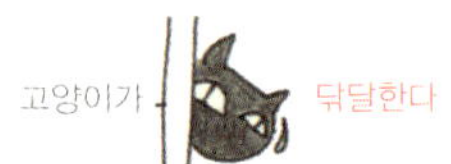

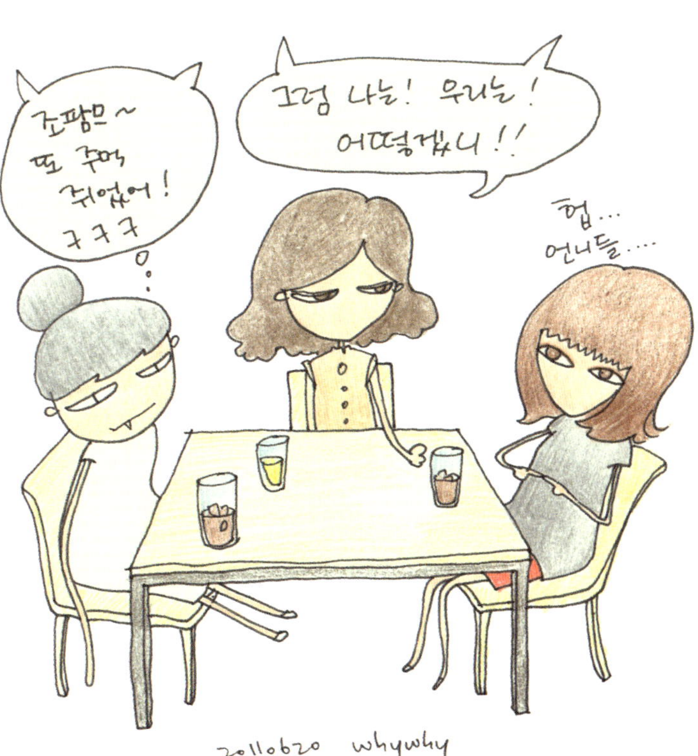
손팜모~
또 주먹
쥐었어!
ㅋㅋㅋ
그렁 나눈! 우리눈!
어떻겠니!!
헙...
언니들....
20110620 whywhy

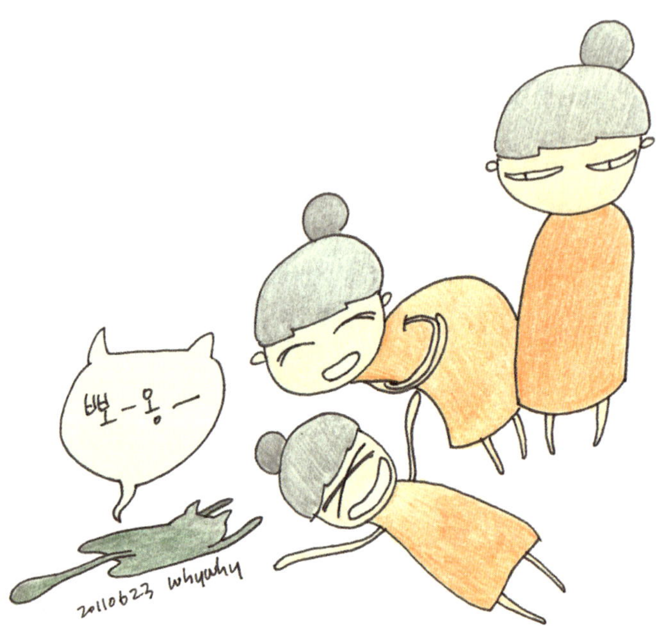
뾰-옹-
20110623 whyuhy

나를 순식간에 쓰러뜨리는 그녀의 힘, 방귀.

비도 추적추적 계속 오고 날씨도 끈적거려 기분이 별로였던 오늘. 이 별것 아닌 날씨란 놈 때문에 마음 흔들릴 리 없다며 주문을 외우면서도 이미 날씨에 휘둘려버린 마음 때문에 무기력해져 있던 오늘. 무표정으로 일관했던 나를 순식간에 쓰러뜨린 그녀의 힘.

뽀오오오옹~~~

우리 카스도 방귀를 소리 내서 끼다니! 물론 자다가 본인도 몰래 나온 소리지만 아, 정말 너무 웃겨서 쓰러졌다. 카스~ 요즘 너 때문에 웃는다.

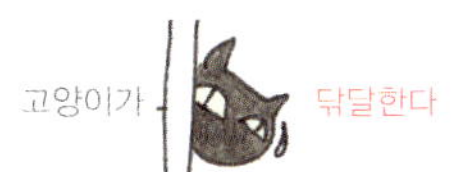

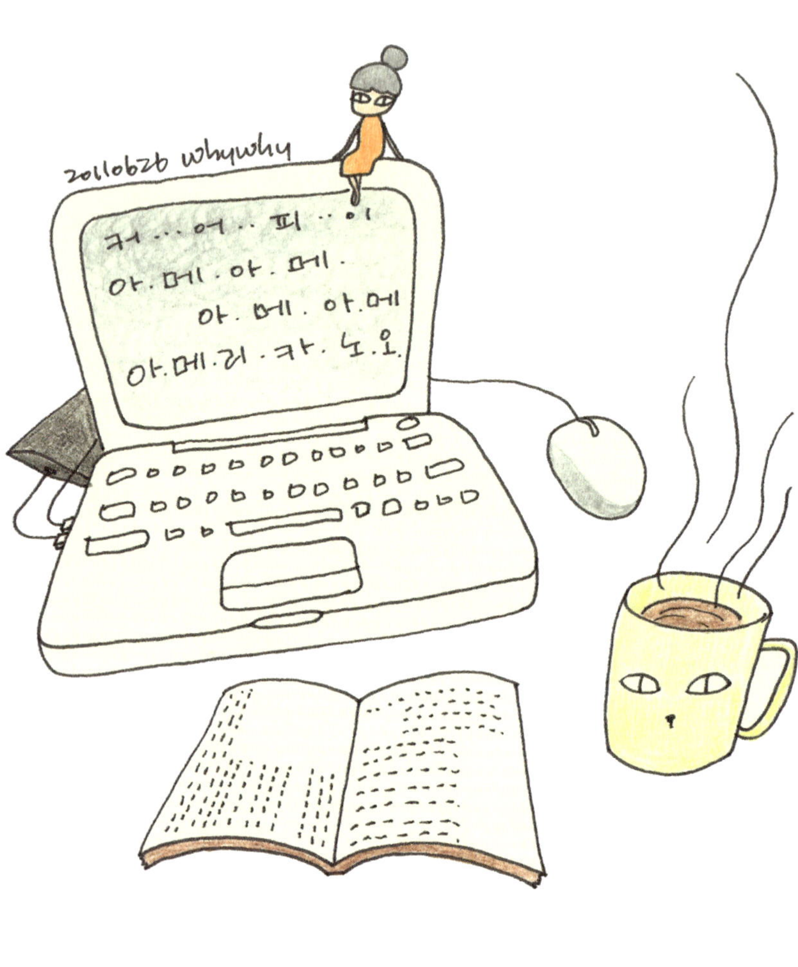
20110626 whywhy
커...어...피...이
아.메.아.메.
아.메.아.메
아.메.리.카.노.오.

비 오는 일요일 오후.

비 오는 일요일 오후.

일해야 할 건 산더미인데 왠지 마음이 편안해져 버려서 커피 한잔

타고 책을 읽는다. 카페에 가고 싶지만 비가 와서 참기로 한다.

잠시 멍 잡는 것도 괜찮아.

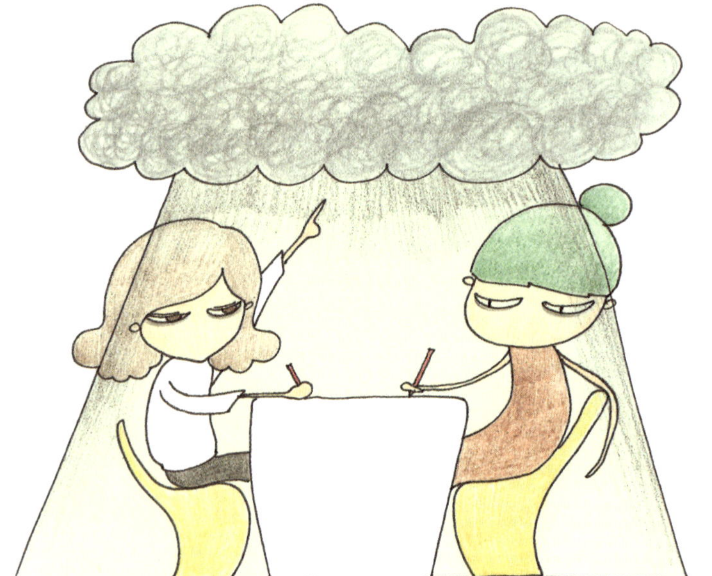

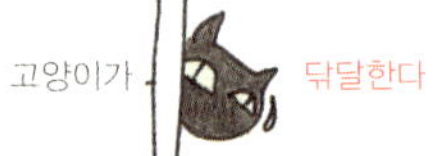
2011 06 28   whywhy
고양이가 닭달한다

어둠의 그림자.

조팜므와 일을 하다가 무심히 내가 얘기한다.

"나중에 우리 신랑이 밖에서 욕먹고 다니는 걸 알게 되면 참 속상할 것 같아." 그랬더니 조팜므가 대답한다.

"나도 신랑이 일할 때는 좀 확실한 사람이었으면 좋겠어. 근데 일하다 보면 우리 주변에 이상한 남자들 많지 않아? 이게 참... 잘 몰라야 존경스럽기도 한데 말이야. 그래서 다른 분야를 만나야 해. 그냥 디자인하는 사람이 아니고 그림이나 디자인에 관심이 많은 남자를 만나." 그래서 내가 맞장구를 막 치고 좋아하고 있으니 조팜므 또 조용히 말한다.

"근데 우리 이제 있지도 않은 신랑 얘기를 하고 있냐. 남친 얘기도 아니고 신랑... 큭. 아니 누굴 만나려면 우리 위에 있는 저 어둠의 그림자부터 좀 어떻게 치워버려. 이래서는 신랑은커녕 남친도 못 만들겠다." 허으으윽~~지당하신 말씀~~! 아. 어둠의 그림자가 아주 깊숙이 드리웠다. 워이워이~ 가버려! 이 어둠의 그림자여~

하늘이 뚫렸나 보다.

어제 하루 비가 안 와서 살짝 또 덥나 했는데 새벽부터 아주 하늘이 뚫렸나 보다. 이번 장마는 어떻게 된 게 비가 적당히 오는 게 아니라 아주 쏟아 부어버리는 것처럼 화끈하게 온다. 좀 적당히 와야 나가서 카페에서 일도 하고 말이지. 파전에 동동주도 한잔 하면서 비를 즐길 텐데... 비 씨께서 너무 화끈하게 오셔서 잘못도 안 했는데 무섭기까지 하다. (너 무슨 죄를 지었니...;;;) 덕분에 나는 집에서 꼼짝 못하고 있다. 밥도 밥맛없다며 귀찮아서 대충 멸치반찬, 돌아가시기 직전인 나물, 참기름, 고추장 넣어서 슥슥 비벼서 아구아구 먹는다. (너 밥맛없다며!)

커피 마시고 싶다. 따끈따끈한 커피가 있는 카페가고 싶다.
언제까지 이 비 오시려나.
아우... 그만 오라구!

고양이가 닦달한다

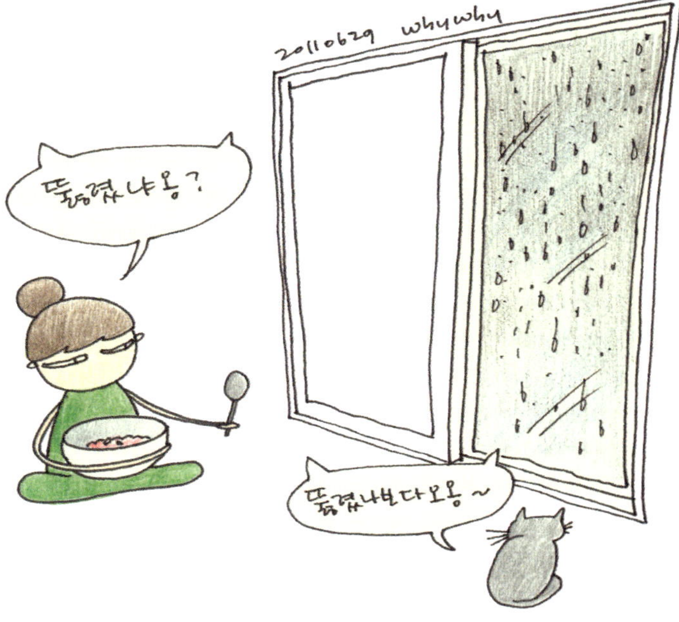
20110629 whywhy
뜨뜻했냐옹?
뜨뜻했나보다모옹~

초코 소녀, 커피 총각.

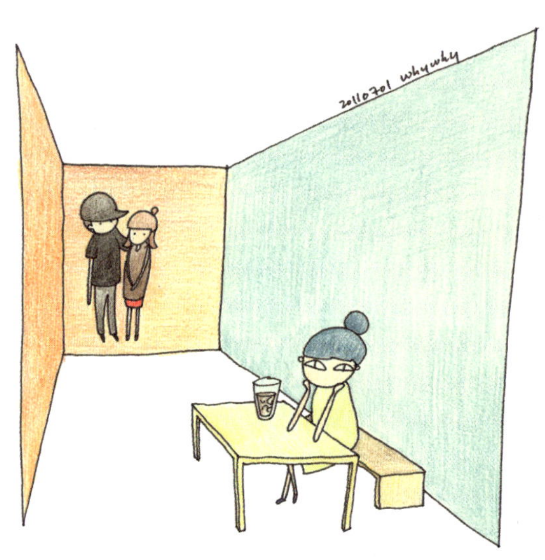

요즘 프리랜서로 활동 중이신 석 외주. 주로 작업은 전에 다녔던 회사 지인들에게 받거나 건너건너 아는 사람에게 받거나 한다. 6월 하던 일이 끝났지만 예전 2년 정도 다녔던 국보디자인 지인에게서 또 새로운 일을 받았다. (허으윽. 나 정말 좀 쉬려고 했는데 이게 마음대로 안 된다.) 미팅을 하려고 서교동 국보디자인 바로 옆에 있는 카페에 가게 되었다.(설계실에 가는 건 정말 싫다;;;)

'초코 소녀, 커피 총각'

이름이 완전 사랑스럽다. 그런데 왜 초코 소녀, 커피 소년이 아니고 초코 처녀, 커피 총각이 아닐까? 소녀와 총각이라… 음…모르니까 패스. 카페가 참 컬러풀하고 아기자기하다. 주인 언니 오빠(사실 동생들이겠지? 허으윽.)가 연인 사이란다. 어떻게 연인 둘이 카페를 함께 하게 되었을까. 결혼한 사이도 아닌데. 결혼하기 위해서 카페를 차렸을까? 둘이 카페를 정말 좋아해서 차렸을까? 하루 종일 붙어 있으면 좋을까? 아니면 안 좋은 점이 더 많을까? 많은 상상이 난무했다. 부부 사이건 연인 사이건 함께 일한다는 것은 그냥 쉽게 생각하는 것만큼 로맨틱한 일만은 아닐 것 같다. 사소한 것에도 생각이 다를 수 있고 하루 종일 같이 있는 것이 좋을 때도 있겠지만 어쩔 땐 숨 막힐지도 모른다. 혹시라도 싸웠을 땐 그 분위기 어쩔 것인가. 붙어 있게 되니 더 빨리 화해하게 되나? 모르겠다. 그럼에도 불구하고 그들이 함께 일하는 것은 안 좋은 점 보다는 좋은 점이 더 많기 때문이겠지?

카페 이름 때문에 별생각을 다 해본다. 어쨌건 다른 사람과 동업을 한다는 것은 생각만큼 쉬운 일은 아닐 것 같다.

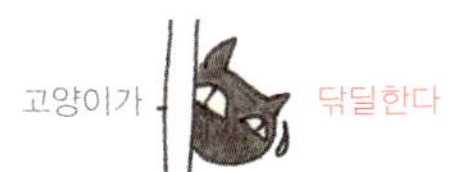

뭐 모를 수도 있지!

주말에 엄마가 서울에 와서 같이 김치를 담그게 되었다. 배추까지 절이면 너무 힘드니까 보통 절인 배추를 배달시킨다. 큰 대야에 채 썬 무, 고춧가루, 각종 젓갈, 생새우, 다진 마늘, 청각 등등 넣고 양념을 만든다. 그리고는 절인 배추에 양념을 골고루 바르면 김치 끝. 근데 20킬로나 하는 바람에 허리아파 죽겠다. 그리고 깍두기도 담는다고 무를 깍뚝깍뚝 자르고 소금에 절였다. 엄마가 찹쌀풀을 끓이라고 한다. 대충 뿔룩뿔룩 끓으면 된 거라고 한다. 그래서 그것을 절인 무에 부으려고 했다! 엄마가 완전 놀라 소리쳤다! "안돼 안돼!! 그 뜨거운 거를!" 아. 식혀서 넣는 거구나. 아니 뭐. 모를 수도 있지. 푸히히. 한번 해보는 게 중요한 거 잖아? 어쨌건 나는 김치도 담그는 여자. 맛있다. 츄릅츄릅.

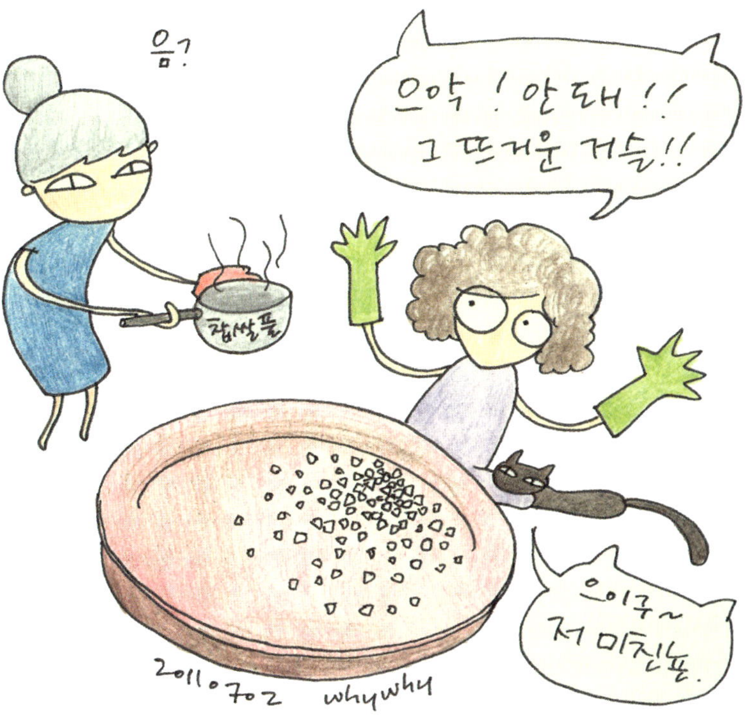
음?
으약! 안돼!!
그 뜨거운 거슬!!
찹쌀풀
으이구~
저 마친뇬.
20110702 whywhy

충전 중.

6월에 했던 일이 은근 힘들었나 보다. 엄마랑 같이 김치 담그는 것도 힘들었나 보다. 엄마가 대구로 내려가고 난 뒤 또 일해야 하는데 배터리 방전. 완전히 뻗었다. 이럴 땐 아무것도 안 하고 자는 게 최고! '똥꼬진' 처럼 충전해줄 사람이 없으니 그냥 잔다. 승질이 나도 자고 나면 좀 누그러들고 피곤해도 자고 나면 괜찮아진다. 집중이 안 될 때도 한숨 자고 일어나면 초인적인 집중력을 보인다. (이건 사실 시간이 촉박하기 때문)

자고 나면 충전되어 있겠지?

충전중

20110703 Whywhy

이거 완전
쪼지그러졌구나웅
납딱쿵!

꾹

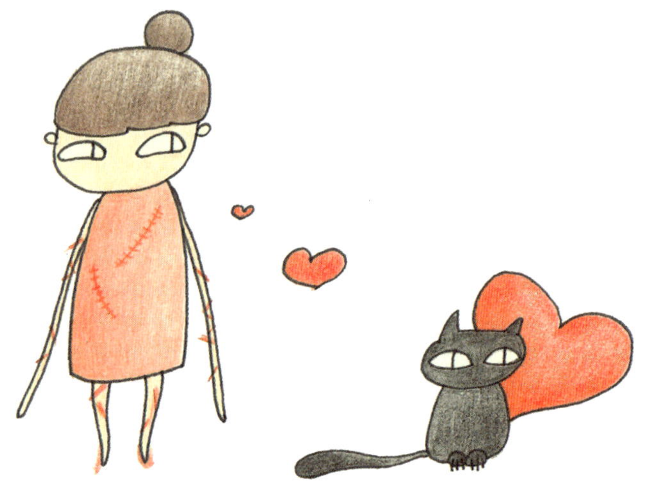
20110704 whywhy

사랑은...

우리 고양이는 겁이 많은 편이다. 무슨 작은 소리에도 예민하게 굴면서 도망쳐서 숨느라 바쁘다. 오늘은 한가롭게 무릎에 앉아 있더니 갑자기 뭐에 놀라서 발톱을 샥 세우고 튀어가는 바람에 내 허벅다리에 스크래치를 냈다. 피가 철철 났고 상처 난 부위가 부악 부어올랐다. 무엇보다 너무 아파서 눈물이 찍 나왔다. 저년 저거는 왜 저렇게 겁이 많아서 나에게 이런 상처를 주나 원망도 했다. 하지만 이내 원망하는 마음은 수그러들었고 많이 놀랐는지 카스를 살폈다. 나는 여태까지 누군가를 만나면 내가 상처받을까봐, 어떻게 될까봐 항상 걱정했다. 방어적이었고 이기적이었다. 사랑이라는 것은 그런 게 아닐까. 상대방 때문에 아프고 상처가 나는 일도 많지만 그럼에도 불구하고 아끼고 좋아해 주는 것.

고양이가 닭달한다

하! 기! 시! 러!!

일 끝나고 좀 쉬었어야 했다! 나 일단 일 받아와 놓고 또 저러고 있다. 계속되는 딴짓거리와 하기 싫다고 주절거리면서 책상머리에 앉지만 머리는 온통 딴생각으로 가득 차 있거나 멍 때리기. 이번 프로젝트는 왜 이렇게 더더욱 더! 죽도록 하기 싫은가 가만히 생각해보았다. 그 이유인즉슨. 나의 위치 때문이었는데 나는 갑을병정의 정이었다. 갑이 을을 막 쪼이면 을은 병을 쥐어짜고 병은 또 정인 나를 휘둘러놓는다. 지난번 6월 조팜므와 나를 괴롭히던 프로젝트도 우리가 병이었는데... 을로 올라가지는 못할망정 정이 되어버린 것이다. 아... 정말 하기 싫코나. 이 프로젝트 끝나면 일주일은 쉴껴! 정말정말 그러고 싶다.

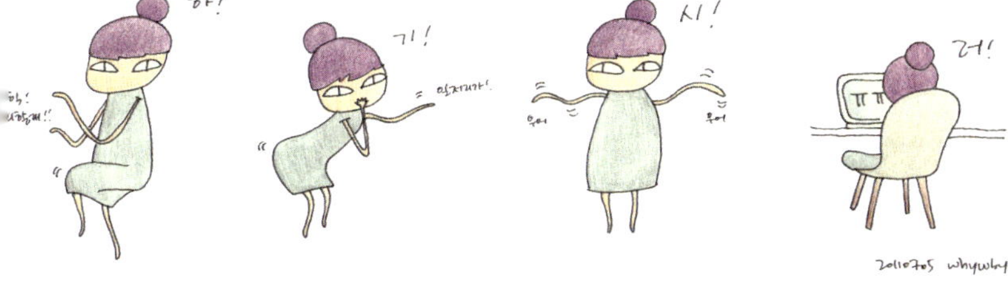
하!
앙!
빼앗게!!
기!
앉지마가!
시!
으아
우어
러!
ㅠㅠ
20110705 whywhy

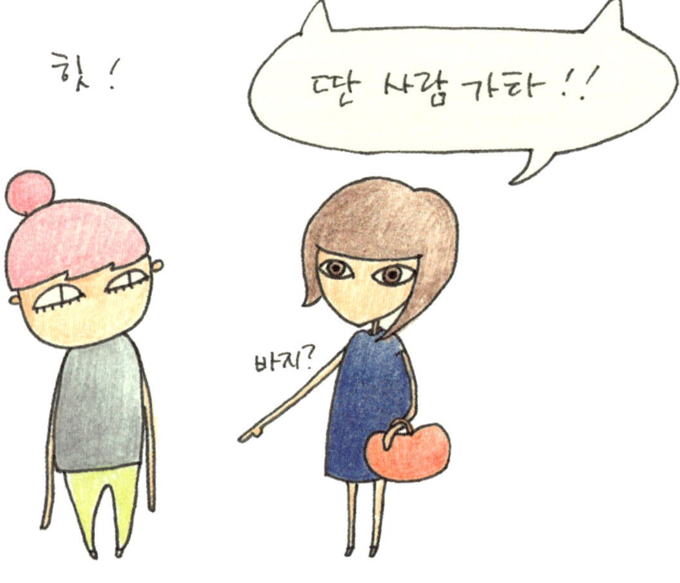

핫 !
딴 사람 가타 !!
바지?
2011.0707 whywhy

이런 것도 나쁘지 않군.

며칠 전 생일이었던 향의 선물도 줄 겸 수다도 떨 겸 향을 만났다. 나의 모습을 보더니 깜짝 놀랐다. "딴사람 같아!" 그렇다. 나는 근 몇 년간 바지를 입지 않았다. 치마를 입다 보니 치마가 은근 편해서 주로 입다 보니 치마만 입게 되었던 것이다. 뭐 바지를 입지 않은 특별한 이유는 없었다. 그런데 바지 하나만으로도 딴사람처럼 보일 수도 있다니. 후후훗. 이런 것도 나쁘진 않다는 생각이 든다. 뭔가 내가 안 하던 짓을 좀 해봐야겠다. 새로운 짓!

동상이몽.

얼마 전에 하기 싫다고 일기에 찡찡댔던 프로젝트. 갑과 을이 미팅한 결과 변경되는 부분이 있어서 병과 함께 미팅을 가게 되었다. 보통 외주를 받았을 때 미팅을 가게 되면 나는 그 외주 받은 회사 직원인 것처럼 행동해야 된다. 이번에도 물론 예외는 없었다. 하지만 을이 외주 나간 걸 눈치라도 챌까봐 다른 미팅을 따라갔다가 함께 잠깐 들른 직원, 딴 프로젝트 하는 직원인 것으로 병과 정인 나는 입을 맞추게 되었다. 그런데 정작 디자인 작업을 해야 할 사람은 나. 저 둘이 얘기를 하는데 끼어들 수도 없고 관심 있는 척하기도 그랬다.

딴청을 피우다가~

둘이 그림 그리는 걸 보다가~

지루한 척 했다가~

멍 때리는 척했다가...

하지만 귀는 왕만 해져서 다 듣고 기억하려고 애썼다. 게다가 할 일은 처음 얘기된 것보다 훨씬 남산만큼 커졌는데도 그 앞에서 찍소리 한번 못했다.

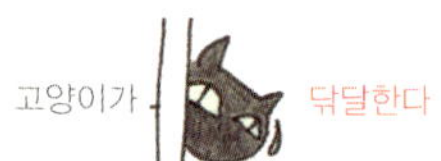

참 여러모로 힘들구만. 정이라는 위치. 눈치 못 챘으면 다행이지
만 이상하게 생각했을 것 같다. 같은 프로젝트를 한 테이블에서
동시간대에 보고 있지만 신분에 따라 다른 생각을 할 수 있구나.
나는 언제 갑이...

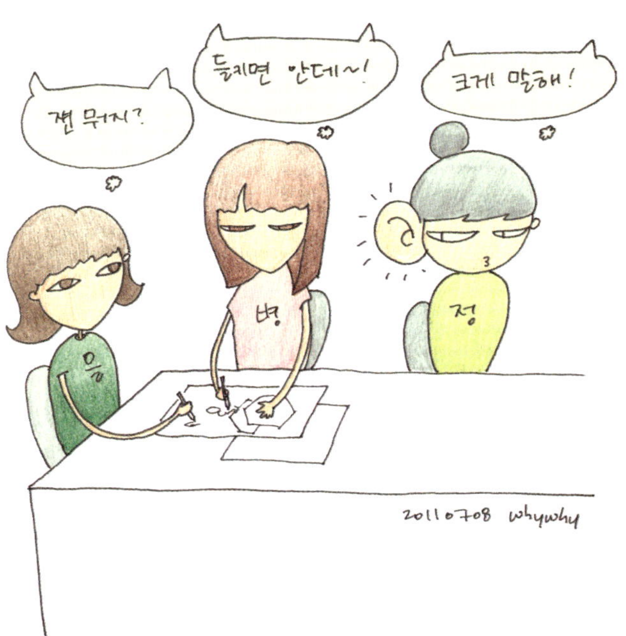

20110708 whywhy

나는 아가다.

주말에 대구친구 양양이가 아들내미를 데리고 우리 집에 놀러
왔다. 남편 친구 결혼식 때문에 남편과 셋이 서울에 왔는데 남편
은 친구들이랑 술 마시고 친구랑 잔다고 가버리고 그 둘은 우리
집에 온 것. (여기 행사 때 버림받는 이들 또 있었구만. 남자들은
다 이런 거?)

나는 아기를 싫어한다. 나대고 울고 정신없고, 또 보면 예쁘다는
생각이 안 든다. 그런데 양양이 아들은 예쁘게 생겨서 그런지 꽤
나 예뻐라 하는 편이다. (나 안 그런척하면서 은근 외모지상주의)
뭐 하룻밤 정도는 괜찮을 줄 알았다. 하지만...

돌아다니면서 싱크대 하부장문을 쿵쾅쿵쾅 열고 닫지를 않나 젓
가락 들고 다니면서 티브이를 쑤시지를 않나 먹던 방울토마토를
집어던지지를 않나 비타민 통을 흔들어서 시끄럽게 하지를 않나
이유 없이 동네 떠나갈 정도로 울지를 않나... 으악.
이게 예쁜 짓 하는 거는 아주아주아주 잠시 잠깐이었다. 정말 깜
짝 놀랐다. 양양이 말로는 이건 약과라는데...

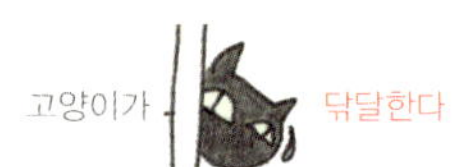

몇 개월 전만 해도 결혼했을 때 내가 싫어하는 아기라도 남편이 정말 원한다면 하나쯤은 낳을 수도 있다고 생각했었다. 하지만 마음은 정말 간사하다. 이제는 생각이 바뀌었다. 나는 아기를 못 키울 것 같다. 세상의 모든 엄마들이 정말 대단해 보인다.

어우 어우. 못해 못해.

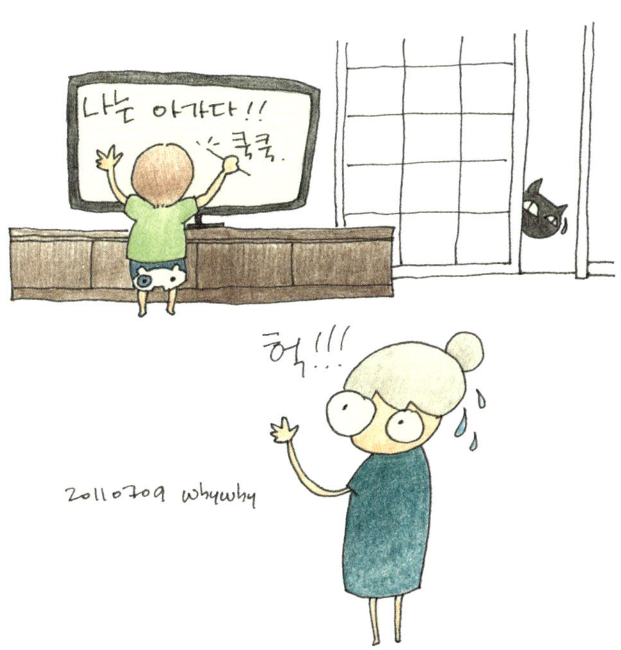

긁어 부스럼.

얼마 전 다리에 모기 물렸다. 모기에 물리면 나도 모르게 마구 긁는다. 긁적긁적 막 긁다 보면 피가 찍 나오기도 한다. 이제는 그러지 말아야지 다짐을 하지만 밤에 자고 있을 때 막 긁기도 하나 보다. 아침에 일어나보면 빨갛게 상처로 변해있다. 그래서 더 이상 이래선 안 되겠다는 결심으로 연고를 바르고 밴드를 붙였다. 밴드가 있으니 긁지 않게 된다. 효과가 있다. 약발이 먹혔다. 밴드를 하루 더 새 거로 갈아붙였다. 아 이런 방법이 있었군. 좋아라하며 이제 이러면 되겠다고 생각했다.

밤에 밴드를 또 갈려고 띄었다. 밴드 접착제가 제대로 띄어지지 않고 붙어 있다. 그걸 또 띄었다. 띄고 나니 그 접착제 때문인지 밴드 붙인 모양대로 빨갛게 뭐가 오돌토돌 났다. 악~! 모기 물린 데도 여전히 가렵고 오돌토돌 난 것도 미친 듯이 가렵다. 예방하려고 했던 짓이 오히려 해가 되었다.

어떨 땐 그냥 가만히 놔두는 게 상책일 때가 있다.

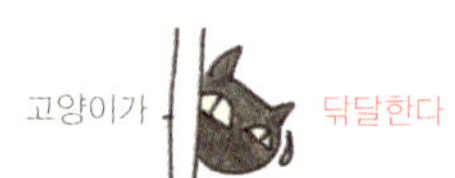

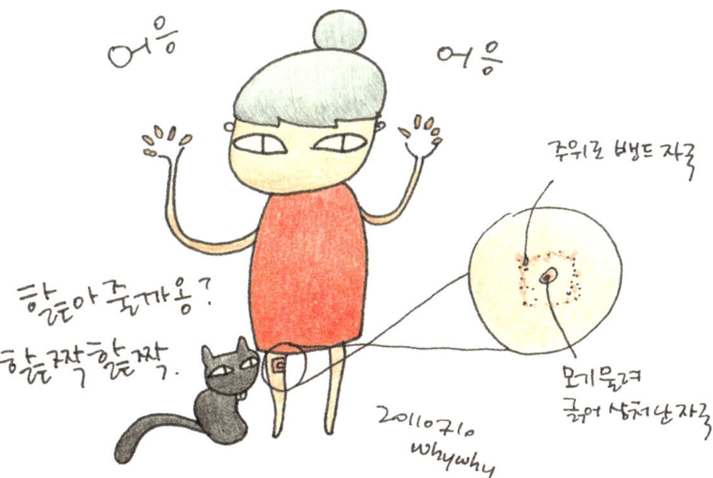
어응
어응
주위로 밴드 자국
핥아줄까옹?
핥쩍 핥쩍.
모기물려
긁어 생쳐난 자국
20110710
whywhy

저놈에 개념없는 쉐키!
늘금늘금 아주 쪼끔씩 아주 쪼끔씩.
----- 이쪽으로 가는 중.
20110711 whywhy

장애물이 있을 땐 주차가 힘들어요.

비가 오는 월요일. 카페에 가서 일하고 싶었는데 마침 향이 평일 연차여서 같이 가기로 했다. 향의 서민 3호 빵빵이를 타고 홍대 필라멘트로 향했다. 그런데 그 카페 앞에 그렇지 않아도 길이 좁거늘 큰 차 한 대가 주차되어 있었다. 주차장이 아니고 길바닥에! 작년에 빵빵이를 산 향은 그간 운전실력이 엄청 늘었지만 장애물 저 차 때문에 주차하는 게 힘들었나 보다. 제대로 된 곳에 주차하기 위해서 차를 넣었다 뺐다를 육만사천칠백이십번 반복하며 슬금슬금 가려는 방향으로 이동했다. 아주아주 쪼끔씩 쪼끔씩. 쪽 팔려서 카페 못 들어가겠다면서 어떡하냐고 한바탕 마구 웃어댔다. 어떻게 하나~~ 우리 만남은~ 빙글빙글 돌고~~

그리고 마음을 가라앉힌 향이 과감한 핸들링으로 한두 번 만에 주차하는데 드디어 성공! 주차하는 내내 좁은 골목에 생각 없이 차를 대 놓은 그 차 주인을 씹으며 육만사천칠백이십두번을 왔다갔다 한 향의 수고를 기리며...

나 아파.

잇몸에 구멍이 났다. 그것도 두 개나 크게! 나 피곤하다. 쉬어야 된다. 하지만 일은 끝나지 않는다. 아아~ 괴롭다. 옆에 있는 카스에게 앙탈 부려본다.

"카쓰. 나 아퍼~ 보여 이거?"

카스에게 보여준다고 입을 쫙 찢고 벌리면서 말하니 침이 찌익 흘렀다. 무한도전에서 박명수옹이 침 흘리듯이 맑고 투명한 침이 스르륵... 카스의 눈빛이 꼭 이렇게 말하는 것만 같다. 드러운 놈. 허으허으. 나 퓌곤하고 아푸다구~! 신경 쫌 써주지? 쫓아다니면서 나 아프다고 카스 귀찮게 괴롭히고 있음.

(나 요즘 애정 결핍 같음. 상태 어쩔껴.)

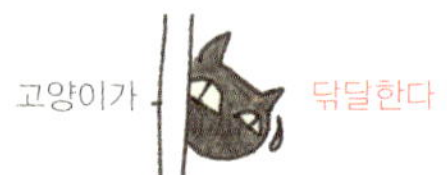

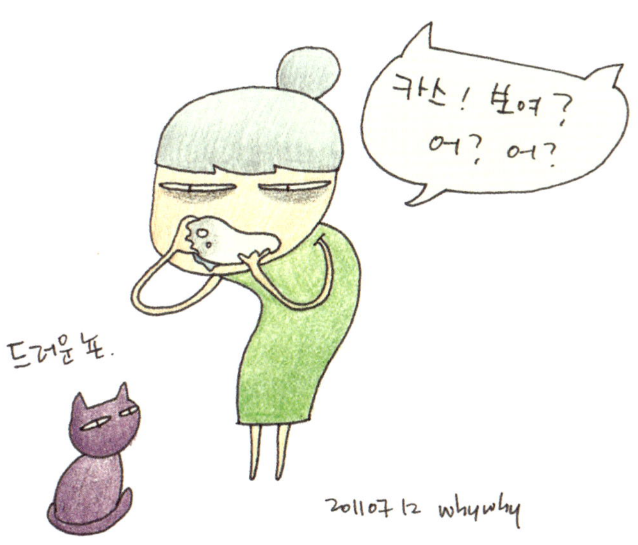

카스! 보여?
어? 어?
뜨거운 뽀.
2011 07 12 whywhy

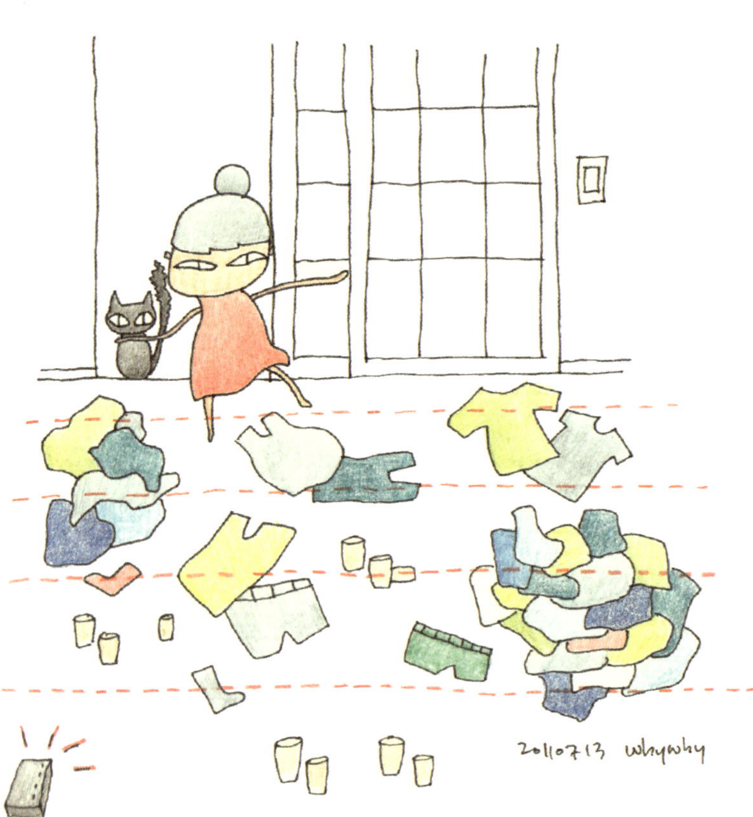
20110713 whywhy

어이쿠. 올케 미안.

요즘 인터넷이 자꾸 튕긴다. 비가 와서 그런가?? 음 모르겠다.
어찌 되었건 무선공유기를 껐다 켜야겠다 생각했다. 기계가 안
되면 일단 껐다 켜는 거다. 음.. 아닌가? 무선공유기는 동생 방에
있어서 동생 방에 들어가기 위해서는 큰마음을 먹어야 한다. 왜
냐하면... 방 꼬라지가 저렇기 때문. 바닥에 늘어뜨려놓은 수많
은 옷가지와 먹고 치우지 않은 맥주 캔, 각종 운동기구들... 벗어
던진 속옷 양말들...
디딜 수 있는 방바닥을 찾고 있는 내 모습을 보며 영화 '엔트랩먼
트'에서 캐서린제타존스가 보안용 레이저 감시선을 통과하던 장
면이 생각났다. 아. 공유기까지의 길은 멀고도 힘들구나. 허읍.
나 청소할 때 내방, 거실, 화장실까지는 해도 동생 방은 건드리지
않는다. 건드릴 수도 없다. 저놈 동생 놈의 자식은 청소도 하지
않는다. 엄마가 올 때는 그래도 쪼끔씩 하더니 요즘은 그것마저
도 하지 않는다. 저렇게 사는 것도 신기하다. 누가 동생에게 시
집올지 참 걱정이다. 장가가면 안 저러려나?
괜히 미래의 남동생 아내에게 내가 미안하다.

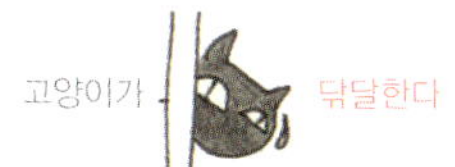

좀비처럼 일어나다.

마감 때문에 새벽까지 투시도 컨펌을 하고 제안서 만들어 보내느라 거의 잠을 못 자고 해 뜨고 나서야 잠자리에 들게 되었다. 그런데 아침부터 엄마한테 전화가 왔다. 이번 여름 엄마 휴가 때에 맞춰서 가족여행을 가기로 했는데 그것 때문에 아침부터 빨리 알아보라는 것이다.

"엄마 나 밤샜는데..."

"어. 그러니까 오늘 빨리 알아보고~"

"어...어...밤샜.."

"예약 걸고 어쩌고저쩌고.."

나의 상황과 상관없이 역시 우리 엄마 할 말 쭈우욱 하신다. 더 자고 싶었다. 좀 더 편하게. 꿈나라 여행도 하면서. 하지만... 그냥 좀비처럼 스스슥 일어났다. 엄마가 빨리하라면 빨리 해야 된다. 누워서 잔다고 해서 편하게 잘 리가 없다. 금방 또 엄마가 알아봤냐고 전화 올 게 뻔하다! 인터넷으로 이것저것 알아보고 바로 예약 걸고 결제했다. 잠도 잘 못 잔 나를 일으켜 여행예약을 하게 하는 엄마의 힘. 역시 대단하다. 이길 수 없어~

엄마는 강적.

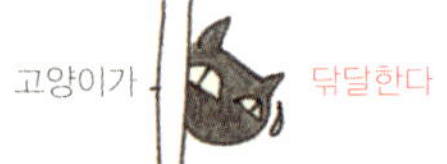

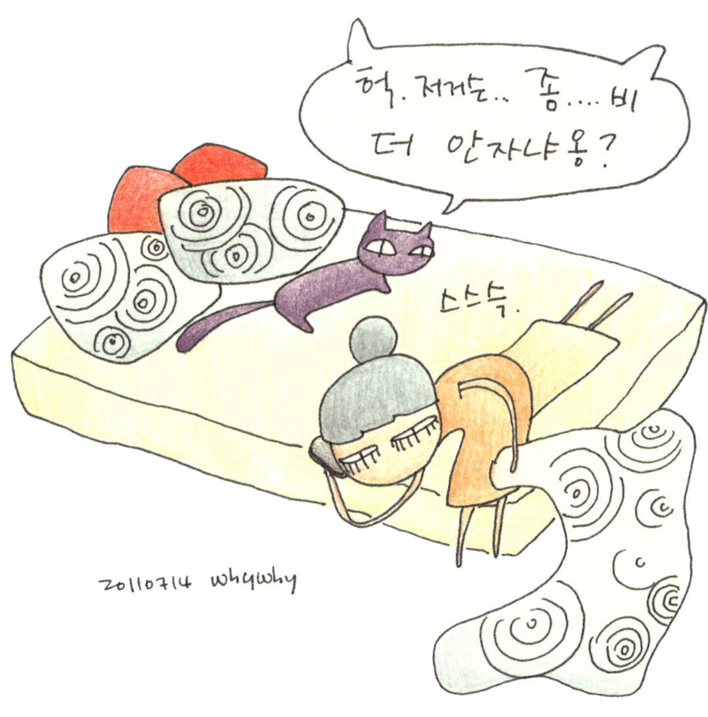
헉. 저거슨.. 좀....비
더 안자냐옹?
스스슥.
20110714 whywhy

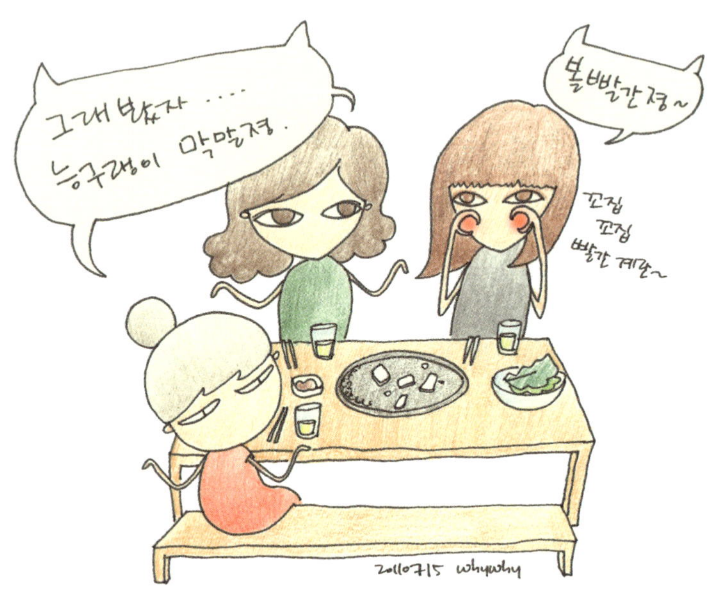

168

볼 빨간 정.

간만에 조팜므, 짱지 회동.

항상 뭘 먹을까 심층적 고민을 하고 결정되는 것들은 고기류. 이 무한육식 사랑~ 세상엔 맛있는 게 너무 많다. 어흐흑. 먹으면서 우리가 하는 건 어김없이 수다삼매경. 점점 능글능글해진다는 얘기를 하던 중이었다. 조팜므와 나야 30대가 훌쩍 넘어 이제

만으로 나이를 세어본들 20대와는 거리가 멀어져서 그렇다고 쳐
도 참 우리 짱지는 기본적인 능글맞음을 갖추고 있다. 웬만한 옛
날노래는 서슴지 않고 부르고 높임말은 꼬박꼬박 하면서도 능청
스럽게 비수 턱턱 꽂는 말은 다 한다. 이놈 가시나 무의식중에
30대 세포가 있는 게 틀림없다. 심지어 같이 회사 다닐 때에는
사람들이 민증 까보자고까지 얘기했었다. 20대의 나이에서는 나
올 수 없는 숙성된 연륜이 보였다고나 할까. 그렇게 보이는 이유
중의하나가 얼굴색 하나 변하지 않고 이야기를 한다는 것이었는
데... (술 마셔도 티가 안 난다. 신기한 것.)

짱지 한다는 말.

"요래요래 꼬집꼬집 해서 볼 빨간 정으로 만들까요~"

볼따구니를 똥그랗게 잡아서 빨간 계란을 만들어 보인다. 그래
봤자 소용없다며 내숭 같은 것 어울리지 않는다며 그냥 살던 대
로 살자고 했다. 사람이 어떻게 하루아침에 변할 수 있겠나. 오랜
시간 걸쳐서 노력하고 노력하면 몰라도 하루아침에 변한다는 건
죽을 때가 다되어서 그렇다고들 하지.

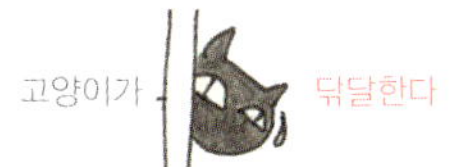

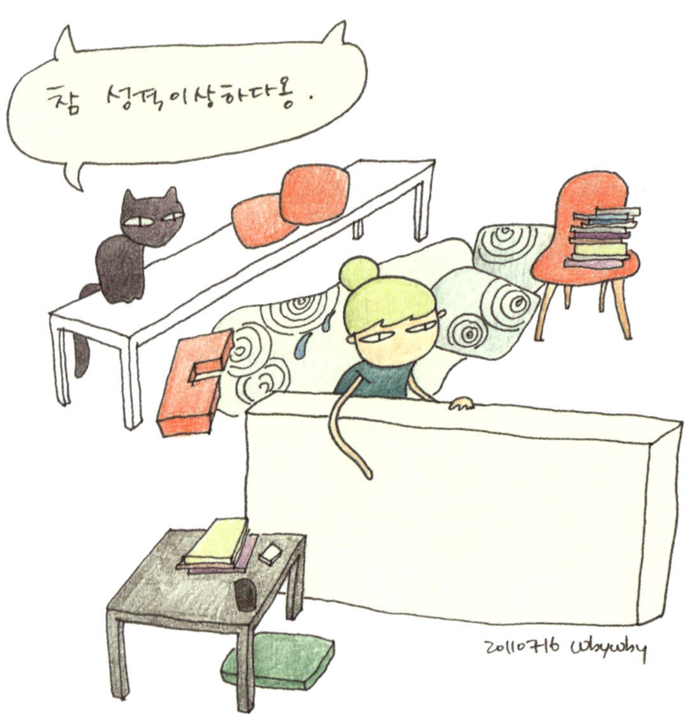
참 성격이상하다옹 .
20110716 whywhy

쉴 때는 좀 쉬지?

바쁘던 일이 끝나고 갑자기 할 일이 없어지니 뭔가 공허함이 밀려와 방 가구를 재배치하기 시작했다. 쉴 때는 좀 아무 생각 없이 쉬어줘야 하는데 이거 원 성격 참 이상한지 일을 만들어서 하고 있다. 침대와 책상의 위치를 바꾸고 나머지 가구들을 옮긴다. 사실 옷장들의 위치를 한번 바꿔보고 싶지만. 그걸 혼자 한다는 거는 꿈도 못 꾸겠다. 어찌 되었건 침대 위에 있던 쿠션들도 다시 탁탁 털어 먼지를 없앤다. 긴 장마로 꿉꿉해진 이불도 훌렁훌렁 털고 (아직 습기 때문에 빨지는 못하겠다.) 청소기도 한판 돌리고 방도 닦았다. 뭐 쪼끄만 방 바뀌면 얼마나 바뀐다고 이놈의 배치는 맨날 바꾼다. 이것도 직업병인가. 꼴에 또 인테리어 한답시고 가구배치 백만 번 바꾸고 있다.

크게 바뀌는 것 하나 없지만 가구도 침구도 그대로이긴 하지만 그래도 배치가 바뀐 것만으로도 기분이 뭔가 새로워진다. 아무래도 이렇게 아주아주 잠시 잠깐뿐이지만 이런 새로운 기분 때문에 내가 자꾸 방 배치를 바꾸는 것 같다. 내일은 이불, 커튼을 빨아야지~

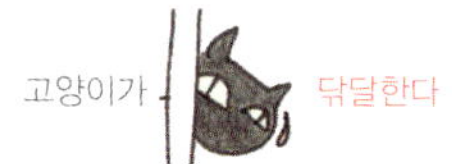

생각하고 행동하기.

한가로운 일요일 오후. 향과 통화하다가 그냥 나오라고 꼬셨다. 향이 차를 몰고 다니니 술을 마시지는 못하지만 그래도 수다는 여전하고 몸은 편하다. 향이 우리 집 앞에 왔고 어딜 갈까 순간 고민했다. 인천 앞바다를 갈까. 강화도를 갈까…

강화도 갈까 하고 네비를 켬과 동시에 향이 남자친구가 분명 삐질 거라며 걱정을 한다. (왜 질투하고 그래!) 그냥 홍대에서 밥이나 먹자 하고는 완전 폭풍식사를 했다. 무거워진 배를 부여잡고 홍대 어느 카페에 가서 쿠션들 사이에 끼어 너부러졌다. 배가 너무 불러서 조금도 움직일 수 없었다. 그냥 아이스 아메리카노에 수다면 됐다. 오늘 목이 허전해서 '마크제이콥스'에서 나온 데이지 고체 향수 목걸이를 하고 나갔다. 아니나다를까 뭐냐고 향이 엄청 궁금해한다. 호기심병. 모르는 건 이리저리 만져보고 뭔지 알아보려는 습성이 있다. 이게 뭐냐면서 나의 목걸이를 열어보려고 부들부들 손에 힘을 잔뜩 주고 있다.

'흐…읍…' 망가지기 전에 내가 애기해줬다.

"돌리는 거야~ 망가지면 물어내. 힘쓴다고 다 되는 게 아니야~"
무조건 힘만 쓴다고 제품이 열리거나 작동되는 것은 아니다. 생

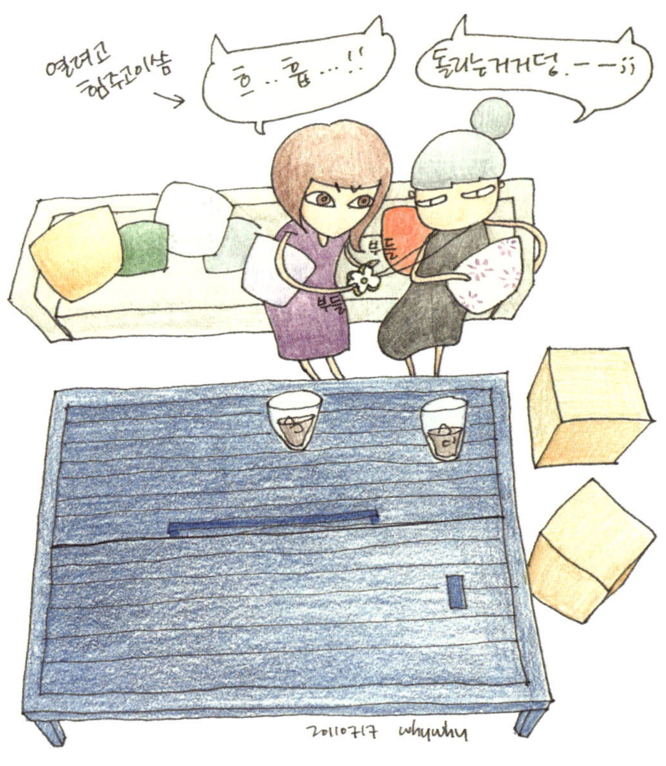

각부터 하고 행동에 옮겨야 하는데 힘부터 주고 행동부터 하고
보는 우리 향이 참... 걱정이다. (사실은 나도 쫌 그런 면이 많음.
하지만 나는 아닌 척.)

간만에 운동.

뚫린 것 같은 하늘이 다시 막혔는지 비가 뚝 그쳤다. 8월부터 다시 수영을 다니려고 마음을 먹었는데 그동안 운동을 너무 쉬었나 보다. 배둘레햄의 압박 때문에 수영복을 못 입겠다. 운동을 좀 해보려고 한강에 나갔다. 모자를 쓰고 이어폰을 딱 끼고 서강대교에서 마포대교까지 왕복 총총걸음을 했다. 아... 완전 힘들다. 게다가 장마 때문에 물이 불어나서 물 냄새도 비릿한 것이 아주 별로였다. 비염인데도 그 냄새가 화아악 올라오는 것이... 어후.. 그런데 그 물에 낚시하는 사람도 엄청 많고 그 야밤에 걷는 사람, 자전거 타는 사람도 엄청 많다. 그리고 데이트하는 사람들도;;; 그들을 보며 속으로 생각했다.

'저것들... 언제까지나 핑크빛인 줄 알지? 저거저거 얼마 안간다아~'

아 이 고약한 심보. 어응. 운동을 너무 안 했나 보다. 그거 다리 하나 왕복했다고 완전 피곤하다. 쓰고 나갔던 모자가 아주 거추장스러워졌다. 모자를 똑바로 안 쓰고 예비군들이 쓰는 것처럼 쓰고 강아지처럼 혓바닥이 나왔다. 다시 운동도 꾸준히 해야지.
내 몸 관리는 내가 하는 거다. 매일 한강 나가는 거는 내가 절대
못 할 테니까 그런 무리한 계획은 하지 않는다. 일주일에 2,3번
은 한강에 나가서 걷고 그렇게 못하는 날엔 웬만한 거리는 걸어
다녀야겠다.

건강한 유녕이 되어야짓! 다짐.

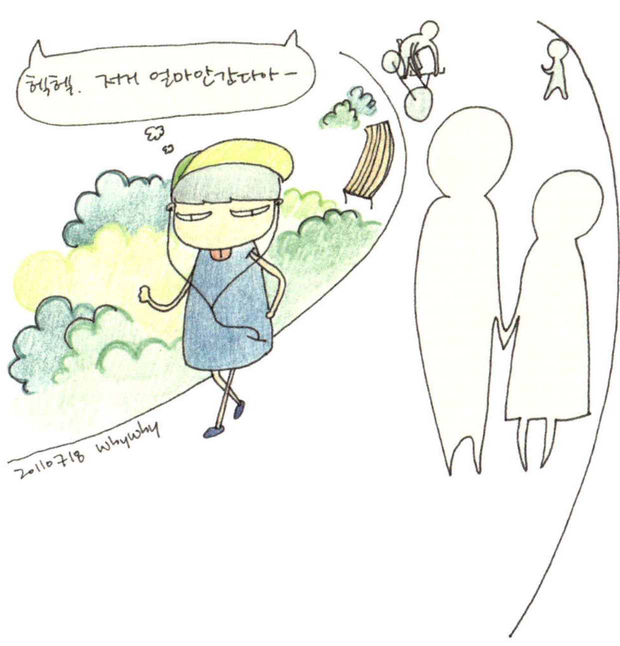

아프지마~

우리 고양이 귀 옆에 난 혹 때문에 이틀 연속 병원을 가고 있다. 원래 수술시간을 정하고 간 것이었지만 무언가 안 좋은 소견이 발견되어 혈액샘플을 딴 곳에 보내서 좀 더 관찰한 뒤 다시 수술 날짜를 잡기로 했다. 허흐흑. 그런데 겁쟁이 우리 카스 나한테 완전 딱! 달라붙어서 떨어지려고 하질 않는다. 완전 접착제가 되었다. 우리 고양이 긴장하면 털이 많이 빠지는데 완전 선생님 방이 카스 털로 뒤덮였고 나는 땀이 뻘뻘 났다. 더운데 좀 떨어지지. 선생님이 보기 그랬는지 휴지를 주면서 닦으라고 했다. 흩날리는 카스 털과 나의 땀 범벅으로 아주 민망해 죽을 뻔 했다아~ 이번 주 내로 연락 준다고 했는데 왜 빨리 연락을 안 주는 거야! 어흐흥. 빨리 톡 떼 줬으면 좋겠구만. 혹에 주삿바늘로 여기저기 찔러서 아플 텐데 꾹 참고 울지도 않은 우리 카스 대견하다. 7년이나 같이 살아서 이제 완전 가족이다. 어디가 아프거나 하면 정말정말정말 속상하다.

빨리 수술하고 완쾌되어야 할 텐데...

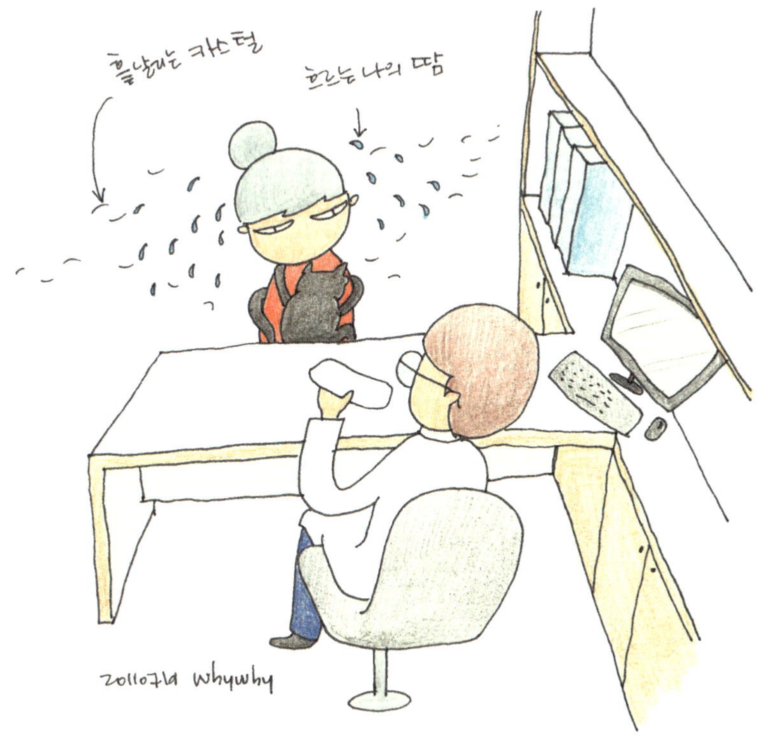
흘날리는 캐스털
흐르는 나의 땀
2011.07.19 whywhy
고양이가 닭달한다

인테리어 디자이너 초짜들이 겪는 일.

오랜만에 예전 중앙디자인 팀 사람들을 만났다. 그 중 왕 언니가 이랜드 설계실로 갔는데 여러 수많은 프로젝트와 밑에 직원들 가르치는 것들로 인해 머릿속이 너덜너덜해진다고 했다. 그래서 생각이 났다. 나의 초짜 시절... 지금은 당연한 것들이고 그렇게 해야 맞는다는 걸 알지만 초짜일 때는 누가 가르쳐주지 않으면 나 혼자 알아서 그걸 알아내고 해내기란 매우 힘든 일. 나는 시키는 일은 시키는 대로 잘했다고 생각하지만 또 시키는 것만 하느냐고 타박을 받기도 하고 시키는 것도 제대로 못하느냐고 구박을 받기도 했다.

인테리어를 하면 현장에 가서 실측할 기회가 많다. 이 벽체 끝에서 끝까지 치수를 재고 구멍은 또 얼마나 뚫렸는지 벽 어딘가에 뭐가 어떻게 달렸는지 확인한다. 바닥엔 어디가 단이 졌는지 슬로프는 없는지, 그리고 천장높이가 얼마인지 확인해야 하는데 이게 문제였다. 도대체 줄자를 어떻게 잡고 재야 하는 건지 벽에 줄자를 기대고 쭉쭉 올리다 보면 줄자가 자꾸 휘는 거다. 그래서 현장소장님한테 이것도 모르냐며 구박받고 가슴에 스크라치가 났었다. 그리고 도면을 그릴 때도 역시 나는 잘 그렸다며 아~ 이

보다 잘 그릴 수 없다며 선배에
게 체크해달라고 들이대면 그대로
'피바다'가 된 도면을 받아와서 좌
절좌절하고 내 길이 이 길이 맞는
거냐며 고민도 했었다. 그 시절에
는 귀가 따갑도록 하루 온
종일 들어야 했던 말.

'다시'

그때는 정말 듣기 싫은 말이었고
하기 싫은 행동이었지만 그걸 참고
다시 하면서 배우다 보니 지금 이만
큼이라도 한다고 껄떡댈 수
있는 것 같다. 하지만... 다시!
그때로 돌아가라고 한다면?? 절
대 거부하겠다.

지나간 일은 추억으로 간직하겠어요~

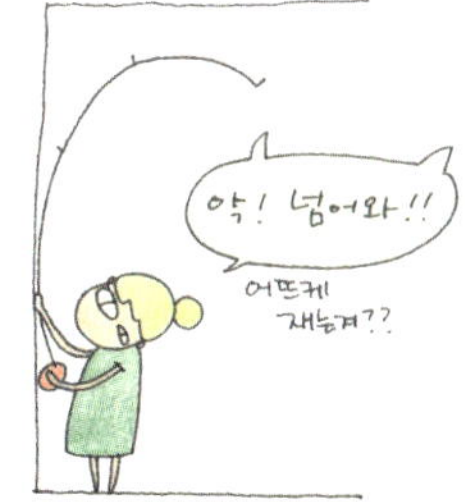

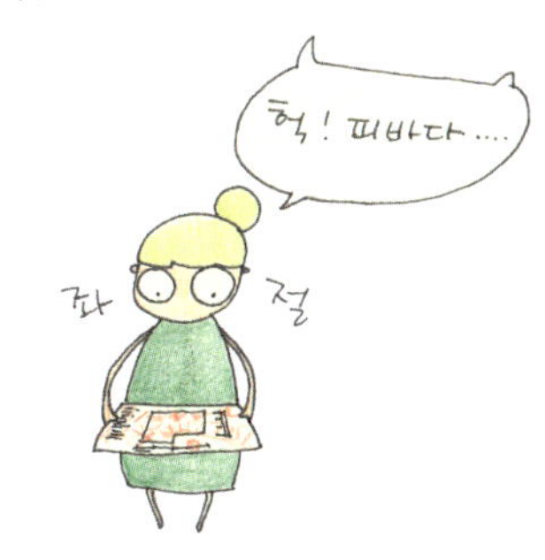

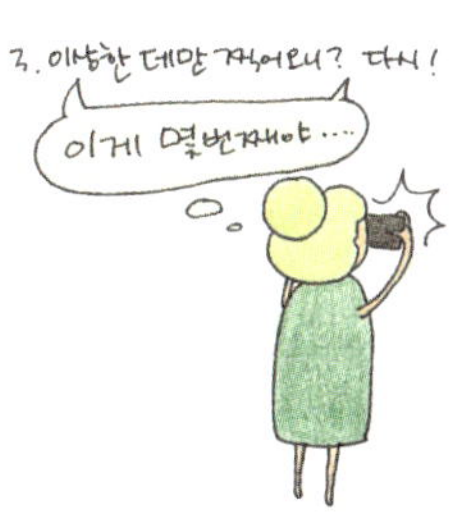

2011 07 20 whywhy

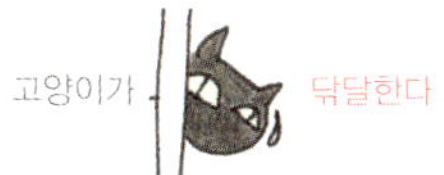

홍대번들녀.

홍대에서 마사지를 받았다. 보통 이렇게 마사지를 받고 나면 쌩얼의 압박으로 인해 빨리 집에 훅 들어가는데 이날은 무슨 바람이 불었는지 기분이 멜랑꼴리해져서 홍대 바닥을 스물스물 기웃거렸다. 요즘 홍대에는 왜 이렇게 예쁘고 길쭉한 여자들이 많은지... 여기저기 다 쭉쭉 길다. 짧은 내 다리를 한탄하며 긴 다리들을 부러워하며 걷고 있었다. 그런데 그 쭉빵이들의 시선이 느껴진다. 다들 흠칫 놀란다.

왜! 왜! 너무 번들거리나? 쌩얼 처음 보냐!!

속으로 이렇게 잠시 잠깐 생각 들면서도 쪽팔림은 어쩔 수 없는 것. 급 자신감 쭉쭉 하강. 가방에 있는 선글라스를 막 찾는다. 된장. 안 가지고 나왔다! 얼른 집으로 고고.

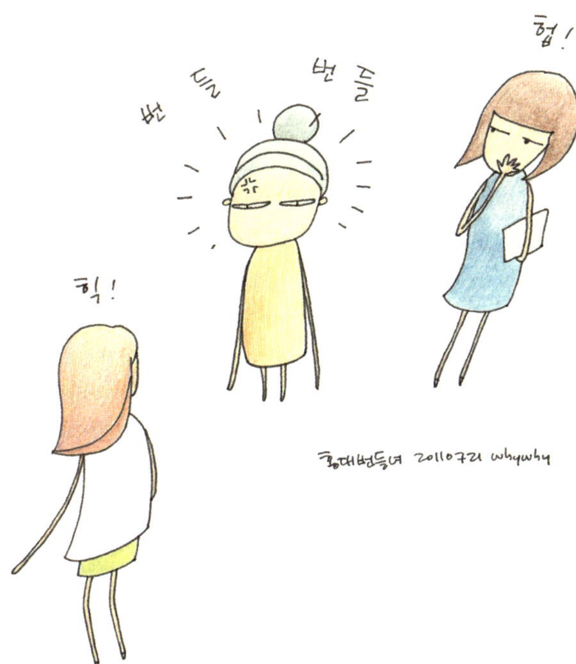
번쩍
번들
헙!
힉!
홍대병들녀 20110721 whywhy

90만 원어치 행복? 200만 원어치 행복??

월급 200만 원만 받으면 다른 소원이 없겠다고 생각 한때가 있었다. 고쳐야 할 도면 산더미에 스캔 받아야 할 책들 수십 권. 디자인 책들은 왜 이렇게 크고 무거운 건지... 일은 해도 해도 끝이 없고 하루 종일 일에 치이고 불면증에 고생하던 그 시절. 한 달 내내 그렇게 고생했는데 월급날이 되어서 급여명세서를 받아보면 세금 떼고 90만 원 남짓 되는 돈을 월급이라고 받고는 월급이 200만 원이 되기만 하면 다른 걱정 없이 정말 행복할 거라고 생각했다. 10여 년 일하면서 급여도 점점 늘어났고 받기만 하면 정말 행복할 줄 알았던 그 금액의 급여도 이미 예전에 받았더라. 다른 소원이 없을 거로 생각했던 것 자체도 잊고 살았다. 정신없이 일하고 살다 보니 이미 원하던 것을 이루긴 했지만 이루어진 것도 모르고 지나갔고 그게 전부가 아니라는 것도 알았다. 시간이 지나면서 또 다른 바람이 생겨났고 또 다른 꿈도 꾸게 되었다.

행복이라는 건 뭘까. 행복의 가치는 어떻게 측정할까. 돈을 많이 번다고 무조건 다 행복할까? 90만 원 벌었던 그 시절의 나의 행복은 90만 원어치고 200만 원 벌었던 그 시절의 나의 행복은 200만 원어치일까? 지금 생각해보면 그 가치가 무조건 비례하는 건 아닌 것 같다. 비록 90만 원밖에 못 벌었지만 뭔가를 배우고 있는 동안 성취감을 느꼈고 할 수 있다는 가능성을 발견하면서 월급의 크기보다 훨씬 큰 행복감을 맛봤다. 200만 원 벌었던 그 시절엔 어땠나. 클라이언트를 만나고 디자인을 하면서 물론 희열감도 느꼈지만 나의 한계, 디자이너의 한계에 대해서 많은 생각을 하고 좌절감을 느끼기도 했다. 물론 이 시절에 행복하지 않았다는 소리는 아니다. 단지 쥐똥만큼의 월급을 받기는 했어도 90만 원 받던 그 시절의 내가 훨씬 순수하게 디자인에 대한 생각을 했고 순수하게 행복해 했던 것 같다. 200만 원 벌던 나에게는 뭔가 그런 목표물이나 막연한 꿈조차 없었던 것 같다.

고등학교 때에는 미대 가는 것만 꿈꿨고 그것을 이뤄냈다. 사회 초년생 때에는 200만 원 월급을 꿈꿨고 그것을 또 이뤄냈다. 꿈을 꾼다는 것이 중요한 것 같다. 지금 당장 이루어질 수 없는 꿈일지라도 계속 꿈을 꾸는 것. 나중에 또 이루어진 것도 모른 채 지나갈지라도 내 깊은 곳을 바라보고 내가 정말 원하는 것을 찾아 꿈꿀 것.

꿈꾸는 동안은 계속 행복할 수 있을 것만 같다.

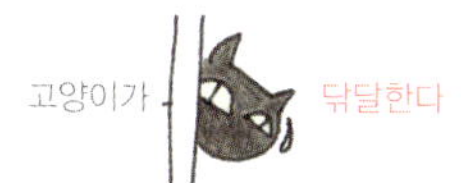

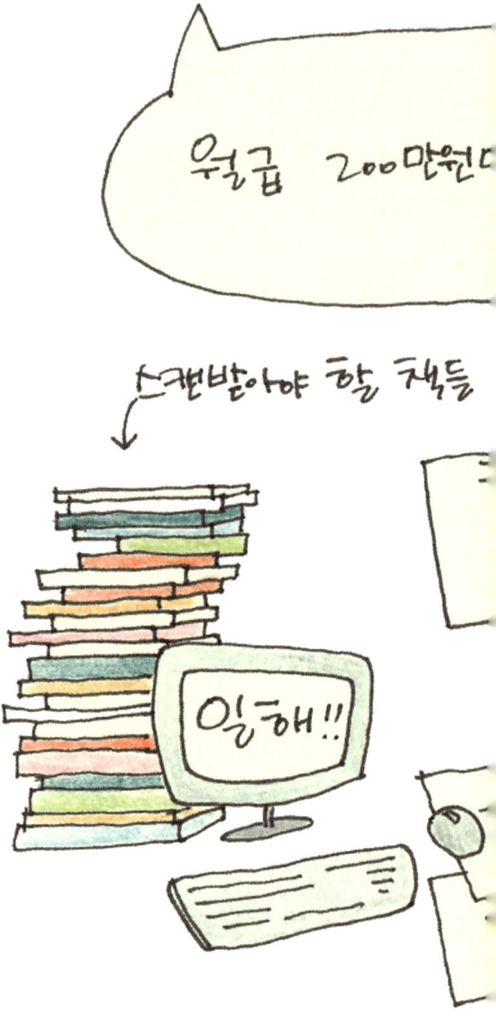

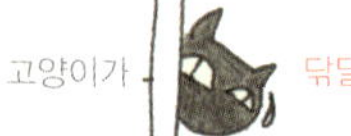

월급 200만원ㄷ
스캔받아야 할 책들
일해!!
고양이가 닦달한다

받으면 소원이 없겠따!!
어이쿡 허리야!
아게 무냐궈!!
캬야될 도면들.
20110722 whywhy

서점놀이.

난 서점이 좋다. 책도 여기저기 그득그득~ 몰두해서 책보는 사람들조차도 근사해 보인다. 그런데 내가 서점을 좋아하는 큰 이유는 따로 있었으니... 그것은 다름아닌 문구류와 디자인 용품 때문. 이런 것을 두고 제보다 잿밥이라고 하는 건가.

그래서 서점에 가면 엄청 바쁘다. 지난번에 다 구경한 것이지만 또 구경하면서 새로운 물건이 들어왔는지 살만한 가격대의 물건은 있는지 지난번에 찜 해 둔 건 살 건지 말건지, 여기저기 미친 듯이 돌아다니면서 보고 만지작댄다. 계산도 잘 못하면서 예쁜 계산기는 왜 이렇게 눈에 띄는 건지... 갈 때마다 나를 현혹시키는 가죽제품 하며...예쁜 필기구들! 하아악하아아아아 무언가 하나 손에 쥐고 계산할 때까지 쉴 수 없다. 책을 고르는 시간보다 훨씬 많은 시간을 들인다. 이런 것도 중독이라면 중독이라고 할 수 있을까? 아니면 스트레스 해소법이라고 할 수 있을까? 집에 예쁜 연필은 수도 없이 많지만 눈에 보이면 또 사야지만 직성이 풀린다. 중독이라는 것은 결핍에서 나온다고 하지 않나?

다음에 서점엘 가면 책 고르는 시간을 좀 더 늘려봐야겠다.

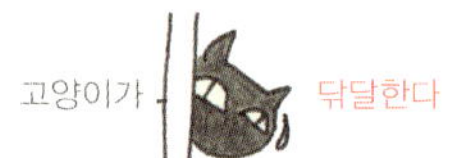

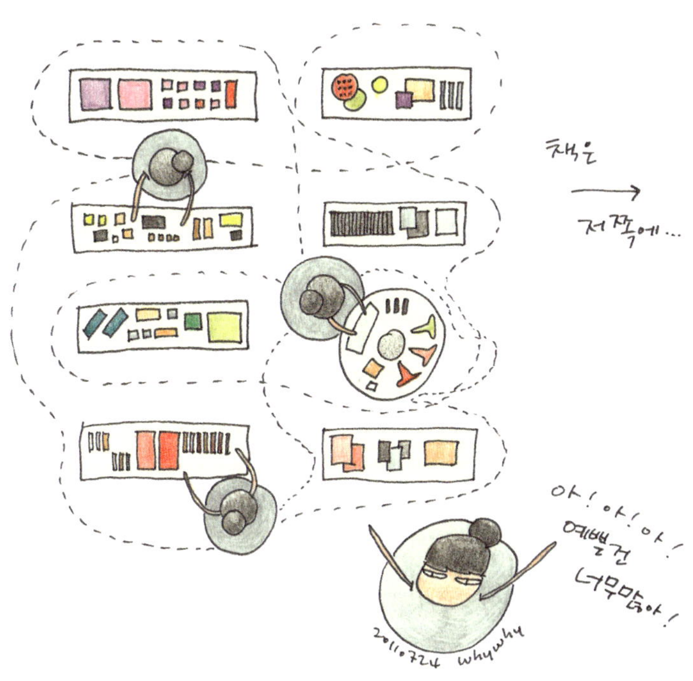
책은
→
저쪽에...
아! 아! 아!
여쁜건
너무많아!
20110724 whywhy

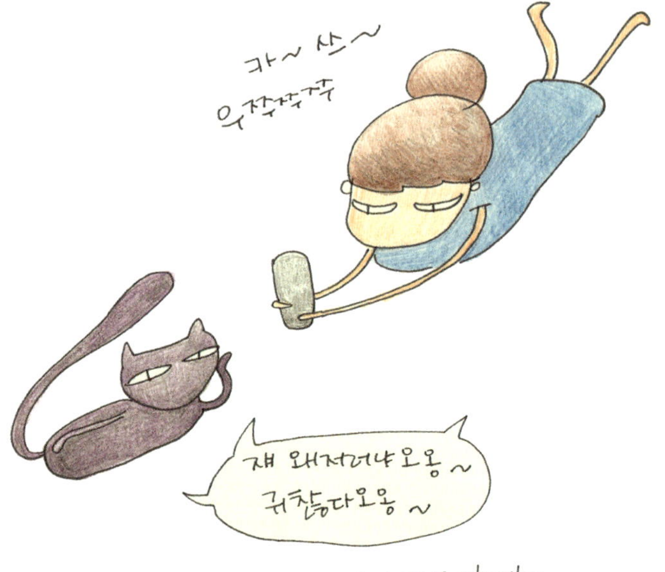
카~ 쓰~
으짝짝짝
쟤 왜저러냐오옹~
귀찮다오옹~
20110725 whywhy
고양이가 닦달한다

자식 사랑은 어쩔 수 없는 것인가.

백만 년 전까지는 열심히 싸이월드에 사진도 올리고 그랬는데 언제부터인지 필름카메라로 사진 찍는 횟수도 줄고 하면서 은근 슬쩍 스리슬쩍 하지 않게 되었다. 그런데 아이폰에 싸이월드 어플을 깔면서부터 모아보기로 친구들 소식을 간간히 보고 댓글 다는 정도의 활동을 하게 되었다. 그런데 그 모아보기를 보다가 보니 이놈 친구 것들(=셀카의 달인들)이 언젠가부터 자기 사진은 올리지 않으면서 자식 사진들을 엄청 올린다. 이빨 하나 난 것도 엄청 신기해하고 밥 한 숟갈 먹는 게 뭐가 사진 찍을 일이라고 그걸 또 이쁘다고 쭉쭉 올리고 있다. 여자들은 결혼하면 아기한테 정신이 팔리는 게 틀림없다. 자기 자신은 어느샌가 없어지는지도 모르고 온통 아기 이야기에 자식 자랑. 에잇. 재미없다. 싸이월드 모아보기도 이제 그만 해야 할 때...라고 생각하다가 페이스북 나의 담벼락에 우리 카스 사진으로 도배가 되어 있는 것을 발견한다. 덥다고 뻗어 있는 사진, 멍 때리는 사진, 똘망똘망 나를 쳐다보는 사진... 아. 이게 친구들 욕할 일이 아니다. 나도 그러고 있었다. 자기 자식은 누가 뭐래도 제일 귀하고 예쁜 법. 나도 어쩔 수 없는 엄마였다.

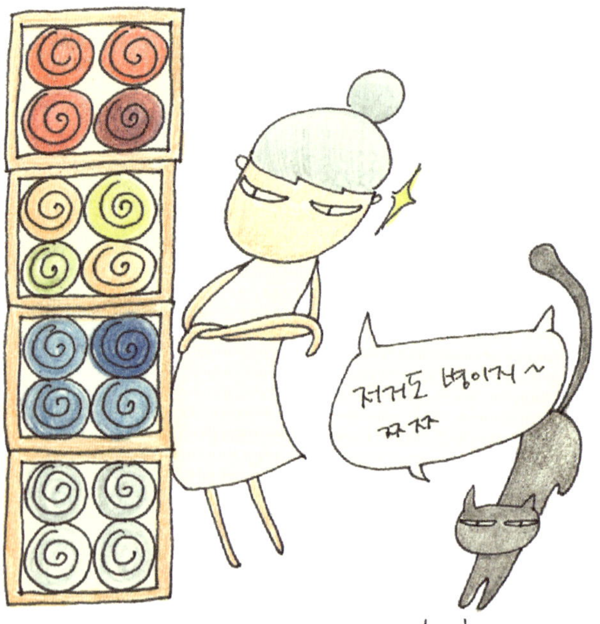
저것도 병이여~
쯧쯧
20110726 Whywhy

깔맞춤.

나 이것도 병이지 싶은데...

수건을 개켜 넣을 때 꼭 색깔 별로 정리한다. 뭔가 이것저것 섞여 있으면 마음 적으로다가 불안하다. 뭐 흰색수건이 엄청 많아서 그 수건들 사이에 랜덤으로 몇 개만 빨강, 파랑 수건이 있으면 포인트라고 생각하겠지만 우리 집 수건은 이색 저색 엄청 많다. 그래서 꼭 같은 계열 색으로 깔 맞춰서 정리하게 된다. 일단 보기에 좋아 보여야 쓰고 싶은 생각도 나는 것 아닌가?

나만 이런 건 아니겠지???

고양이가 닦달한다

여행의 묘미. 짐 싸기.

이 비 오는 난리 통에 여행가방을 챙기고 있다. 7월 28일부터 31
일까지 가족여행을 가기로 해서 옷가지와 운동화 등등 챙긴다고
바쁘다. 속옷, 화장품, 카메라, 충전기... 모기 물릴까 봐 매트형
에프 킬라도 챙기고 아 맞다. 제일 중요한 여권 여권~! 중국여행
은 처음이라 동생이랑 사촌 동생 남자아이들이 음식이 입에 안
맞을까봐 컵라면이랑 김도 챙겼다. 패키지여행이라서 책도 안
샀고 공부도 안 했는데 그래도 좀 뒤적거려볼걸 그랬나? 혼자나
친구랑 하는 자유여행과는 너무 느낌이 다르다. 그래도 어쨌건
여행의 과정 중에 내가 제일 좋아하는 순간은 이렇게 짐 쌀 때!
여행 가서 새로운 곳에 가서 보지 못했던 것들을 보고 먹지 못해
봤던 맛있는 것들을 먹으면서 신나기도 하지만 제일 설레는 순
간은 이렇게 떠날 채비를 할 때가 아닐까 싶다.
그 내가 모르는 곳엔 무엇이 있을까 상상하고 어떤 사람들을 만
날까, 어떤 일들이 기다리고 있을까 생각하며 즐거워하고 행복
해하는 이 순간. 이게 여행의 묘미지!

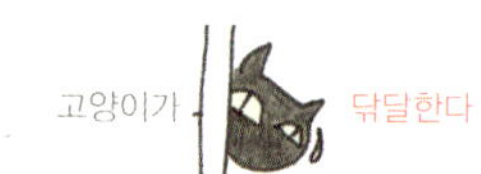

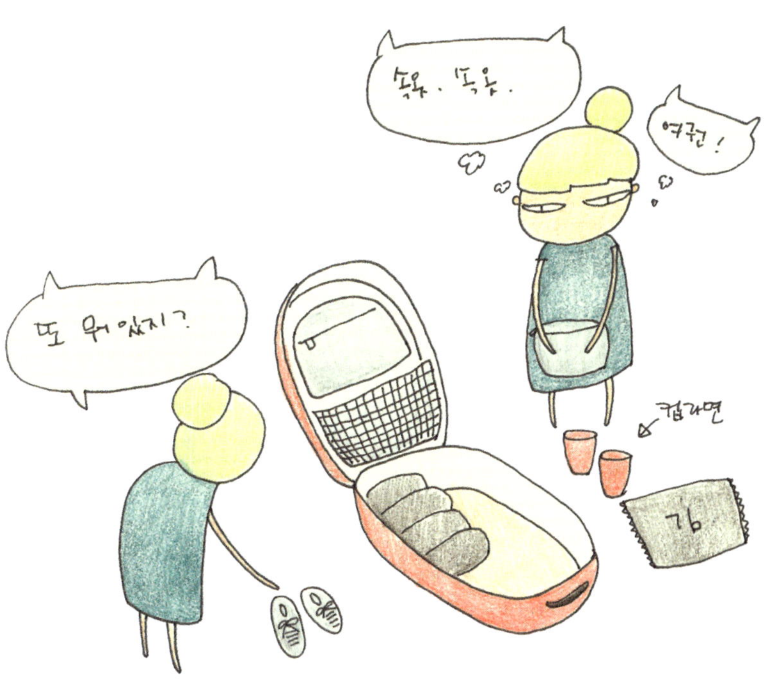
또 뭐 없지?
속옷. 속옷.
여권!
컵라면
76
20110727 whywhy

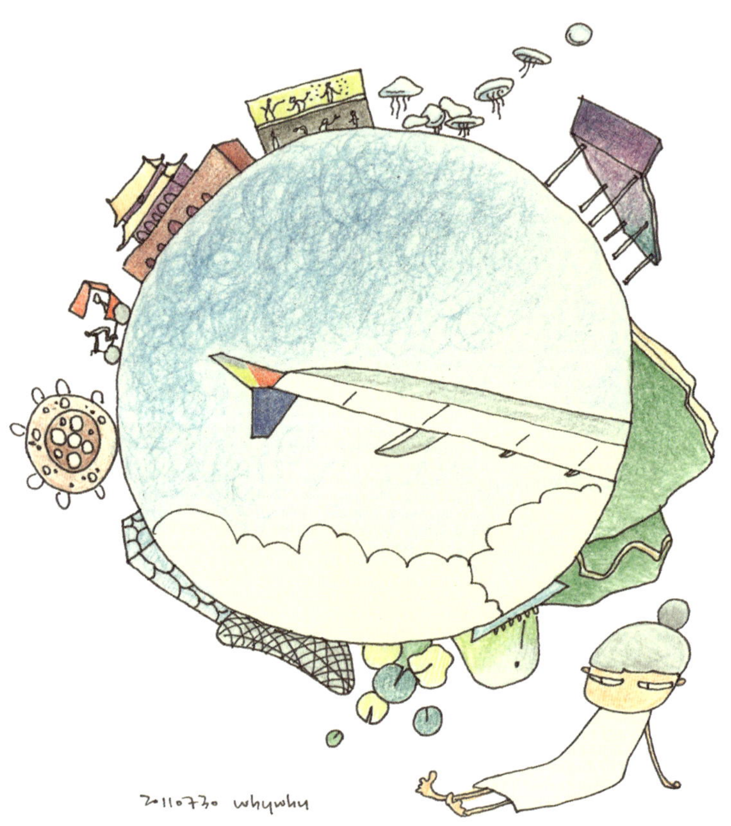
20110730 whywhy

패키지 베이징 여행.

말 많은 패키지여행을 어쨌거나 잘 다녀왔다. 보통 어디 여행을 가면 돌아오는 날 엄청 아쉽고 오기 싫기만 한데 이번 여행은 신기하게 막 빨리 집에 오고 싶었다. 게다가 패키지여행이라서 어딜 제대로 구경하고 온다기보다는 완전 찍고 찍고 여행이라는 생각이 들어 그다지 재미가 없었다. 게다가 어느 장소에 사람들을 넣으면 이 물건 저 물건 파는 거니까 참... 뭐하다. 인천공항에 도착해서 화장실을 쓰면서 역시 우리나라가 제일 좋다며 제일 깨끗하다며 우리 가족끼리 신나했다.

이제 패키지여행은 싫어요~~

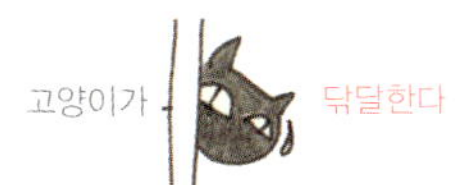

생일계에 이은 여행계.

얼마 전 엄마생일선물 때문에 목돈이 나간 우리 남매. 후덜덜해진 다리와 등짝, 얇아진 통장의 압박으로 생일계를 들었다. 한 달에 각자 오만 원씩 하면 둘이 해서 십만 원. 일 년 모으면 그래도 백이십 만원이 생긴다. 한꺼번에 오십만 원씩 확 들어가는 것보단 부담이 덜하다. 그렇게 생일계를 둘이 든 지도 몇 개월 지나지 않아서 계가 하나 더 생겨버렸다. 그것은... 이름 하야... 여행계. 여행 마지막 날 우리 가족 또 신나서 계속 이렇게 여행 다니자며 돈 모으자고 얘기 나온 게 사단이었다. 이번 여행이야 엄마가 다 쏴서 다녀왔으나 매번 이럴 수 없는 법. 엄마, 나, 윤푸(동생), 사촌동생 이렇게 각자 오만 원씩 1년 반 모아서 내년 겨울에 필리핀 같은 휴양지를 가기로 했다. 나머지 비용은 엄마가 더 내겠다며... 게다가 필리핀은 동생이 반년 정도 생활한 곳이라 동생이 가이드를 하면 되겠고 해서 쿵짝이 맞았다.

아. 그런데 정신 차리고 보니 또 돈 모으는 것이잖아. 또 생겨버렸잖아. 계 말이야 계. 허으윽. 음... 그래, 이것까지는 그렇다 치지만 왠지 뭔가가 또 나타날 것만 같은 이 오싹하고 불길한 기운은 뭔지.

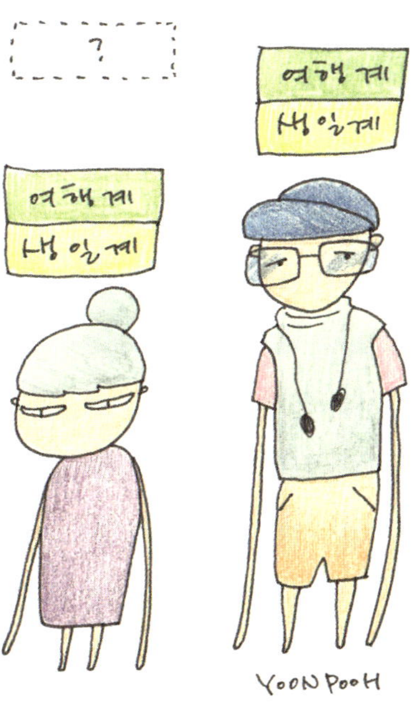
?
여행계
생일계
여행계
생일계
YOON POOH
20110731 whywhy
고양이가
닦달한다

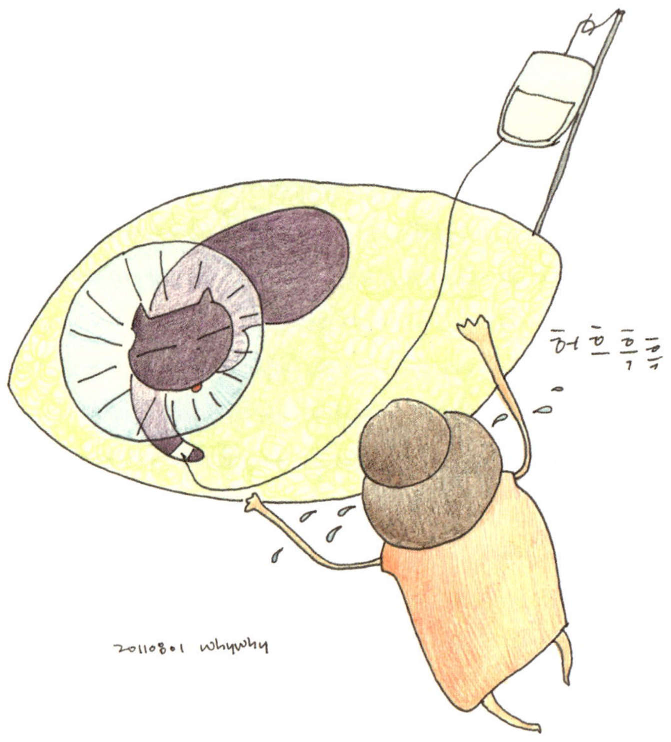
허흑흑
20110801 whywhy

수술.

우리 고양이 카스 결국 수술했다. 나쁜 종양 꼬마를 떼어낸 것. 귀 바로 옆에 생겨서 수술하기도 힘든 부위라고 선생님이 툴툴(?)거리긴 했지만 그래도 일단은 수술이 잘된 거라고 한다. 그런데 카스 데리러 갔더니 카스가 정신도 못 차리고 엎드려서 수액을 맞고 있었다. 카스~ 엉엉. 눈물이 앞을 가렸다. 복부초음파 한다고 배에 털도 홀랑 깎여져 있고 귀 옆에 수술하고 꿰맨 자국도 선명해서 마음이 정말 찢어졌다. 선생님 왈 일단 수술은 잘되었으나 나쁜 종양이라서 다른 부위에 생길 수도 있고 수술부위에 또 덧날 수도 있다는데 이럴 경우 귀까지 같이 잘라내야 할 수도 있다는 무시무시한 소리를. 그럴 리 없어. 그럴 리 없어. 어찌 되었건 빨리 회복하고 실밥도 풀었으면 좋겠다.

부실 카스는 어울리지 않아~

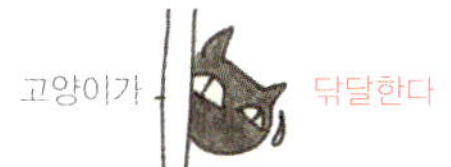

광합성이 필요해.

장마에 태풍에 계속되는 비 소식으로 온몸과 집구석이 다 꿉꿉한 상태. 이번 해 이놈의 비는 지긋지긋하기도 하지. 잠깐 해 뜨는 날은 또 왜 이렇게 더운 건지...

예전에 학교 다닐 때 야작(야간작업)을 하고 나면 다크 서클이 턱 밑까지 내려와서 우리 조형대학건물 1층 화단에 이리저리 널부러져 광합성을 하던 때가 생각난다. 꿉꿉해진 몸을 햇볕에 쫙 말리고 싶다.

광합성이 필요해.

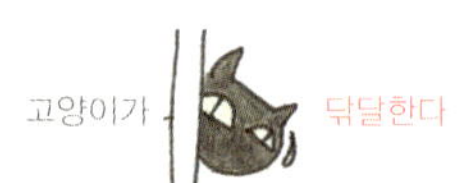

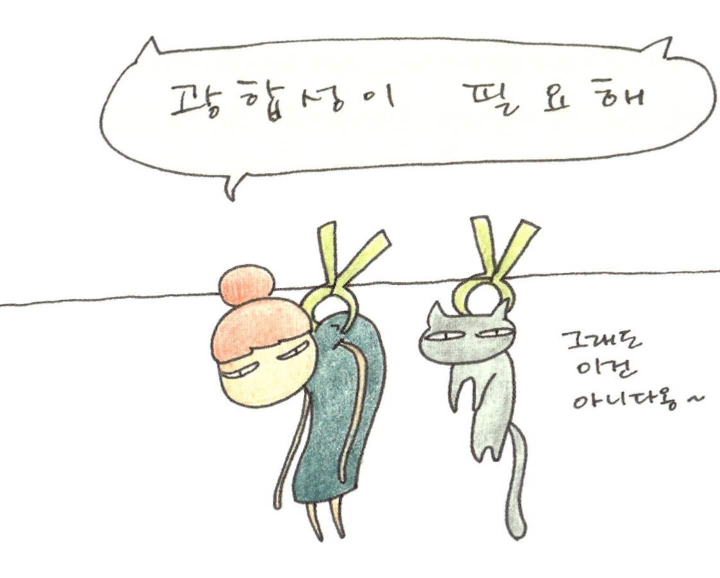
광합성이 필요해
그래도
이건
아니다옹~
20110802 whywhy

유혹의 손길들.

8월 들어서 다시 운동을 시작했다. 그나마 재미있어하는 수영! 작년에 수영과 요가를 해 봤었지만 요가는 나의 뻣뻣함에 한계를 느끼고 재미 자체를 못 느끼게 되어 그만두었고 수영은 겨울이 되니 너무 추운 나머지 (게으른 나를 탓해야지.) 수영장까지 가기가 힘들고 해서 그만두었다. 헬스는 너무 지겨워서 싫어라 하고 도대체 무슨 운동을 해야 하는 것인가 하.다.가. 그나마 제일 좋아하는 수영을 다시 등록했다. 그냥 물에 뜨는 정도지 잘하지는 못하는 것 같다는 생각이 들면서 도대체 나이 먹고 뭘 끝까지 파고드는 건 무언가라는 자책도 들었다. 예전에는 내가 목표한바 끝까지 이루려고 이 악물고 달려드는 그런 악바리 유녕이었는데... 그냥 너무 현실에 타협하고, 상황에 나를 맞추고 한 것 같다는 생각이 든다. 수영을 하고 돌아오는 길에 보니 우리 동네에 이렇게 많은 치킨집이 있는 줄 처음 알았다. 아. 이 오밤중에 나를 유혹하는 치맥의 손길. 포장이라도 해가고 싶은 그런 내음새. 쿰쿰~이런 걸 보고 유혹되는 나를 보면서 느꼈다. 이게 독한 마음 먹는다고 한순간에 내가 바뀌는 게 아니라는걸. 약속이 있으면 그때 맛있는 것을 먹고 즐겁게 그 순간을 즐기자는 생각이 갑자기 들었다. 아 이걸 먹으면 얼마나 살이 찌겠냐는 둥의 그런 마음이 드는 순간 그 시간 자체가 행복하지 않다. 그냥 괴로울 뿐이다. 이런 생각이 들면서 내가 운동하는 근본적인 생각이 바뀌었다고 할까. 예전엔 운동하면서 아. 내가 살을 얼마만큼 빼겠어. 라고 생각했지만 지금은 몸무게 줄이는 것보다 건강해져서 맛있는 것들 먹고 즐겁게 살아야지. 라고 생각한다. 음. 결국은 먹고 싶은 건 먹겠다는 소린가?

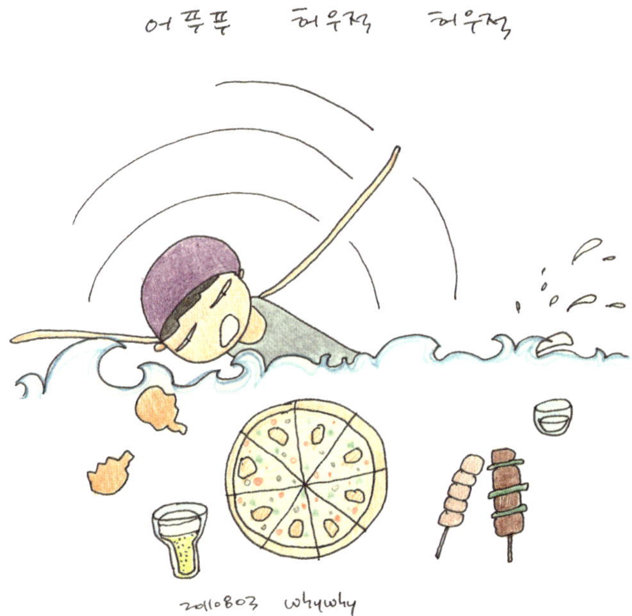

스마아아아~일~~~

사진 찍을 일이 있어서 사진관에 갔다. 평소 사진 찍는 것을 극도로 무서워하는 나다. 그래도 어떡하겠는가. 일단은 찍어야 한다. 사진관도 특별히 내가 여권 사진 찍을 때마다 가는 곳으로 택했다. 아저씨가 나 예쁜지 거울로 확인하고 화장도 고치라고 한다. 뭐 일단 사진 찍을 요량으로 화장하고 나온 것이라 (중간에 딴 약속 때문에 새긴 했다.) 뭐 대략 거울 보고 자리에 앉았다. 아... 이 불편한 기분, 불편한 느낌. 빨리 이 자리를 떠나고만 싶다. 아저씨가 표정이 너무 굳었다며 입꼬리를 올리고 샤샥 웃으라고 했다. 참 이게 어색하다. 어색하게 웃어진다. 부들부들~ 웃는 표정을 유지하려고 엄청 부들거렸다.

옴마야. 사진 나온 걸 보니. 이게 뭐야. 입꼬리에만 너무 신경 썼나 보다. 오직 입꼬리에만!

왜? 눈은 게슴츠레한 것인가! 미치겠다~~!!!
또이또이하게 뜨고 있어야 할 눈이 대구말로 낭창하게 뜨고 있고 입만 웃고 있다. 완전 싸이코패스 같다. 아. 이걸 다시 찍어야

하나. 한참 고민하다 그냥 말기로 했다. 아 이 시점에서 듣고 싶
은 이 노래...

....

나 어떡해.

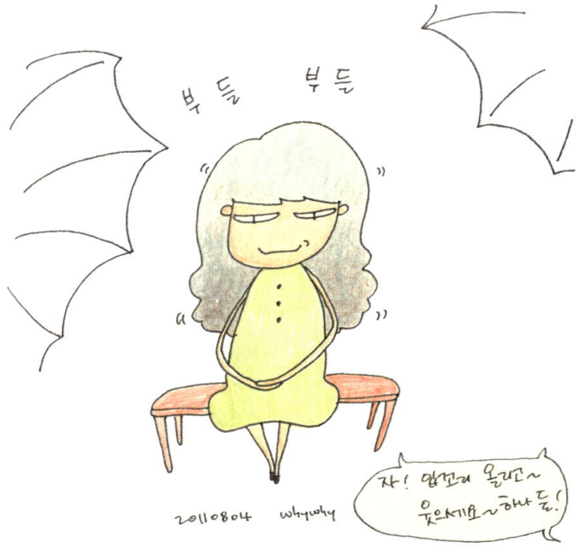

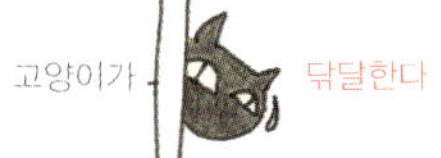

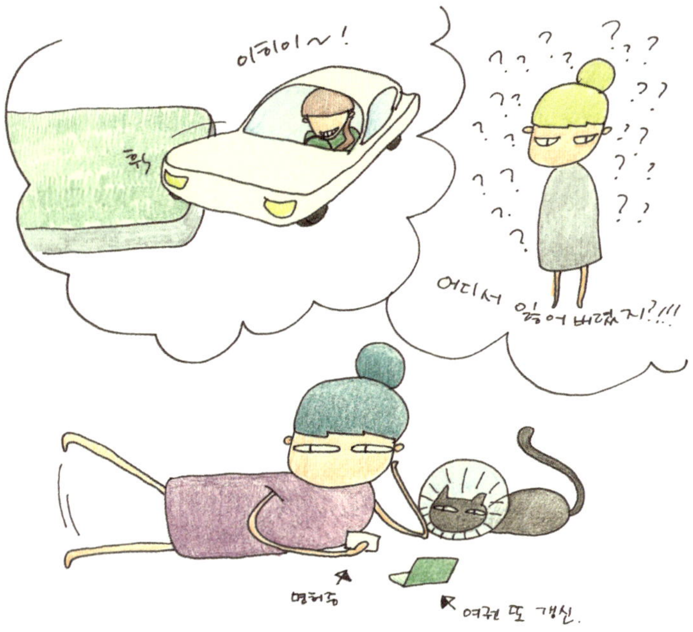
어허이~!
????? ? ?? ?? ? ??
어디서 잃어 버렸지?!!!
열쳐줌
여권 또 갱신.
20110805 whywhy

갱신의 날.

얼마 전 중국여행 갈 때 보니 여권만료기간이 또 다 되었더라. 그리고 면허증 갱신기간도 9월까지... 이런 부분에서 또 나이 먹음을 확 느낀다. 이것저것 다들 갱신하라고들 하니 말이다. 그러고 보니 10년 전 향과 벙 나 셋이 면허 따겠다고 서부면허시험장 가서 제대로 된 교육도 받지 않고 일명 야매로 두어 시간 배운 다음에 기능시험에 도전했던 게 문득 생각이 났다. 그때 도대체 무슨 깡이었던 걸까...? 아무튼 말 많은 여자 셋이 그러고는 기능시험을 주구장창 봤는데 기능시험을 보다가 거의 마지막에 주차구역을 통과하면 바로 턴을 해서 끝이 나는 구역이었다. 우리 멋진 벙이 턴을 하면서 그 턱을 씐나게 넘어버린 것. 그 광경을 목격한 향과 나는 배를 잡고 쓰러졌고 (왜냐면 우린 이미 떨어져서 벙을 기다리고 있었던) 우리 셋은 또 한 번 탈락의 고배를 맛봤지만 그 턱 넘은 벙이 제일 먼저 기능시험에 합격했다는 일화가 있었지. 그리고 여권. 원래 있던 여권을 어디에다가 버려버렸는지 잃어버리고... 이 대목에서 정말정말 안타깝다. 내 유럽여행의 흔적들이 없어진 것. 그때 당시에 유로화가 아니었고 이태리 화폐는 리라였었는데 그것들도 없어졌을뿐더러 그때 여권에 찍혔던 여러 나라도장들이 아깝다. 너 왜 그랬니. 아흑. 아흑. 아흑. 생각을 말자. 이미 한번 잃어버린 나를 미워했었으니. 어쨌건 그때 당시에는 10년짜리 여권이 없었을 때여서 5년짜리로 또 만들었었지.

10년이면 강산이 변한다고 하는데 이런 내 기억들이 벌써 10년 전 일이었다고 생각하니 웃기기도 하면서 한편으로는 웃을 일이 아닌 것 같기도 한 것이 마음이 복잡미묘해져 버린다. 지금도 나는 그 10년 전처럼 사건사고를 만들고 있다. 뭐 일상이 사건사고 아닌가. 후훗. 엄청 웃기고 큰 사건이건, 작게 웃어넘길 에피소드건, 어쨌건 간에.

현재를 행복하게, 또 한순간이라도 의미 있게 살려고 하고 있다. 지금 내가 10년 전에 그런 일들을 회상하는 것처럼 10년 뒤의 나도 지금 내게 일어난 일들을 회상하면서 웃어넘길 수 있겠지?

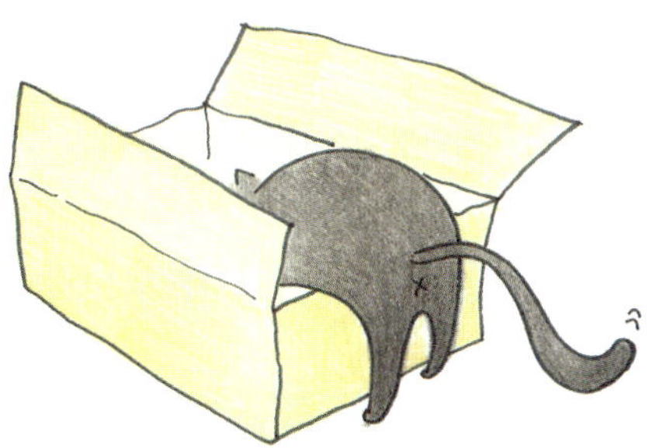

왜 고양이들은 박스를 좋아할까?

인테리어 업자와 디자이너.

요즘 우리 고냥님 때문에 동물병원에 자주 들락거리는데 다른 엄마들은 시간 맞추기가 힘든데 반면 나는 낮에도 병원을 가고 하니 선생님이 무슨 일 하는지 궁금해 했다. 그래서 대수롭지 않게 인테리어 설계 뭐 디자인 같은 거 프리로 한다고 했다. 그랬더니 설계만 해서 돈을 벌 수 있느냐고 깜짝 놀란다. 보통 자기네 병원 옮기거나 할 때 보면 인테리어 업자 불러서 견적 애기하고 디자인은 그냥 해주는 거 아니냐고 한다. 참 이 대목에서 씁쓸해지지 않을 수 없다. 물건을 사려면 돈을 지불 해야 하고 진료를 보더라도 돈을 지불 해야 한다. 내 순수 몸뚱아리 외의 모든 행위를 할 때는 돈이 든다. 그런데 왜 디자인은 그냥 해주는 거라고 일반 사람들은 생각할까. 이 디자인이라는 것도 일종의 지적 재산 같은 것이고 나도 나름 학교에서도 배우고 직장에서도 배우고 하는데 시간과 노력을 들였건만 그런 소리를 들으니 마음이 안 좋았다. 사실 방 하나 만들 때도 방에 들어가는 가구부터 이것저것 사이즈를 다 고려해야 하고 복도 폭까지 생각해야 하니 벽 하나 친다는 게 단순한 문제는 아니다. 그나마 요즘은 인식들이 바뀌어가는 추세로 설계비도 책정해서 받고 하지만 많은 사람들의 인식이 바뀌기까지는 아직 역부족인 것 같다. 선생님 붙들고 주구장창 이 얘기 저 얘기 하고 싶었으나 그냥 간단한 한 문장으로 일축했다.

"그냥 해 주는 건 업자라서 그런 거고 전 디자이너라서 설계비를 받아요."

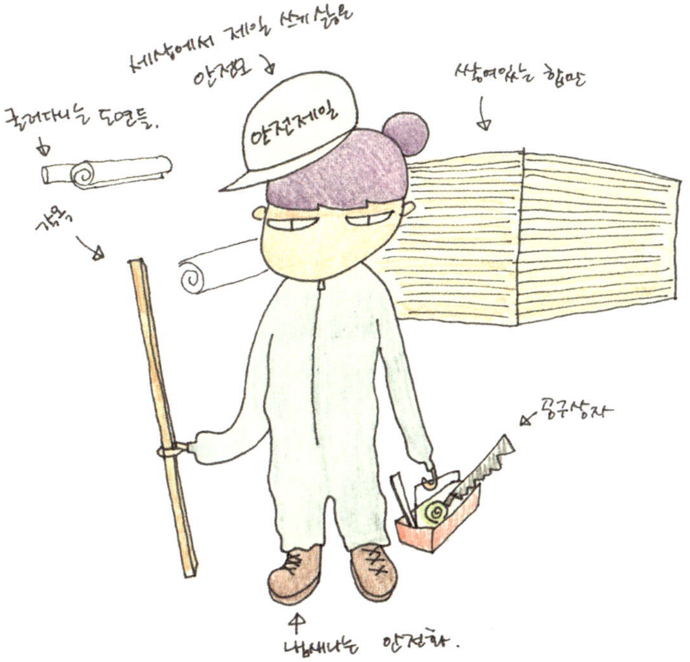

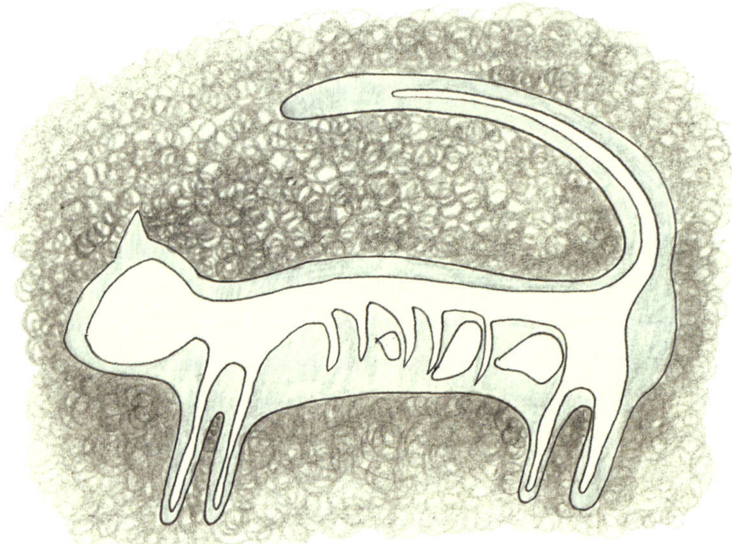

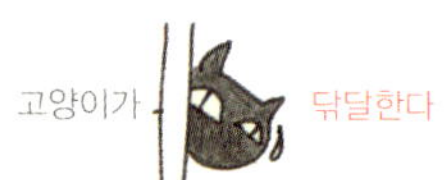

간이 작으면 겁이 많을까?
20110809 whywhy

고양이가 닦달한다

간 크기와 겁의 상관관계.

동물병원에서 수술받으면서 엑스레이도 찍고 이 검사 저 검사 다 해봤다. 다른 별다른 이상은 없는데 간 크기가 다른 고양이들보다 현저하게 작다는 것이었다. 간 크기가 작다고 해서 뭐가 문제 되는 것은 아니지만 그래도 보통보다는 훨씬 작다는 것이었다. 우리 고양이 카스는 겁쟁이 대마왕이다. 그래서 몹시 궁금해졌다. 간 크기가 작으면 겁도 많고 간 크기가 크면 겁도 없나? 음. 의학적으로 증명된 무언가 있는지 없는지는 모르겠지만 이게 근거 없는 말은 아닌 것 같은 생각이 갑자기 든다.

사람들이 깜짝 놀라거나 겁을 먹으면 무의식중에 간이 오그라든다거나 간이 콩알만 해진다거나 하는 표현을 하게 된다. 이것만 봐도 그렇다. 왜 위에 구멍 날 뻔 했다던가 장이 꼬인다거나 폐가 튀어나올 줄 알았다던가 하는 표현이 아닌 간에 대한 표현을 할까. 그리고 겁이 없는 사람을 보고 이야~ 너 간 크다~~ 라고 하지 않나. 아... 무언가 확실한 물증은 없으나 심증만 있다.

우리 카스 때문에 별걸 다 생각하게 되는 요즘이다.

사는 것도 정답이 있을까?

회사에 다니지 않은지 벌써 만으로 1년을 꽉 채웠다. 벌써 8월도 중순이니 말이다. 어떻게 일은 꾸준히 있어서 카스랑 나 손가락 빨지 않을 정도로 벌고 있고 회사 다닐 때는 일이 많아서 꾸준한 운동은 상상할 수 없는 일이었지만 지금은 내 시간을 쪼개고 조절해서 수영도 다니고 있다. 특히 낮에 카페에서 아이스커피에 광합성을 하며 일을 한다거나 수다를 떨 수 있다는 건 더없이 좋은 점! 이런 생활에 만족하고 행복함을 느끼면서도 마음 한편으로는 이렇게 살아도 되는지 불안함도 스멀스멀 올라온다.

2002년부터 2010년까지 9년 동안 치열함 속에 살았던 탓일까? 나름 굵직굵직한 회사에서 동시에 진행되는 여러 가지 프로젝트에 뭐가 제대로 돌아가는지 확인도 못했던 그 정신 없이 바쁨에 적응된 탓일까? 지금 누리는 이 여유가 괜스레 불안하고 옳은 일인지 걱정이 된다.

그런데 사는 것도 정답이 있을까? 중고등학교 때 치던 시험처럼 정답이라는 게 있어서 어른이 되면 꼭 이렇게 살아야 올바르다고 할 수 있을까? 내가 지금 불안한 이유는 당장 1년 뒤, 5년 뒤, 혹은 먼 10년 뒤의 내 모습이 정확하게 그려지지 않기 때문인 것 같다. 하지만 그때 내가 어떤 사람이 되어 있고 어떤 위치에 서 있느냐가 중요한 게 아니다. 그때까지 내가 하루하루를 어떻게 행복하게 썼고 어떤 새로운 시도를 해서 행복해졌느냐가 중요한 것이다.

사람들이 소위 말하는 제때 공부하고 제때 시집가고 제때까지 회사에 다니는 것을 잠시 생각하지 않기로 한다. 그냥 흘러가는 대로 나를 조금 더 천천히 만나면서 살기로 한다. 사는 것에 정답은 여러 개가 있다. 내가 선택하는 답이 나중에 돌이켜봤을 때 나에게는 정답이 되면 된다.

시간이 조금 더 걸릴지라도.

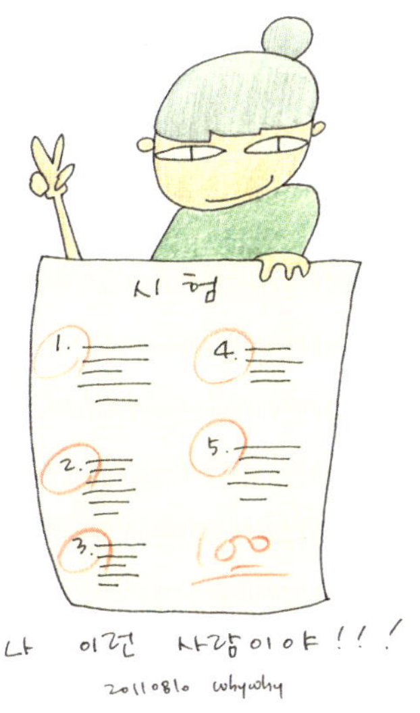

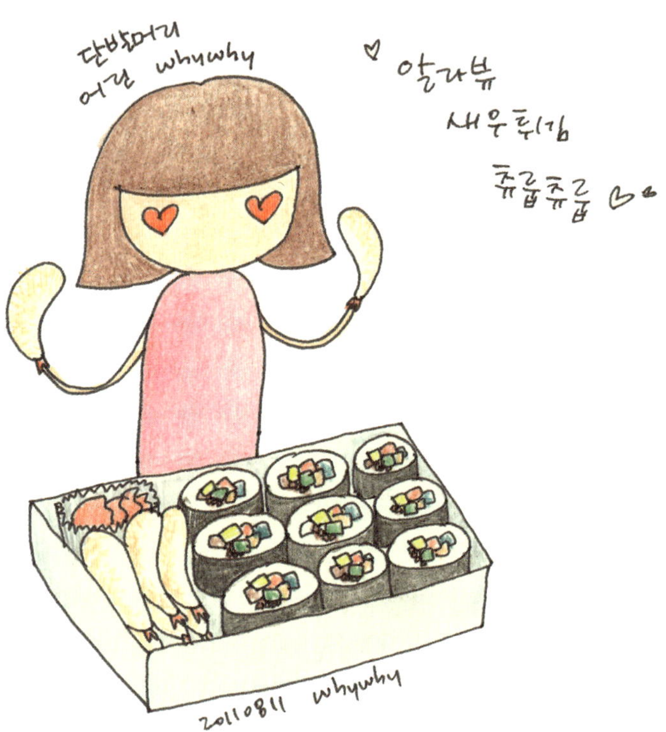

단번먹기
어딜 whywhy
♡ 알라뷰
새우튀김
츄릅츄릅 ♡
20110811 whywhy

소풍 가서 제일 맛있었던 음식은?

추석 때 엄마랑 제주도 여행을 가기로 했는데 어디서 뭘 먹을지 알아보고 있자니 왠지 모르겠지만 예전 학교 다닐 때 소풍 가던 게 생각났다. 어디 가서 맛있는 것을 먹는 즐거움 또한 여행의 묘미.

전교생들이 우루루 줄 맞춰서 목적지까지 걸어갔다 걸어오는 소풍 가는 것 자체는 별로 좋지 않았지만 (이런 단체행동을 어렸을 때부터 별로 좋아하지 않았다.) 하지만 가서 먹을 새우튀김 생각에 내내 즐거웠다. 우리 엄마는 소풍 도시락에 거의 빼놓지 않고 항상 새우튀김을 싸주었다. 완전 내가 사랑하는 새우튀김. 소풍 가는 날 아침은 새우튀김 튀기는 소리에 스스스 일어나서 새우튀김도 한입 먹고 김밥도 주워 먹곤 했다.

소풍 장소에서 도시락을 펼쳤을 때 시간이 좀 지나 바삭바삭하진 않지만 약간 눅눅해진 그 새우튀김도 너무너무 맛있었지.

이번 제주도에 가면 소풍 가서 먹던 새우튀김처럼 계속계속 생각나는 완전 맛있는 것을 찾아내서 먹고 와야지!

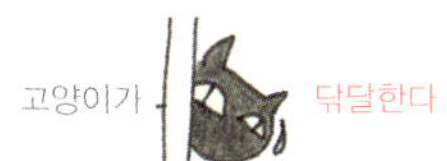

타이밍이 중요해.

향과 그의 남친 숫자, 그리고 삼(일명 쌈. 뭐야. 애도 숫자네.)
과 홍대에서 만났다. 그런데 향과 숫자가 늦어서 쌈과 먼저 먹기
시작했고 나는 푸념을 늘어놓는다. 향이 남친이 생기면서 나의 순
위는 뒤로 확 밀렸다며 서운하다며. 그랬더니 쌈이 그런다.

야. 너도 같았어. 임마. 너 남친 있을 땐 향이 똑같이 서운해했다.
그..그...그랬나?

어쨌건 지금은 아니라며 푸념만 해댔다. 참 그런데 생각해보면
이 모든 것은 타이밍의 문제. 내가 남자친구가 있을 때면 향이 없
었고 향이 있을 때면 내가 없었다. 우린 왜 이렇게 타이밍이 안
맞는 것인가. 서로에게 누군가 생기면 축하해주기는 하지만 서
운해하기도 하는 이 복잡한 친구들의 관계. 타이밍이 중요하다.
음. 그리고 보니 쌈과 만나면 쌈은 우리 이야기를 참 잘 들어준
다. 여자는 항상 도도해야 한다며 조언도 아끼지 않는다. 그런데
나는 그 아이의 회사생활이나 결혼생활 같은 건 잘 물어보지 않았
다는 것이 생각났다. 뭐 결혼생활은 물어봐도 잘 애기 안 해주는

경우가 대부분이긴 하지만. 내 얘기만 하지 말고 남의 얘기도 좀 들어줘야겠다.

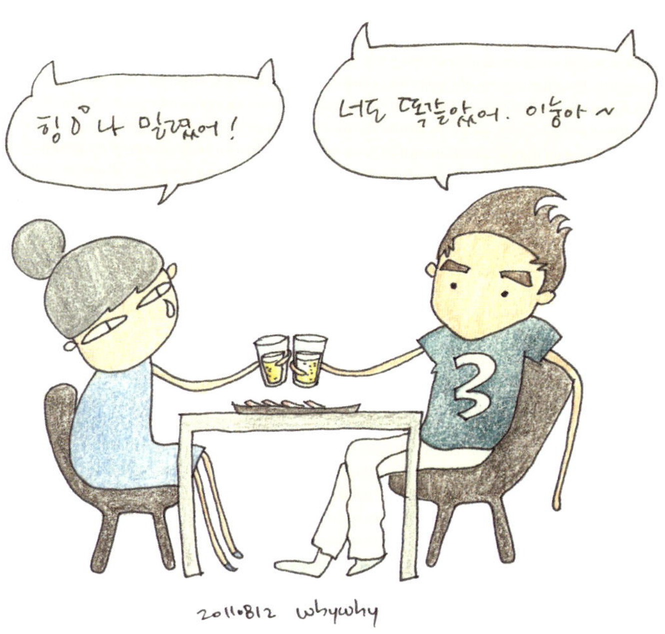

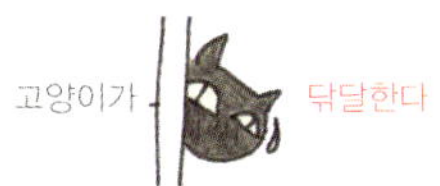

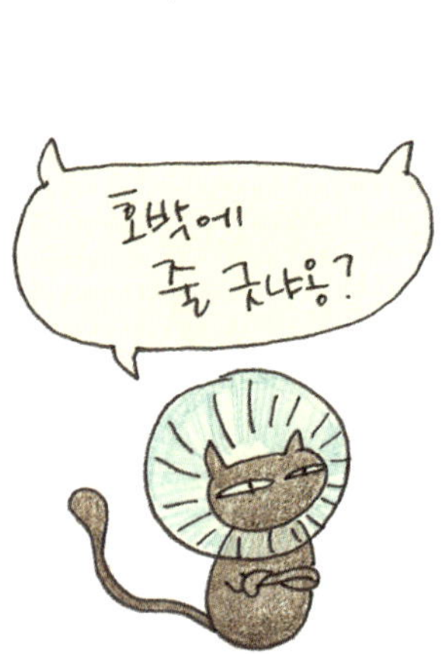
호박에
줄 긋냐옹?

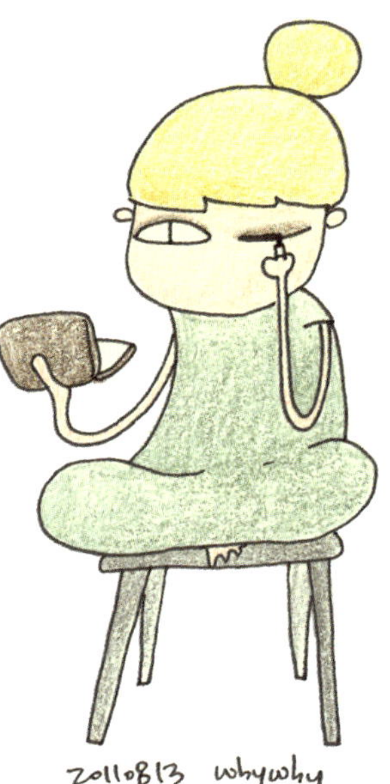
20110813 whywhy

죽일 놈의 스모키.

예전에는 회사 갈 때도 화장 안 하고 대충 스킨로션만 찍어 바르고 나가곤 했었는데 (물론 이 이야기는 20대 때 이야기.) 요즘은 꿈도 못 꿀 이야기다. 그냥 민낯으로는 절대절대 못 나가겠다. 넓어진 모공, 여기저기 자리 잡으려고 하는 주름에 잡티.

게다가 화장할 때는 스모키 메이크업을 하는지라 화장을 안 하면 얼굴이 참... 밍숭맹숭~해 보여서 영~ 안 할 수가 없다. 이놈의 죽일 놈의 스모키. 난 스모키 화장의 노예가 되어버린 것이다.

정녕. 화장을 안 하면 나도 모르게 자신감 급하강 뚝뚝. 하지만 화장을 하면 눈에 선하나 그었을 뿐인데 도도녀 whywhy로 변신. 에효. 이렇게 화장에 의존하지 말고 내면의 내공을 쌓아서 지혜로운 여자가 되어야 할 텐데...

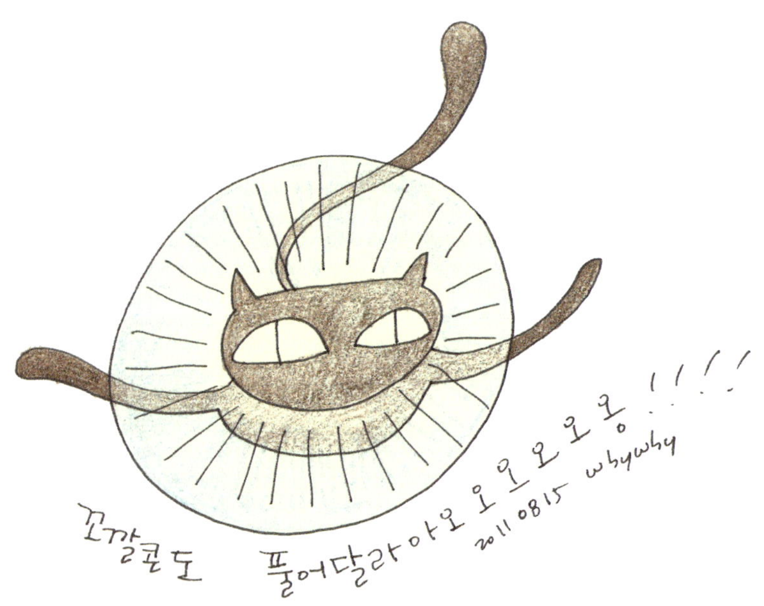

꼬깔콘도   풀어달라야오 오오오옹 !!!!
20110815 whywhy

꼬깔이도 풀어달라옹~

우리 카스 드디어 실밥을 풀었다. 그 쪼꼬만 거 떼어내는데 참 이래저래 고생이 많았다. 그런데 아직 상처 난 부위 딱지도 덜 떨어진 곳도 있고 해서 선생님이 3,4일 정도는 꼬깔이를 더 하고 있으란다. 어흑. 실밥 풀면 꼬깔이도 시원하게 풀 수 있을 줄 알았건만... 고생하는 김에 며칠 더 고생해야겠다. 카스. 불쌍한 것...

수술할 때 스케일링한 것도 꽤 잘 되었다. 깨끗한 것이. 그래도 이제 치아관리도 해주어야 해서 밥에 뿌리는 것, 물에 타는 것, 과자 같은 것 이것저것 사왔다. 뭐가 맞을지 모르니깐. 손가락 집어넣는 건 죽어도 싫어하니 쉽게 이 닦이는 방법 어디 없나?

아무튼, 우리 카스 그 동안 고생 많았어. 조직검사결과 종양이 딴 데로 퍼질 수도 있다고 하지만 퍼지지 않을 꺼야. 또 생기지 않을 꺼야. 건강해야지. 카스 아줌마~~

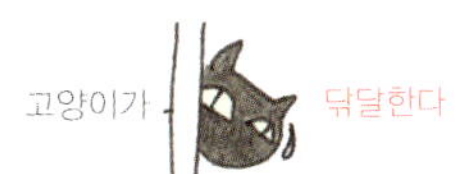

꼭 이래!

나는 보통 내가 직접 매니큐어를 칠한다. 양손잡이의 편리함을 마구마구 느껴주며 심심할 때마다 컬러를 바꾸어가며 칠한다. 그런데 짱지에게 공짜쿠폰이 생겨서 같이 홍대에서 네일케어를 받게 되었다.

오. 내가 혼자 할 때는 할 수 없었던 큐티클 제거도 샤샤샥 해주고 뭔가 슥삭슥삭 속도도 빠른 것이 매우 전문적이다. 오호호~ 이래서 여자들이 한번 받으면 계속 샵에 가는 것이군. 그리고 손톱 말려주는 기계로 슉슉 말려주니 빨리도 마르고 매우 좋다. 다 끝나고 나서 샵 언니가 100퍼센트 마른 게 아니니 1시간 정도는 조심하라고 한다. 뭐 거의 마른 것 같고 딱히 손쓸 일도 없다고 생각했다. 그런데 웬걸. 밖에는 비가 내렸다. 짱지는 우산을 펴다가 바로 찍혀버렸다. 나는 편의점에서 우산을 샀다. 지갑에서 돈을 꺼내다가 찍혀버렸다. 손쓸 일이 너무 많다. 조심한다고 계속 조심하지만 날벼락은 한순간이다. 더 강력하게 말려주는 기계가 필요하다. 누가 안 만드나?

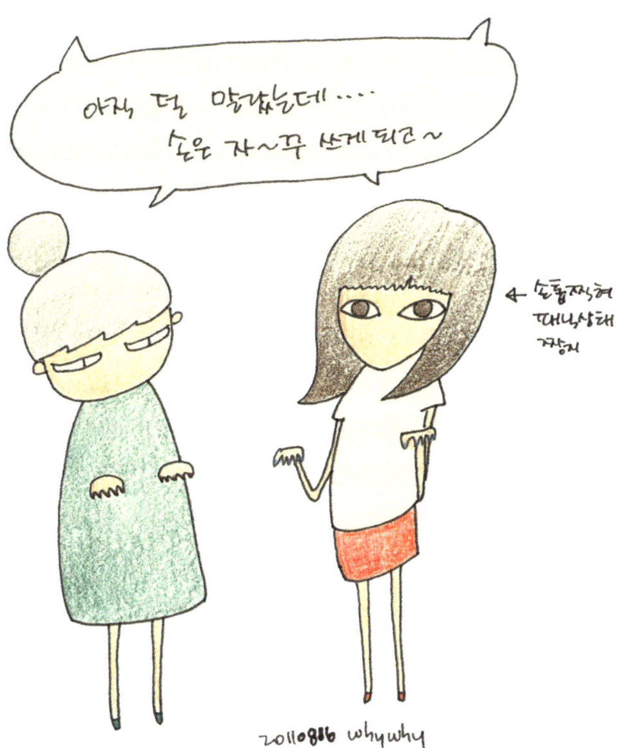

아직 덜 말했는데....
손은 자~꾸 쓴게되고~
← 손톱쩍혀 떠나상태 쩡지
20110886 whywhy

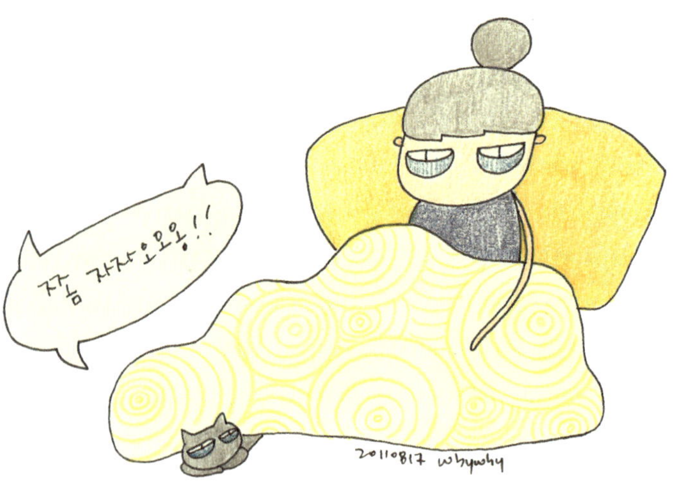
잠 자자오오옹!!

다시 불면증.

거의 뜬눈으로 밤을 지샌다. 눈은 자고 싶어서 따가워 죽겠는데 머리는 말똥말똥 잠이 오질 않는다. 차라리 받아놓은 일을 미리 해야 하나 싶지만 그러면 아예 잠을 못 잘 것 같아 누워서 잠을 청해보지만 아무~~ 소용없다. 애꿎은 핸드폰을 이리저리 만지작거려 본다. 내가 이러는 통에 카스도 덩달아 잠을 푹 못 잔다. 저녁에 운동하면 힘들어서 금세 곯아떨어질 것 같았다. 그런데 몸이 활성화되면서 오히려 더 잠이 깨는 듯한 느낌이다. 예전엔 머리가 땅에 닿기만 해도 꿈나라로 잘도 떠났었는데 참 쉽지가 않다. 불면증에는 따뜻한 우유 한잔이 즉효약이라던데 따뜻한 흰 우유는 참 맛이 없다. 규칙적으로 생활하려고 노력해도 예전만큼 규칙적이지 못해서 깨진 생체리듬 탓일까? 시간을 쪼개 쓰는 것에 변화가 필요하다. 이대로는 안 된다. 짱구를 굴려보자...

짱구 굴리다가 또 날 샜다.

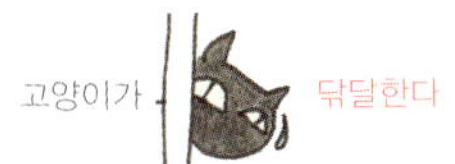

고무줄처럼 늘었다 줄었다 하고 있다.

얼마 전 받은 일이 하나 있는데 원래 기한은 8월 말까지였다. 그런데 일정이 슬금슬금 늘어지더니 추석 전후 정도까지로 미뤄졌었다. 그래서 사실 집중해서 빠른 시간 안에 일하는 것을 좋아하는 나는 (이거 사실 핑계. 하기 싫어서 안 한 거임) 나름 느긋한 시간을 가지고 있었다. 그리고 이렇게 한번 늘어지기 시작한 일은 또 일정이 밀리는 일이 비일비재하기 때문에 미리미리 일을 해놓기도 사실 싫었다. 그런데...

평면 레이아웃 미팅 후 날벼락이 떨어졌다. 갑자기 일정이 확 당겨졌다. 23일 저녁에 도면 제본을 해야 한다는 것이다. 날벼락도 이런 날벼락이 없다. 무슨 이놈의 일정은 지가 고무줄인 줄 아나. 늘었다 줄었다 마음대로 하게 말이다. 어우~ 열 받는다!

말만 하면 도면 한 세트가 뚝딱 나오는 줄 아는 것인가? 아. 또 피똥 싸도록 스파르타 캐드질을 해야 되잖아! 어흑.

이렇게 일정 마음대로 조정해버리는 갑도 문제이지만 불가능한 일정이라고 말하지 못하고 어떻게 해서든 일을 해주는 을의 문제도 있다. 한번 일 펑크내거나 개겼다가 일을 또 못 받게 되면 안 되니까 그런 건 한편으로 이해가 되기는 하지만 너무 무리한

요구는 안 된다고 정확히 말하고 조율하는 것이 꼭 필요하다.
이런 것도 다 외국처럼 디자이너에게 디자인해달라고 부탁하는
것이 아니고 내가 말하는 시간까지 디자인해서 내놓으라고 명령
하는 갑시스템 때문이다. 내 말대로 해~! 안 해? 그럼 딴 놈 데려
와. 뭐 이런 식? 이름없는 디자이너는 그냥 약자일 뿐이다. 그렇
다면... 힘을 가지려면...

유명해져야 되는 것인가?

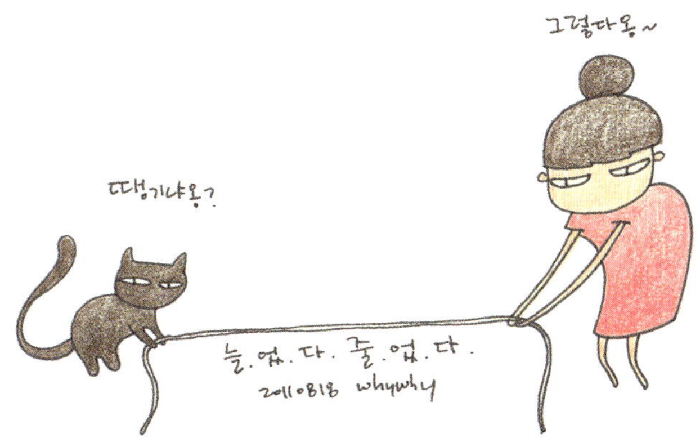

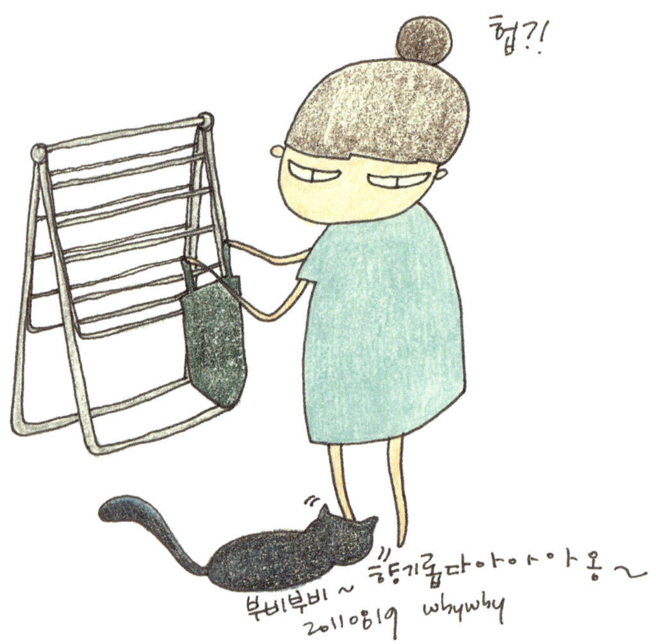
헙?!
부비부비 ~ 향기롭다아아아아옹~
2011.08.19 whywhy

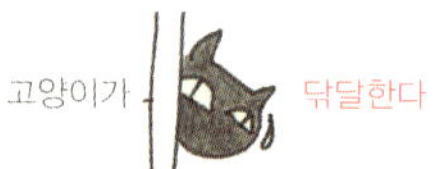
고양이가 닦달한다

그 냄새가 좋냐오오옹?

우리 고양이는 내가 현관문을 열면 항상 마중 나와서 반갑게 인사를 해준다. 동생 말에 의하면 내가 열쇠를 꺼내면서 계단을 오를 때부터 현관에 나와 있다고 한다. 어이쿠. 완전 기특한 녀석. 히히히. 요즘은 집에서 작업하는 시간이 많아 함께 있는 시간이 많아져서 그런지는 몰라도 예전처럼 딱 마중 나와 있는 것은 아니고 내가 현관을 열면 그제야 뛰어나온다. 뛰어나오기까지 하는데 섭섭해하긴 그렇지만 왠지 '아~ 우리 카스가 변했어.' 이런 생각이 들며 섭섭해지는 것은 왜일까.

그런데 얼마 전 내가 수영장을 다니면서 우리 카스가 다시 현관 앞에 있기 시작했다. 단. 수영 가는 월. 수. 금 만이긴 하지만. 다시 마중 나와 야옹거리며 현관에서부터 부비부비 삼매경이다. 고양이는 후각이 발달했다고 하는데 수영장 소독약 냄새가 좋은 것일까? 고양이들이 캣닢 냄새를 맡았을 때처럼 발에 부비부비와 함께 뒹굴뒹굴. 환각증세를 보인다. 카스가 좋아하니까 발을 내어주긴 하지만 까슬까슬한 혀 때문에 스크라치 나겠다. 내 발 따위 일랑 스크라치 나도 상관 없으니 건강하게만 있어다오옹.

이놈의 집구석!

며칠 전부터 샤워기가 말썽이다. 우리 빌라가 오래된 만큼 우리 집 샤워기도 오래된 것이 틀림없다. 연결 호스 부분이 터졌는지 어쨌는지 물이 찔찔찔찔... 완전 스트레스!

요즘같이 더울 때에는 하루 두 번 샤워도 모자랄 지경인데 말이다. 한번 씻으려면 백만 년 걸린다. 10년 넘은 자취생활로 엔간히 불편한 것은 좀 참고 사는 편이긴 한데 이 더운 여름에 이건 좀 영 아니올시다이다. 이렇게 구질구질한 집도 2년 계약 때마다 전세 월세금 팍팍 올려주시고 서울에서 내 집 하나 없이 세살이 하는 게 갑자기 또 서러워진다.

인테리어 디자인 제안할 때에는 거실바닥에 대리석이나 우드플로링을 깔고 포인트 벽체도 패브릭이나 대리석 등으로 이렇게 저렇게 디자인해서 주는데 정작 내가 사는 집은 바닥 우드간지 장판에 벽체는 죄다 흰색 벽지라니... 내가 제안하는 이상과 나의 현실 간의 이 괴리감이란... 나도 빨리 내 집이 생겨서 하고 싶은 대로 좀 하고 살았으면 좋겠다아아아아~

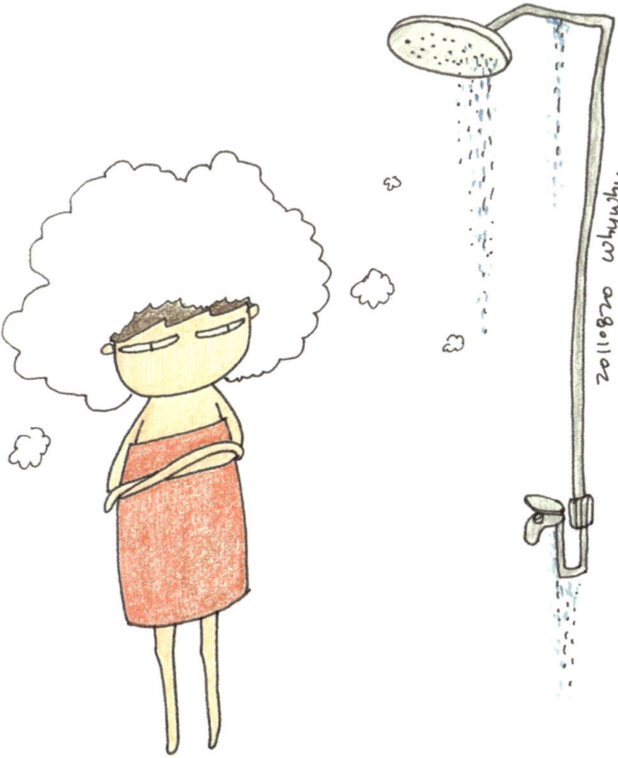

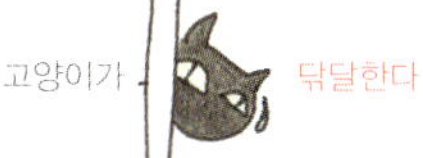
고양이가 닭달한다

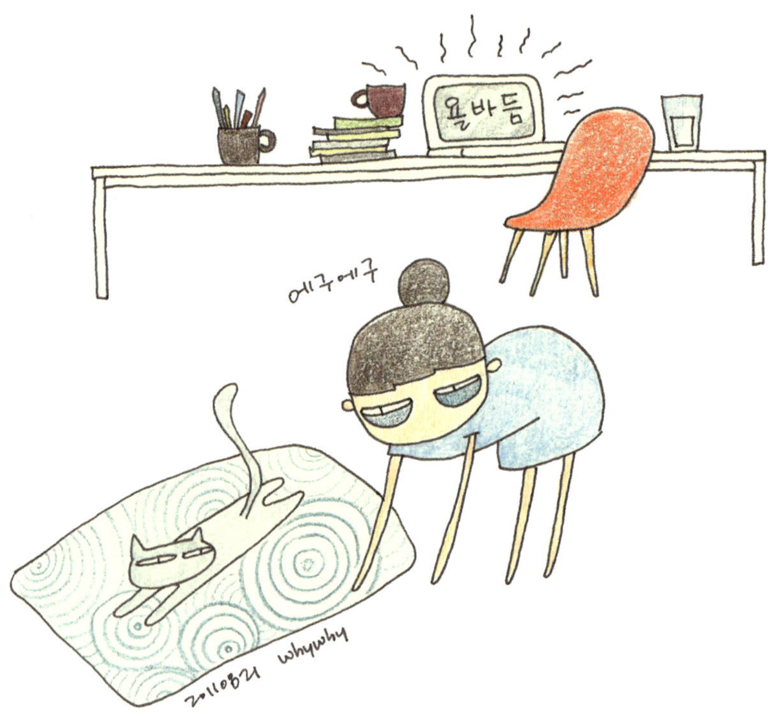
올바듬
에구에구
20110821 whywhy

에효에효.

당겨진 일정 때문에 또 미친 광캐드질을 했다. 나 이렇게 미친 듯이 일하는 거 싫은데... 싫은데 싫은데 싫은데... 어쩔 수가 없다.

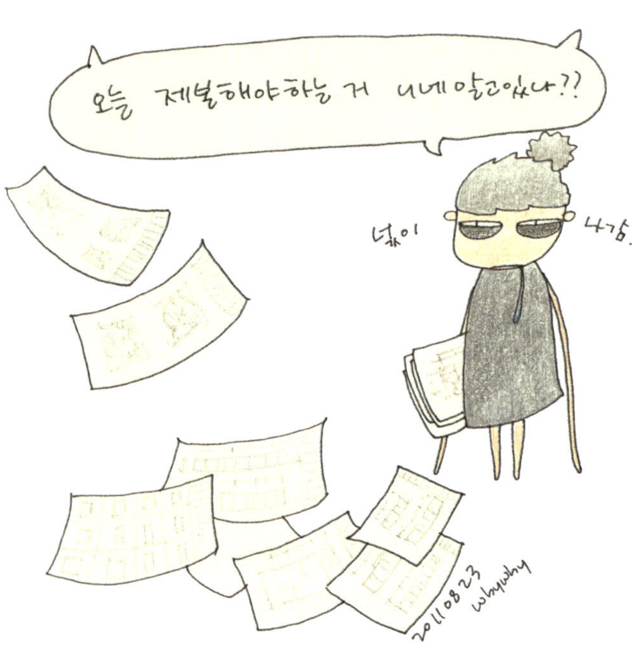
오늘 제출해야하는 거 너네 알고있나??
넓이
나감.
20110823
whywhy

뭐냐 이건.

자자. 오늘이 마지막 날이다. 몇 시간만 더 일하면 해방될 수 있어~ 탄력받은 왼손 다섯 손가락으로 단축키와 스페이스 바를 마구 누르고 영혼 없는 오른손 클릭 질과 스크롤 질로 미친 광캐드질. 쿠어어어아아아~ 제대로 탄력 받은 그때였다. 맙소사. 수정해야 한다고 전화가 왔다. 일시적 공황상태. 완전 정신 잃음. 제대로 넋이 나감.

아니. 오늘 7시엔 제본 보내야 한다며!
그런데 지금 4시에 수정시키는 게 말이 된다고 생각하냐구!

정말 한 10분은 멍 때리고 있었나 보다. 아. 어쨌건 해야 하는 일이다. 다시 심호흡 한번하고 정신 차리자. 내일 이 시간엔 카페 가서 아이스아메리카노 마실 테야. 몇 시간만 더 이렇게... 조금만... 더 이렇게 참으면... 허헝헝으으헝헝.. 근데 제대로 한방 맞았다.

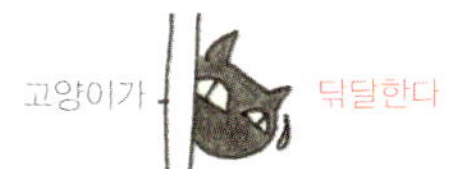

피 뽑고 궁둥이 주사까지...

여름에 모기에 많이 물리는 나는 여기저기 상처 흉터가 많다. 가려워지면 막 긁기도 하고 딱지가 앉으면 뜯기도 하고... 왜 이러나 몰라~ 하면서도 계속 그러고 있다. (우리엄마는 나 이러는 거 보고 정신과 상담 좀 받아보라고 한다.)

이번 여름도 마찬가지로 모기에 막 물렸고 종아리 뒤쪽에 뭐가 갑자기 또 확 났다. 아. 이건 진짜 미친 듯이 가려워서 또 마구마구 긁었다. 약국 가서 약을 사다 바를 것이지... 에효.

어쨌건 그것들이 또 상처로 남아서 일도 끝난 김에 피부과를 찾아갔다. 그런데 진료 하나 받는데 소변검사도 하고 피검사도 했다. 백만 년만인 것 같다. 이런 검사들. 어쨌건 피검사를 하는데 선생님이 딴 데 보라고 했다. 나는 내 피 뽑히는 걸 꼭 봐야 되는데 아까운 내 피~ 그래서 쭉 보고 있었더니 신기해하신다. 그러고 나서 진료를 보니 주사도 맞고 가라고 한다. 이 웬 엉덩이 주사. 감기 걸리거나 위염 걸렸을 때나 맞았는데 피부과 와서 주사까지 맞을 줄이야. 집에 와서 얌전히 밥을 먹고 약을 먹었다. 이 약은 또 완전 쎄다. 오늘 피 뽑고, 주사 맞고, 약 먹고 계속 헤롱 대는 구먼. 다 나을 때까지 상처가 다 사라지는 그날까지 적극적인 치료와 함께 원인부터 없애도록 노력해야겠다. 이노무 열손가락. 긁기 전 약 찾아 바르기!

제발 깨끗하고 맑고 예쁜 피부로 돌아갈래~~~

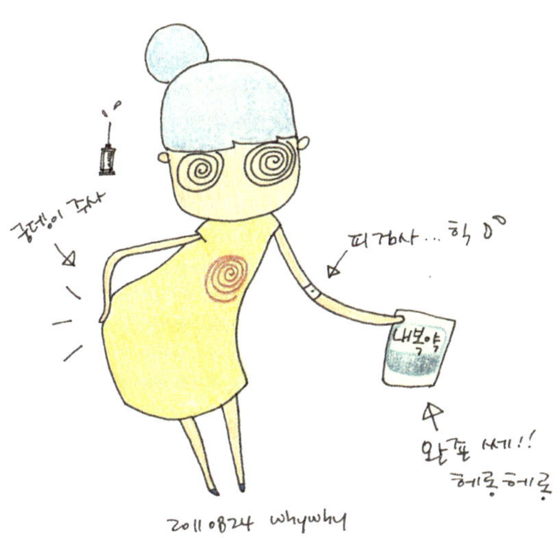

잘 죽는다는 것.

예전 중학생 때 음악 선생님 말씀. 사람은 누구나 죽기 위해서 살아간다? 그때 당시 어린 나에게는 충격적인 이야기라 집에 와서 엄마한테 선생님이 이런 얘기를 하시더라며 무슨 소리냐고 물어보았다. 엄마도 뭔가 이상했는지 그 음악 선생님한테 다시 여쭤봤는데 (선생님이 같은 교회 집사님이셔서 부모님과 친분이 있었다.) 그게 그냥 죽겠다는 소리가 아니라 잘 죽기 위해서 노력해야 한다는 뜻이었단다. 아아~ 수업시간에 졸다 들었나?

잘 죽는다는 것. 중고등학교 때 선생님 말씀 중에 유일하게 아직까지 가슴에 남는 말이다. 나도 나중에 죽기 직전에 나 참 재밌게 살아왔어. 눈감아도 여한이 없다고 생각할 수 있을까? 참 살아가면서도 어려운 일인 것 같다. 잘 죽기 위해 노력한다는 것. 현재를 즐기며 행복하게 살고 좀 더 나은 미래를 위해 꿈꾸는 것. 죽기 전에 좀 더 이것저것 해볼걸 후회하는 삶이기 전에 많이 경험하고 많이 느끼며 살아가야겠다.

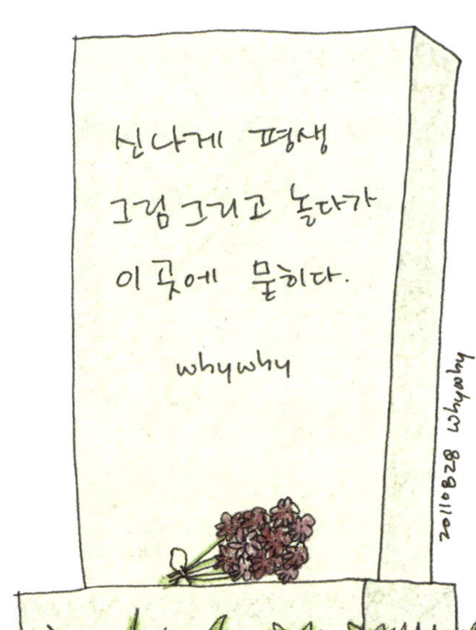
신나게 평생
그림 그리고 놀다가
이 곳에 묻히다.

whywhy

. . . . .

2011 0829   whywhy

정적과 함께 기 싸움.

요즘 날씨가 더워서 그런지 우리 카스 무릎에서 오래 있지 않으려고 한다. 소파 위에 뒤집혀 있거나 바닥에 널브러져 있는 게 대부분의 상태. 친구가 pdf로 보내준 만화가 너무 중독성이 강해 모니터에 들어가다시피 머리를 들이대고 보던 중이었다.

카스가 내 엉덩이 뒤에 비집고 자리를 잡는다. 내가 만화 보는데 너무 집중을 해서 자꾸 몸이 앞으로 간 나머지 의자와 엉덩이 사이 공간이 생겼었나 보다. 그 좁은 데를 굳이 비집고 들어와 앉는 건 또 뭔가. 서로 얼굴을 마주 보고 아무 말 하지 않는다. 이 무언의 기 싸움인가. 자리가 불편해져서 엉덩이로 카스를 밀어본다. 카스가 한마디 한다. 밀지말라옹!

결국 또 밀렸다. 불편하게 의자 앞의 반에만 엉덩이를 겨우 걸치고 뒷자리를 카스에게 내어줬다. 이래서 자식 이기는 부모 없다고 하나보다.

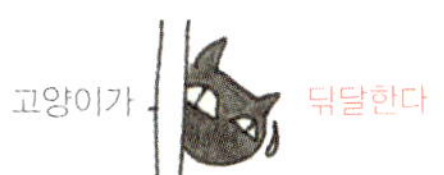

순간 찌질이.

수영장 다시 다닌 지도 한 달이 되었다. 또! 결제해야 할 때. 참 시간 빨리 간다. 뭐 어쨌거나 우리 수영장에서 6개월이나 1년 회원권을 구매하면 원래 금액보다 싸게 해주는 여름이벤트를 하는 중이었다. 이 수영장은 다른 데보다 그다지 비싼 금액은 아니어서 이걸 할까 말까 엄청 고민했었다. 1,2만 원 더 싼 건데 괜히 장기전으로 갔다가 못 다니거나 하는 상황이 될지도 모른다는 생각이 들어 결정하기가 쉽지 않았다.

그래도 한 달 다녀보니 다닐 만도 하고 수영강습도 재미있고 또 무엇보다 뭔가를 끝까지 제대로 배워보자는 오기도 생겼다. 그래서 1년까지는 좀 부담스럽고 6개월 회원권으로 결정! 인포 언니에게 의사를 밝히고 결제를 하려던 순간이었다. 카드를 내미는데 아! 과연 이게 옳은 판단이고 선택일까 혹시 또 한 달 더 다니고 말건 아닌가 걱정이 마구마구 되면서 인포 언니와 내가 동시에 카드를 계속 잡고 있는 상황이 되어버렸다.

아무리 한 달 이용료가 싸다고 하더라도 이게 6개월이 모이니 적은 금액이 아니다. 나도 모르게 순간 벌벌 떨고 있었던 게 틀림없다. 이미 그렇게 하기로 결정해놓고 쿨하지 못하게. 분명 찌질하게

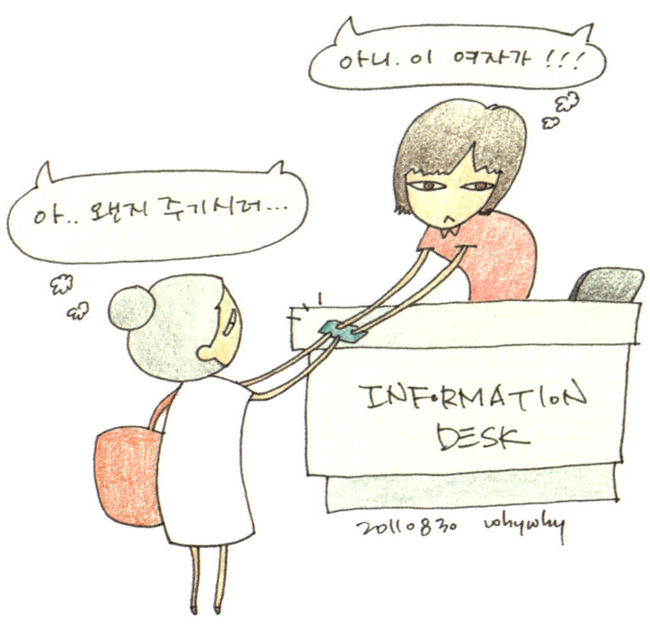

보였을 게 뻔하다. 카드를 부여잡고 놓지 않는 꼴이라니...
아 몰라 몰라. 일단 돌은 던져졌다. 6개월 동안 꾸준히 하자고 계
속 마음을 다잡는 수밖에. 100퍼센트 출석은 장담 못하겠지만
그래도 일단 끝까지 배워본다는 마음 지키면서 다니려고 노력해
야지. 6개월 뒤면 나도 멋있게 수영하는 이가 되어 있겠지?

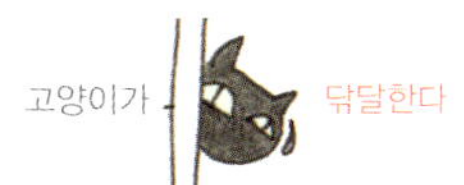

뭘 먹으란 말이냐옹.

우리 고양이 이 닦는 걸 제일 싫어라 한다. 칫솔은커녕 손가락도 입안에 잘 못 넣게 하고 쿠어억 물어버리기 일쑤였다. 그래서 그냥 포기하고 살았다. 그래서 얼마 전 수술시킬 때 스케일링도 같이 시켰고 그때 우리 고양이한테 맞는 치아관리를 찾으려고 이것저것 사왔었다. 물에 타는 것, 밥에 뿌리는 것, 사료처럼 생긴 간식타입 이렇게 세 종류. 아~ 우리 카스 때문에 돈 참 많이 든다. 뭐 어쩌겠나. 해야지... 이런 거 보면 어린이사업이나 애완동물 사업 같은 게 참 앞으로 괜찮을 것 같다. 누구나 자기 자식한테는 돈 아끼는 부모 없으니 말이다. 쓰다 보니 딴 길로 샜다.

첫 번째 시도. 물에 타주는 액체로 된 약. 냄새만 맡고 물을 안 먹는다. 물맛이 틀린가? 예민하기는...

두 번째 시도. 밥에 뿌리는 약. 사료를 안 먹는다. 약 탄 줄 귀신같이 아나 보다. 독한 것.

그 다음 세 번째 시도. 간식으로 나온 제품. 하루에 3,4알씩 주라고 선생님이 그러셔서 간식그릇에 4알 줬더니 깨작거리긴 해도 다 드셨다.

마지막으로 한 번 더 시도. 사료에 뿌린 약을 캔 사료에 섞어서 줘봤다. 평소처럼 마구 달려들어 흡입한다. 캔 사료는 평소에도 왕 좋아해서 그런가? 아니면 캔 사료의 어떤 물질 때문에 약품의 맛을 느끼지 못하는 것일까?

우리 카스에게 제일 먹히는 방법은… 사료에 뿌리는 약 캔 사료에 뿌려 먹이기. 에효. 손가락 양치질이라도 하게 해줬으면 좋겠다. 누구 닮아서 이렇게 까칠한 거야?

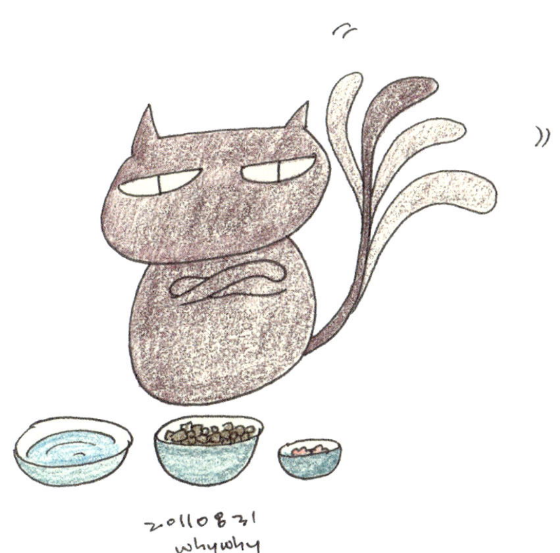

미루지 말고 그때그때.

바쁜 일을 핑계로 일기에 소홀하다 보니 순식간에 며칠씩이나 일기가 밀렸다. 또 일기가 한번 밀리다 보니 뭔가 채워 넣어야 한다는 압박감에 괴로웠다. 언제부터 순수하게 제일 기억에 남는 일이 아닌 그럴듯하게 나를 괜찮은 인간처럼 보이게끔 쥐어짜낸 일기도 많아졌다는 생각도 들었다.

무언가. 이것은. 블로그. 사춘기?

그래서 또 며칠 방황하며 일기를 멀리했다. 정신 차리고 보니 밀린 일기가 한 가득 이다. 하루에 하나 꾸준히 올리는 것도 해보니 쉬운 일은 아닌 것 같다. 파워 블로거들이 대단해 보인다. 밀린 일기를 다 쓰고 있자니 예전 학교 다닐 때 방학숙제 몰아서 한꺼번에 마구 하던 게 생각이 난다. 엄마가 공부는 미루지 않고 하는 거라고 오늘 할 일을 내일로 미루게 되면 양은 두 배가 돼서 힘들어지고 또 세 배, 네 배가 되어서 어느 순간 할 수 없는 지경이 된다고 무슨 일이든지 간에 미루지 말고 그때그때 하라고 했었는데... 머리로는 이해하지만 참 몸은 따라가지 않는다. 이렇게 밀린

것 처리하느라 힘들어지니 반성하는 마음이 마구마구 용솟음치
면서 또 한 번 확고한 다짐을 한다. 무슨 일이든지 미루지 말고
그때그때 하자!

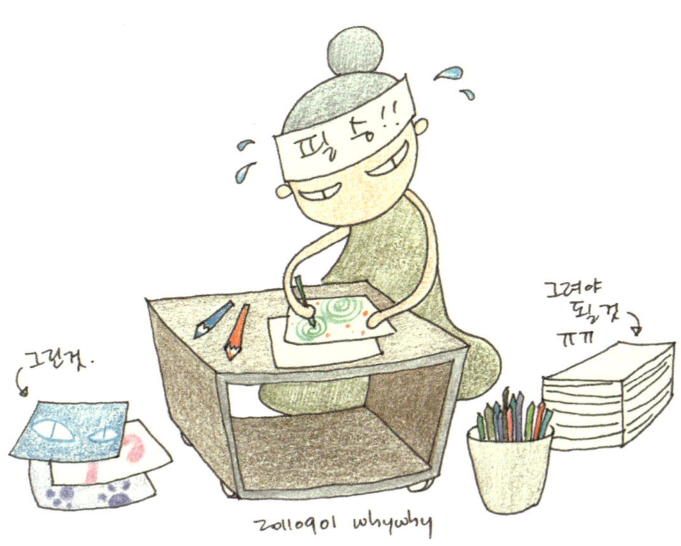

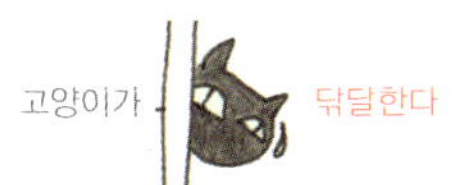

나는 왕이로소이다.

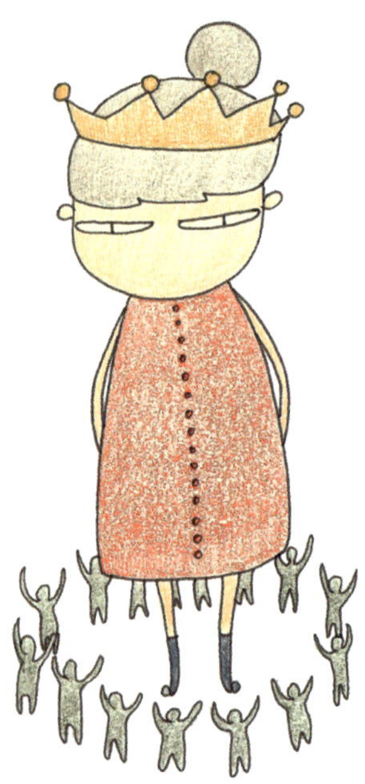

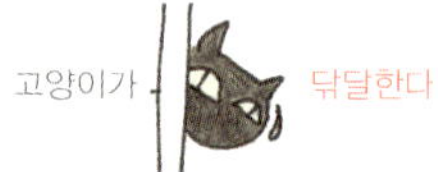

글로벌 한 이 시대에 외국 가서 입 한번 놀려보고자 회화학원을 등록했다. 왕초보 반으로. 12명이 정원이었는데 한 7명 정도 출석. 첫 시간. 선생님이 자기에 대한 절대적인 사실 5가지를 종이에 쓰라고 하더니 한 명씩 한두 가지씩 얘기하라고 시킨다.

'나는 26, 간호사', '나는 23, 마라톤 좋아', '우리는 20, 대한항공 취직할래', '난 30은 넘어, 면세점에서 일해'

한두 명씩 나이를 밝히기 시작한다. 이거 원 낭패다. 내가 나이가 제일 많다. 말하기 싫다. 꼭 밝힐 필요는 없잖아? 마음속으로 합리화한다. 그래서 '난 디자이너, 고양이와 함께 살아' 이렇게 얘기했고 하나씩 더 얘기하라고 해서 '난 수영 배우는 중' 이라고 했다. 끝까지 나이를 밝히지는 않았다. 우리는 새로운 사람을 만나면 은연중에 나이를 물어보고 많이 따진다. 그런데 그 중 꼭 자기 나이를 맞추게 하거나 아니면 얘기 안 하는 사람들이 있어서 왜 저러나 했는데 이번 기회에 확실히 알게 되었다. 많아서 얘기하기 싫은 것. 그런 상황에 처해지자 느꼈다. 이래서 그 입장이 되어봐야 이해를 하나보다. 어떤 모임이든 그 중 나이가 제일 많은 언니를 두고 '왕언니'라 칭해왔었는데 앞으로 절대 왕언니라고 하지 말아야겠다. 그 언니들도 왕언니 되고 싶어서 된 것도 아닌데 그 언니들도 얼마나 마음이 복잡했을까. 티는 안 냈지만 얼마나 싫었을까. 그나저나 학원을 옮겨야 하나. 시간을 바꿔야 하나. 어디 아가들 말고 어른 많은 반 없을까?

옷장귀신.

참 궁금하다. 옷장 속에 옷을 사서 잘 넣어놓아도 왜 항상 입을 건 없는 걸까. 저 많고 많은 옷 중에 내가 즐겨 입는 건 단지 몇 개뿐. 왜 항상 입을 건 없는 걸까. 옷장 속에는 귀신이 살고 있는 걸까. 정말 알 수 없는 옷장 속 세상.

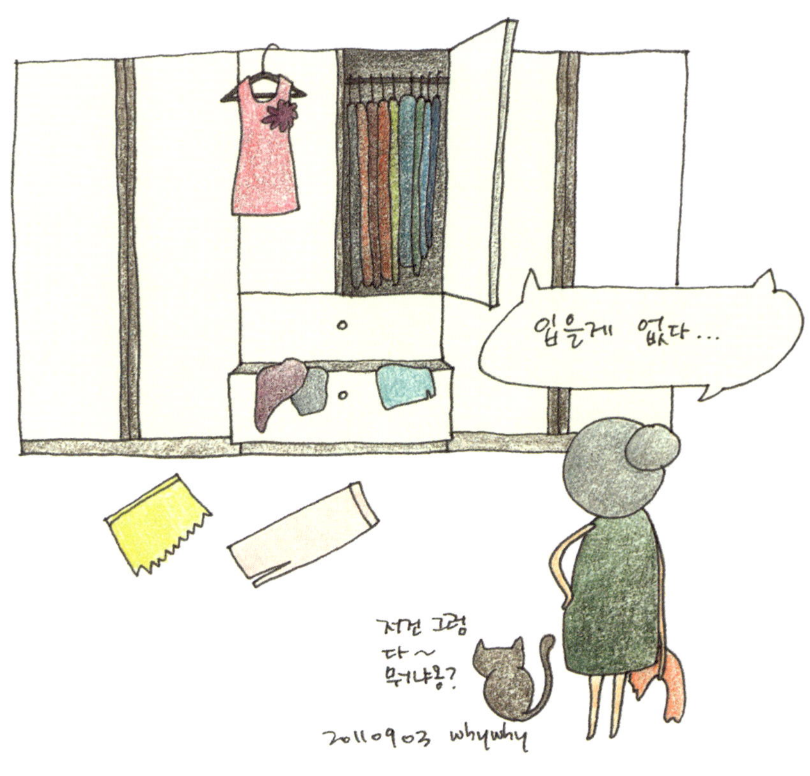
입을게 없다...
저건 그럼
다~
뭐냐옹?
20110903 whywhy

너는 참 좋겠다.

일요일은 우리 카스에게 헌신하는 날. 바로 그루밍 데이.

물론 평소에도 집사이긴 하지만 목욕은 한 달에 한 번 일요일에 시키는데 그때마다 나는 카스에게 잔소리를 한 바가지씩 얻어먹는다. 어디 자기 몸에 물을 끼얹느냐며 니가 생각이 있느냐 없느냐라는 눈빛에다가 나가겠다고 끝까지 야옹야옹이다. 그래도 목욕은 해야 한다며 우쭈쭈 어르고 또 달래어서 겨우겨우 목욕을 시킨다. 털 알레르기 때문에 내 목은 콱 막혀서 계속 캑캑거리고 목을 중심으로 피부가 빨갛게 확 퍼진다. 내 몸뚱아리 이리 불살라 지 씻겨주는지도 모르고 요 카스 가시나 저한테 물 끼얹는 것만 생각 하나보다. 다 씻기면 수건으로 발끝, 꼬리 끝까지 꼭꼭 닦아주고 헤어드라이기로 대충 말려준다. 여름엔 그나마 날씨가 더워서 대충이지만 겨울에는 꼭 다 말려줘야 한다. 내 머리도 다 안 말리고 사는구먼. 그렇게 생각하니 나도 참 극성이다. 그리고 나면 카스가 알아서 그루밍을 시작한다. 핥짝핥짝. 요기조기. 핥짝핥짝. 구석구석. 대충 다 됐다 싶으면 나한테 스멀스멀 와서 간식 타령에 빗질 타령. 또 열심히 빗겨준다. 등이랑 꼬리까지 신나게 빗기고 있으면 자기가 알아서 살짝 옆으로 돌아누워 주신다.

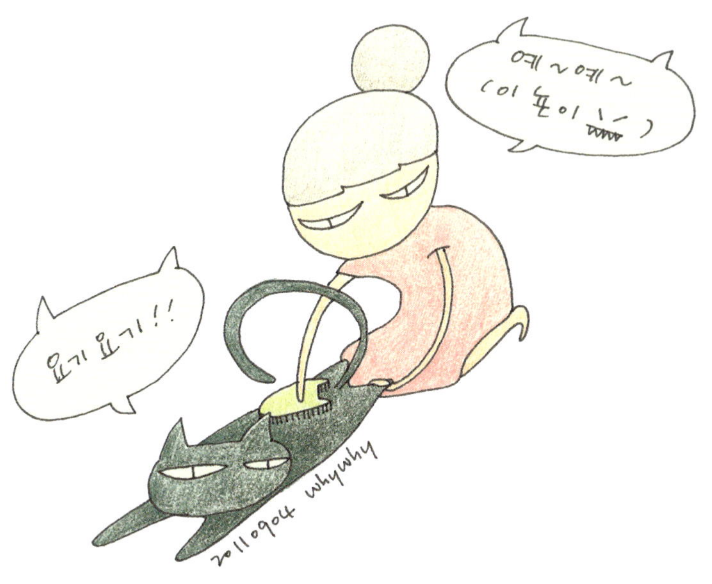

여기도 좀 긁어봐~ 완전 이런 느낌? 참나. 이뇬이. 그래도 끝까지 집사의 본분에 충실. 이리 뒤집고 저리 뒤집어가며 열심히 빗질해주면 또 우리 카스 싫어하는 척, 도망가는 척하다가 은근슬쩍 잡혀주시는 센스까지 발휘하신다. 아~ 팔 아파. 언제까지 빗질하란 말이냐아아아~ 정말 니가 부럽다. 난 너한테 항상 진다.

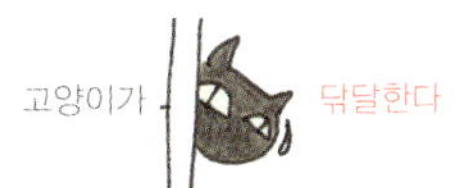

환절기는 괴로워.

요 며칠 으슬으슬 춥더니 기어이 감기에 걸렸다. 이놈의 비염 때문에 환절기는 너무너무 괴롭다. 가만히 있어도 콧물이 주르륵 흐른다. 약국 가서 종합감기약 사서 쌍화탕이랑 먹었다. 비타민도 챙겨 먹었다. 한결 나아진 것 같은데 콧물은 끊임없이 나온다. 오늘은 수영하러 가지 말아야겠다.

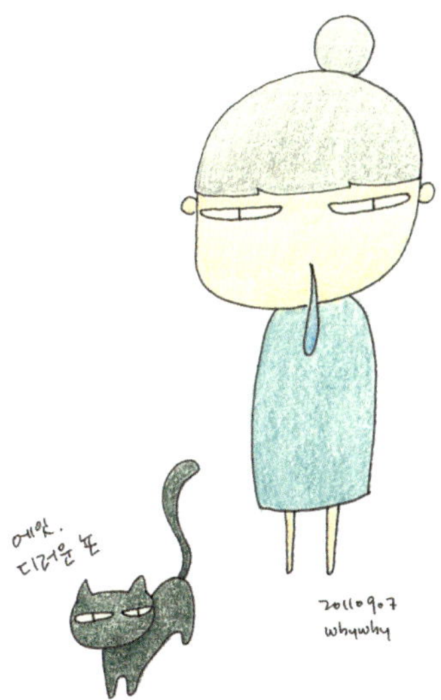
에앗.
디러운 또
2011.9.7
whywhy

여행계획은 정말 신나.

벌써 몇 달 전에 이번 추석 때 제주도에 놀러 가려고 비행기와 호텔을 예약해놓았다. 추석 때도 성수기요금을 받는 터라 호텔비 때문에 약간 허걱 했지만 그런 것 따위 생각하지 않기로 했다.

첫째 날은 3시 도착이니까 렌트 한 차를 찾아서 서쪽에 있는 용머리해안, 오설록, 유리의 성을 가볼까. 비가 온다니 용머리해안은 패스해야 될 수도 있겠군. 호텔은 승효상이 설계한 보오메 꾸뜨르 부띠크 호텔. 왕 기대됨. 둘째 날은… 비가 안 오면 우도에 가면 좋겠는데… 성산항 근처에 맛있는 뚝배기집도 가보고 중문으로 들어와서 돌아다니고 서귀포 유람선 타러 가야지. 이날 호텔은 중문에 스위트 호텔. 작지만 나름 별 다섯 개. 셋째 날은 어디 한번 말을 타 볼까나? 어디 가서 뭘 하고 뭘 먹을지 생각하고 있자니 저절로 입가에 미소가 스스슥 지어진다. 카스는 내가 여행 갈 걸 눈치라도 챘는지 하루 종일 잔소리하면서 붙어 있으려고 한다. 우리 카스에게는 쫌 미안하지만 역시 여행계획은 정말정말 신난다. 돈이 엄청 많아서 맨날맨날 여행 다녔으면 좋겠다.

아…이런 허황된 생각은 하지 말아야 하는데…

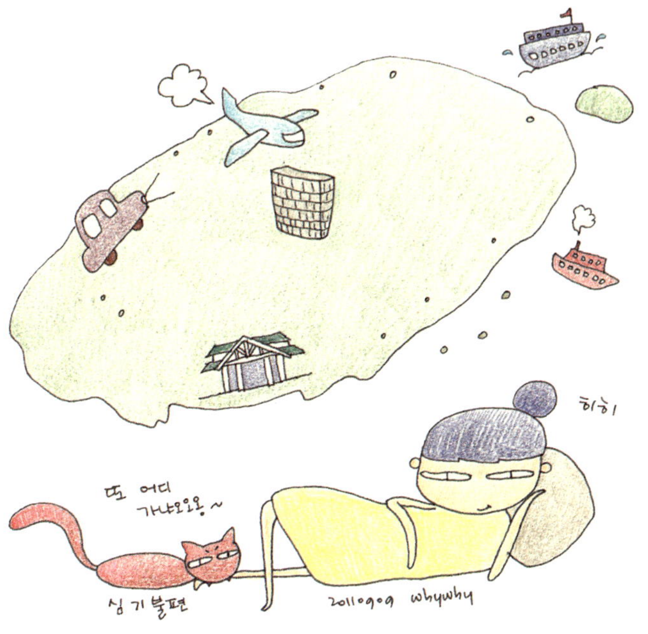

히히
또 어디
가냐오옹~
심기 불편
20110909 whywhy

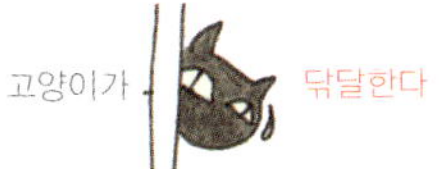

고양이가 닭달한다

급하니까 허둥지둥.

제주도로의 출발이 2시 비행기라 아침에 늦잠을 자고 있었다. 9시 반쯤 걸려온 전화에 눈을 부비적대며 겨우 일어났다. 대한항공 무슨 누구라는데 비즈니스석을 일반석으로 바꿀 수 있다고 그렇게 하시겠냐며 전화가 온 것이었다. 이런 경우도 있나? 몇 달 전에 비행기 표를 샀었는데 일반석이 없어서 비즈니스로 엄마랑 내 것을 죄다 끊어놨었다. 추석 대목이라서 그랬나 보다. 어쨌건 나는 서울에서 출발. 엄마는 대구에서 출발. 남은 표는 비즈니스. 어쩔 수 없이 그걸 샀었다. 오홍홍. 아니 이게 웬 떡. 완전 감사하다며 바꿔달라고 했더니 서울발 제주 비행기는 11시 40분 거라서 11시 전까지 공항에 도착해야 한단다. 알겠다고 하고 일단 전화를 끊었다. 택시를 타고 한 2,30분은 가야 하고 씻고 준비하면 빠듯한 시간이었다. 그런데 그러고 보니 머리로 실컷 계획만 짰지 실질적으로 짐을 하나도 안 싸 놨다. 아침에 느긋하게 일어나서 천천히 룰루랄라 준비하면 된다고 생각했던 것. 눈이 번쩍 떠졌다. 폭풍샤워를 하고 대충 아무 옷이나 가방에 담았다. 어떻게 온 4만 원이나 아낄 수 있는 기회인데 이 기회를 놓칠 수 없어! 정신없다. 난리도 아니다. 그런데 참 이게 마음이 급

하니까 사람이 체계적이지 못하고 허둥지둥하게 된다. 속옷 빠뜨려서 허둥대고 카메라 챙기느라 허둥댔다. 4만 원 아끼겠다고 아침부터 대박 난리 바가지였다. 다행히 나는 그 비행기를 탈 수 있었다. 원래 표로 갔었으면 엄마가 먼저 도착해서 2시간가량 나를 기다렸어야 했는데 내 비행기 시간이 당겨지는 바람에 다행히 내가 1시간 정도 도리어 엄마를 기다리게 되었다. 엄마가 기다리는 것보다야 내가 기다리는 게 낫지. 기다리는 동안 예약해둔 렌터카도 2시간 앞당기고 엄마 추석용돈도 챙기고(신권으로는 못 바꿨지만) 아메리카노도 한잔 마셨다. 휴... 한숨 돌렸네. 이제 여행을 시작해볼까?

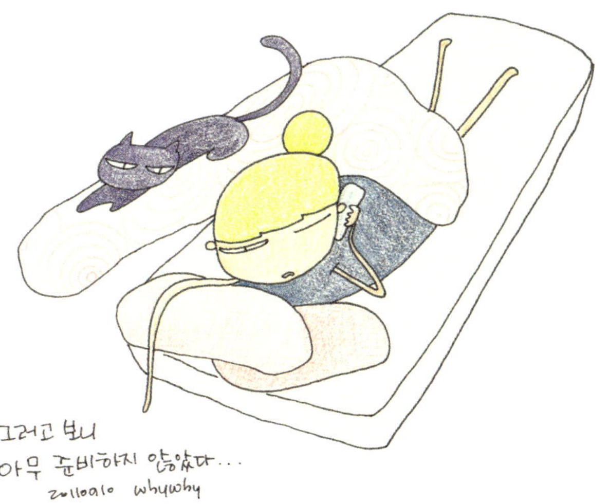

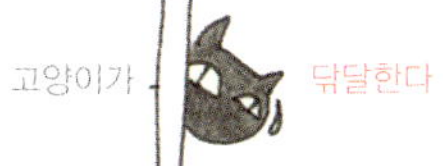

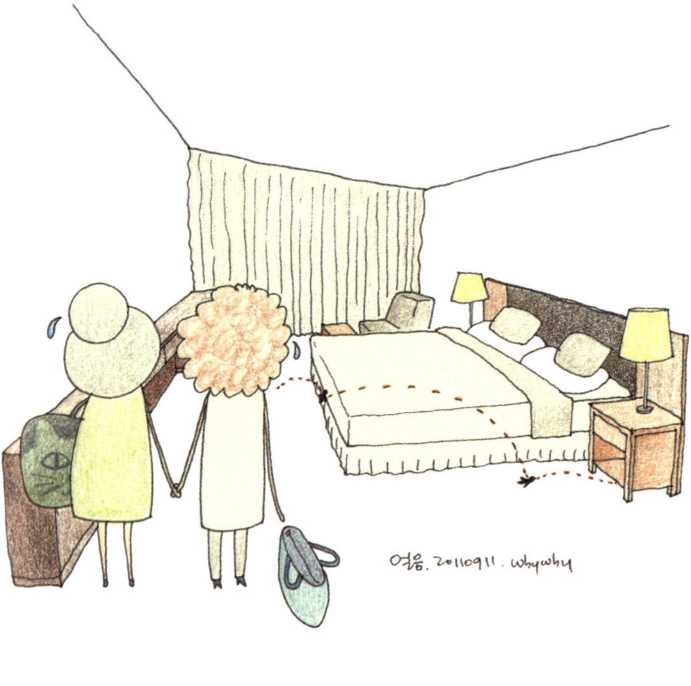

얼음. 20110911. whywhy

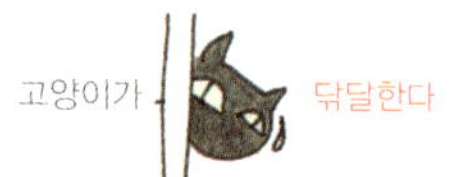

호텔 객실에 귀뚜라미 귀뚤귀뚤~

제주도 여행 첫째 날은 제주시에 있는 보오메꾸뜨르부띠끄 호텔에서 자알~ 자고 둘째 날 아침 우도에 가려고 했으나 차 타고 동쪽으로 가는 길에 비구름이 그쪽으로 몰려가는 듯하여 계획 급변경. 중문으로 휙 내려왔다. 정말 다행인 게 남쪽 나라는 비가 안 오는군. 국제컨벤션센터에 있는 면세점도 구경하고 2층 향토음식 판매하는 곳에서 갈치, 고등어, 옥돔도 왕창 샀다. 기분 좋아진 엄마랑 나는 그 바로 옆 주상절리를 갔다. 그런데 그 앞에 할머니가 쪼그려 앉아서 해삼을 팔고 있었다. 첫째 날 저녁때 전복횟집에서 해삼을 못 먹어서 엄청 한이 되었던 터. 바로 해삼과 소라를 순식간에 마셨다. 엄마랑 나 해삼 먹을 때는 말도 안 한다. 옆에서 보면 웃길 것 같다. 순식간에 해삼 해치우고 부른 배를 부여잡으며 주상절리도 구경하고 서귀포로 가서 유람선도 타고 갈치조림이랑 구이도 먹고 마트 가서 과일통조림이랑 음료수 사서(이건 또 언제 먹겠다고) 룰루랄라 중문에 있는 스위트호텔로 들어왔다. 오늘 하루 너무 뽈뽈거린터라 울룽불룽 위용위용 터질듯한 발바닥 위로도 해줄 겸 좀 쉬기로 했다. 체크인하고 객실로 들어서는 순간. 앗.

저. 것 .은 . 귀. 뚜. 라. 미???

침대에 붙어 있더니. 뛰어서 나이트스탠드 밑으로 쑥 들어갔다. 아. 이거 편하게 쉴 수 없다. 자다가 귀뚜라미의 습격을 받으면 어쩌나. 프런트에 전화를 했다. 귀뚜라미가 있어서 불안하다고 했더니. 잠깐 나가실 일이 있으면 시설팀 직원이 그 사이 귀뚜라미를 잡거나 객실 확인해보고 방을 바꿔주겠다고 했다. 역시 호텔은 서비스가 좋아.~라고 만족하면서도 한편으로는 시설팀 직원이 인테리어만 하는 게 아니라는 것을 깨닫고 급 씁쓸해졌다. 다행히 다른 객실이 있어서 방을 바꿨다. 귀뚜라미 때문에 정신 없어 제대로 구경 못한 방을 둘러봤다. 창 밖으로 보이는 작은 정원이 아기자기 예쁘다. 귀뚜라미 들어 올까 봐 창문은 못 열어봤지만. 침대가 엄청 넓다. 굴러다녀도 손색없을 정도. 화장실 레이아웃은 좀 구식이긴 해도 나름 넓다. 객실 도어 두께가 얇고 별도의 윈드컷 장치가 없어서 방음효과는 그다지 좋지 않다. 복도에서 떠드는 소리가 객실까지 들리는 게 흠이라면 흠. 참. 조식은 뭐 나쁘지도 그리 좋지도 않고 그냥 평범하다. 엄마랑 나는 추석 당일에 조식을 먹어서 그런지 맛있는 전도 있긴 했었다. 그래도 어쨌건 스위트 호텔 규모는 작지만 좋은 서비스에 만족이다. 돈 많이 많이 벌어서 이 담에는 신라호텔에 묵어야지.

아~ 어쩌지. 이래저래 제주도가 점점 좋다.

내 사랑 우도!

제주도의 마지막 날.

엄마와 나는 우도를 가기로 했다. 우도에 비 소식이 있긴 했지만 비가 오면 그 근처에서 놀면 되니까 일단 가보기로 했다. 조식을 먹고 10시 배편을 타려고 부우웅 달려서 도착한 성산항. 배가 출발하기 10분 전. 엄마는 배 타는 곳에 차를 대놓기로 하고 나는 표를 사러 갔다. 매표소에 들어서니 쿠헉!! 사람들로 바글바글하다. 일단 승선신고서인지 뭘 쓰라고 하니 그걸 쓰고 나서 줄의 끝이 어디인지 살폈는데 제자리에서 한 바퀴 비잉 돌았나 보다. 표를 사려고 사람들이 주우욱 한 바퀴 돌아 줄을 서 있었던 것. 아. 10시 배는 물 건너갔나 보다 체념하고 일단 줄을 섰다. 11시에 들어가면 4시 50분 비행기니까 진짜 찍고 나와야 하는구나 실망하면서.

줄을 이렇게 길게 선 것은 사람이 몰린 이유도 있지만 이날이 추석 당일이라 직원들이 소수만 출근한 이유도 있었다. 그런데 한두 명 직원이 더 출근했는지 옆 창구도 표를 팔기 시작했다. 잽싸게 그 줄에 다시 서고 표를 샀다. 음흐흣. 하지만 10시가 지난 시간이어서 한 시간 뒤에 배를 타게 되나 걱정하고 있었는데 우도 왕복하는 배들이 거의 10분 단위로 자주자주 있나 보다. 금방금방 배들이 들어왔고 우리는 우도로 들어갔다. 시간이 얼마 없으니 일단 차로 해변을 따라 한 바퀴 돌았다. 항구에서 얼마 안 가니 서빈백사 해수욕장이 나온다. 아 정말 우리나라에 그런 바다색이 있다니. 에메랄드 빛 바다색이 이런 거구나 완전히 감동하고 발을 담근다. 다행인 게 날씨도 너무 사랑스럽다! 발목을 감고 지나가는 파도에 한 번 더 감동 하고 발등 위로 올라오는 모래의 간지럽힘에 또 한 번 감동 한다.

아... 정말 너무 예쁘다. 우도 구석구석 정말 예쁘다. 담엔 좀 더 여유 있게 둘러보고 싶다. 보트 투어도 하고 해수욕도 하고 그러면서...

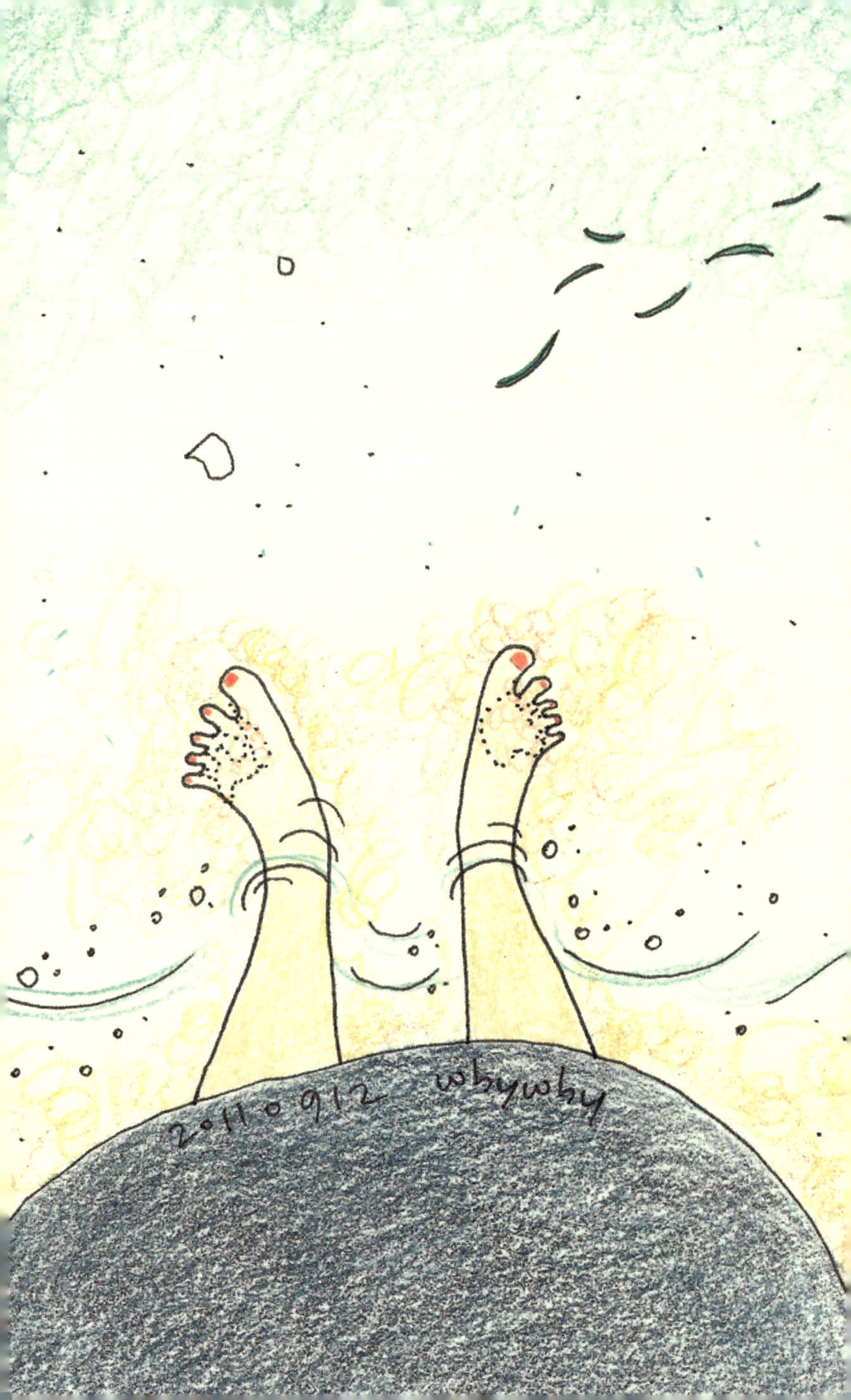
2011 0 912 wbywhy

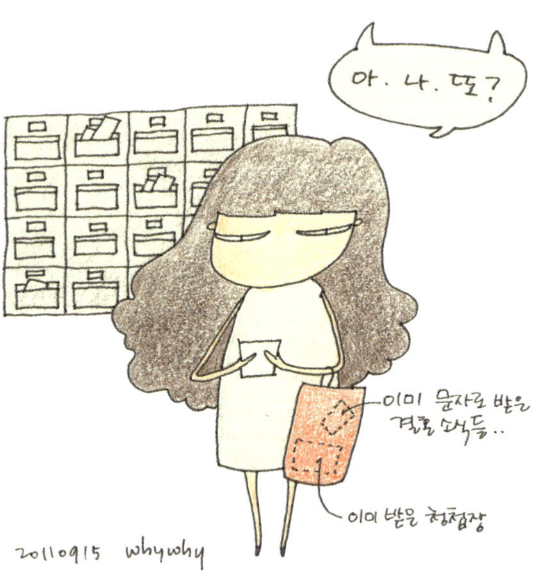
아. 나. 또?
이미 문자로 받은
결혼 소식들..
이미 받은 청첩장
20110915 whywhy

잔인한 9월.

가을이 되니 하나둘씩 결혼한다고 연락이 온다. 이것들. 평소에는 연락 한번 안 하더니 결혼한다며 연락을 쫙 돌린다. 얼굴 철판이 두꺼워야 결혼도 하나. 나이 들고 결혼하는 거니 어렸을 때 하는 결혼식보다 친구들이 많이 안 가는 것도 사실. 그렇게라도 해야 한 명이라도 더 오겠지…이해는 한다. 아~ 그런데 이거 너무 많잖아~ 청첩장도 받고 문자로도 소식 받고 이미지로 만든 초대장도 받은 이 상황에 우편물에서 또 청첩장을 발견… 이렇게 나가는 내 부조금 다 돌려받지도 못하고 늙어 죽는 건 아닌지 심히 걱정된다. 어흥. 잔인한 9월…

내 부조금 돌리도오오오~~

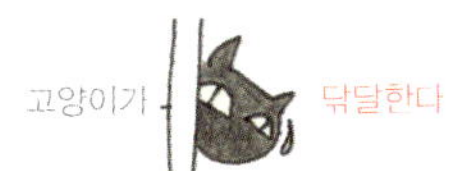

아~ 어렵다.

나름 착실하게 학원을 잘 다니고 있다. 수업에 빠지지 않으려고 최대한 노력한다. 못하는 영어라도 부끄러워하지 않고 막 뱉으려고 하고 있지만 이건 참 잘 안 된다. 그래도 꾸준히 다니고 있는 게 신기하지? 어쨌건 오늘 학원을 갔더니 원어민 선생님이 프린트물을 두 장씩 준다. 둘 다 발음에 관한 것인데 한 장은 /w/, /r/, /l/ 발음 연습하는 것. 예를 들면

wag / rag / lag
waist / raced / laced
rose / roars / rolls
등등.

한국사람이 매우 구분하기 힘들어하는 발음을 속속들이 짚어준 것들이었다. 한 줄씩 유의해가며 읽는데 속이 울렁울렁거리고 얼굴근육이 막 힘들어했다. 그리고 다른 한 장은 간장공장공장장 같이 발음 힘든 것들 모아서 문장으로 만든 것과 비슷한 것들이었다. 이것 또한 예를 들면 (꼭 읽어보시기들 바람)

She sells sea shells by the sea shore. The shells she sells are surely seashells. So if she sells shells on the seashore. I'm sure she sells seashore shells.

아~ 쓰기도 힘들다. 이런 문구들이 서른 개정도 되는 페이지였다. 돌아가면서 읽어들 보는데 등줄기에서 땀이 주르륵 났다. 한 문장 읽다가 다크서클로 목 졸려 돌아가실 뻔했다. 얼마나 꾸준히 공부해야 이런 것들이 어렵지 않게 느껴질까. 갈 길이 아주아주아주아주아주아주 멀다...

하지만 차근차근 해야지.

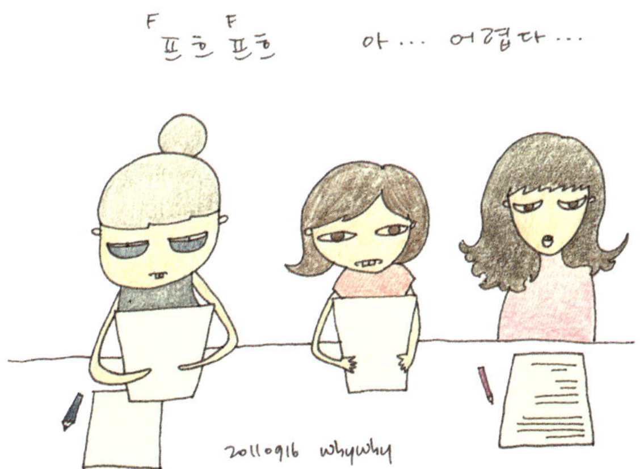

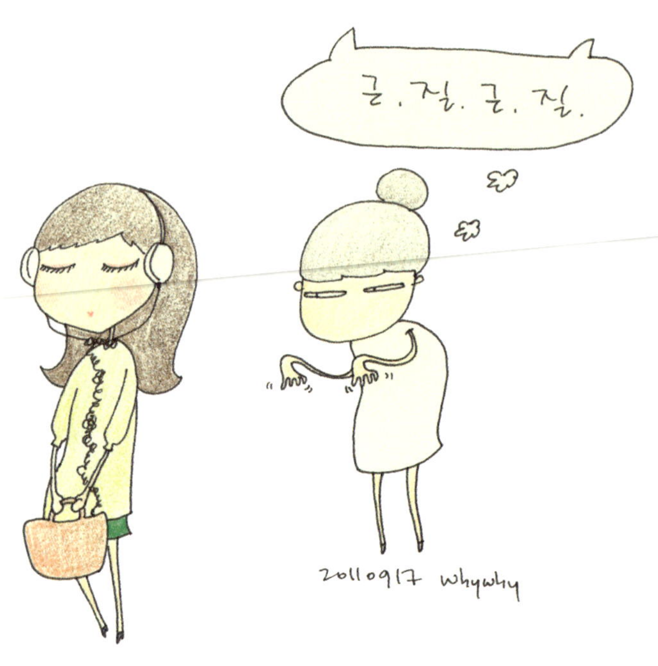

272

근질근질.

(그림이 오해의 소지가 있어 미리 말해두지만 난 남자가 좋다.)
나는 주로 바깥 구경할 수 있는 버스를 선호하는 편인데 오랜만
에 지하철을 탔다. 그런데 어떤 속눈썹도 길고 목도 긴 얼굴까
지 하얀 언니(사실은 한참 동생뻘쯤)가 우아하게 탑승하셨다.

내가 여자인데도 예쁜 여자는 자꾸 쳐다보게 된다. (이것도 오해의 소지가 있는데 좋아서 그런 게 아니라 단지 궁금해서다. 그런데 나 왜 계속 변명하는 것 같지? 이상하네…) 남자들이 예쁜 여자 쳐다보는 것도 내심 이해가 되면서.

그 예쁜 언니가 가방에서 헤드폰을 꺼내서 탁 쓴다. 참 손놀림도 우아하다. 그런데 이게 웬걸… 헤드폰 연결선이 어찌나 꼬여 있던지 턱 바로 밑에까지 꼬여서 금방이라도 목을 조를 것만 같다. 악. 나 저런 거 잘 못 참는데… 꼬인 걸 풀고 싶어서 근질근질하다. 그것 좀 풀면 안 되겠냐고 얘기라도 하고 싶지만 너나 잘하라는 말이나 들을 까봐 포기한다. 안 보면 될 텐데 눈은 자꾸 그쪽으로 간다. 한번 신경 쓰인 것은 계속 신경 쓰인다. 왜 꼬인 걸 모르지? 다른 모든 것은 정말 완벽해서 싱글 동생들에게 소개라도 해주고 싶은 그런 외모에 행색이었다.

그 언니가 내릴 때까지 계속 관찰한다. 하지만 꼬인 걸 풀 생각은 커녕 손으로 선을 더 꼬고 있다. 뭔가 정신적으로 문제가 있는 게 틀림없다. 보기 싫으면 피하라고 했던가. 내가 다른 자리로 옮겼다. 그런데 이렇게 근질거리는 나도 좀 이상한가?

흠… 생각 좀 해봐야겠다.

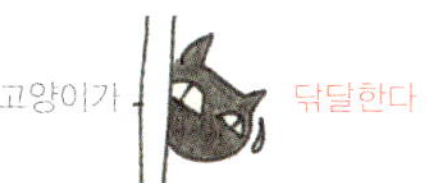

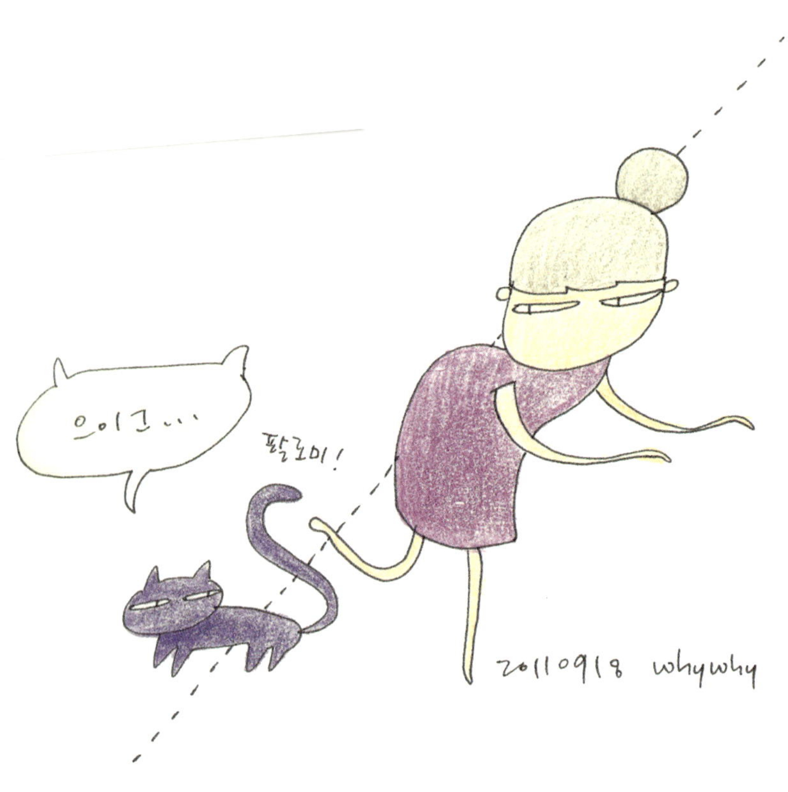

으이그...
팔꼬미!
20110918 whywhy

내가 긋는 라인 하나.

요즘은... 어떤 일 하나를 하더라도 항상 고민에 빠진다. 이 금액에 내가 요만큼만 해도 될 텐데...라는 생각과 그래도 내가 하니까 이 정도는 나와야 돼...라는 생각. 사실 선 하나 넘나드는 생각의 차이. 요즘은 항상 이 두 마음이 싸우게 된다.

예전에 회사 다닐 때는 그냥 이런 생각 없이 무조건 내가 하니까 이정도 퀄리티는 꼭 나와야 한다고 생각했다. 그래서 그렇게 몸 썩어나는 줄 모르고 야근해댔는지도 모른다는 생각도 든다. (보고 있나 조팜므. 우리 그랬어. 이래서 사람들이 성격이 팔자라는 얘기를 하나봐.) 사실 이 라인 하나 정도 넘고 말고는 나 말고 남들은 아무도 모를지도 모른다. 그저 '내'가 정한 선이라서 '내'가 판단하기 때문에 포기할 수 없는 어떤 무시무시한 힘을 가져서겠지? 세상에서 제일 무서운 잣대는 나... 아닐까?

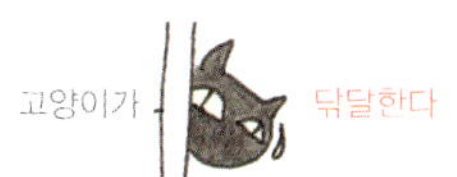

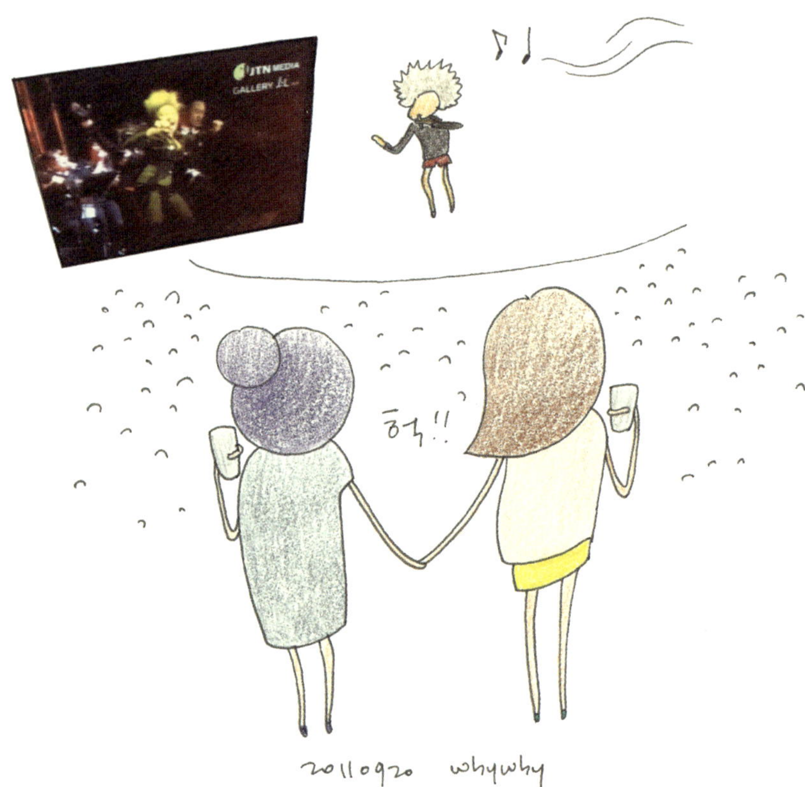
JTN MEDIA
GALLERY 正
♪♪
헉!!
20110920 whywhy

충격받은 두 아이.

짱지가 인순이 아줌마 공연티켓이 있다며 가자고 해서 냉큼 그러자고 했다. 올림픽공원까지 가야 했지만 뭔가 그런 공연에 가서 기를 좀 받아오고 싶었다. 올림픽 공원 앞 편의점에서 과자와 맥주 한 캔씩 주섬주섬 산 후 공연장에 들어갔다. 사람이 대박 좀 비처럼 많았다. 우리는 엄청 걷고 걸어 공연무대 뒤쪽에 자리를 잡았다. 인순이 아줌마가 등장한다. 날렵한 몸동작 하며 나이를 잊게 하는 춤사위. 헉... 짱지와 나 완전 충격받았다.
인순이 아줌마 날. 씬. 했. 다. 이런 이런. 살 빼야겠다고 또 다짐한다. 맥주 캔들은 손에 들고.

맥주나 끊지.

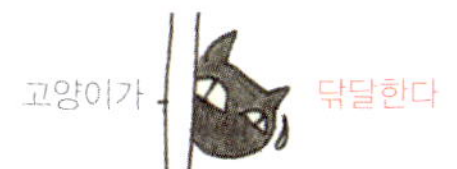

가을뇨자.

얼마 전까지만 해도 덥다고 헥헥 댔는데 이거 원 이제는 선선하다 못해 춥다. 분위기 있는 가을뇨자 한번 되어보나 했더니 추워서 이것저것 껴입게 생겼다. 서랍 속에 곤히 잠들어 있는 내 까만 스타킹도. 꺼내주고. 게다가 이놈의 비염 때문에 콧물은 질질 흐른다. 이제 우리나라 가을이라는 것은 없어져버리는 건가.

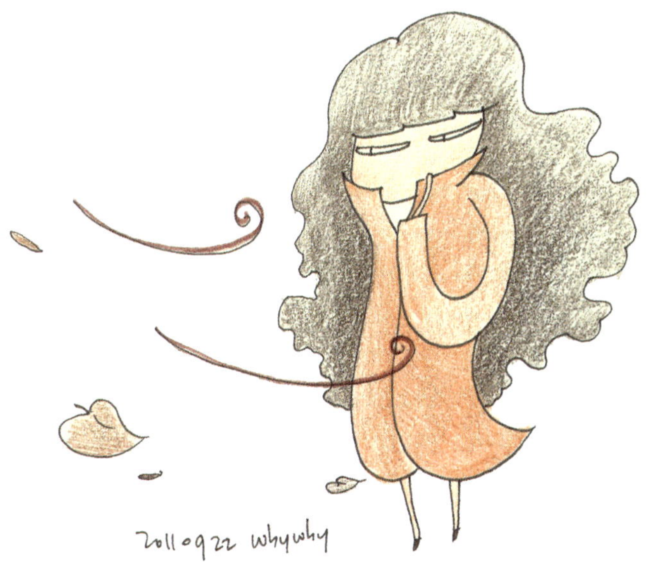
20110922 whywhy

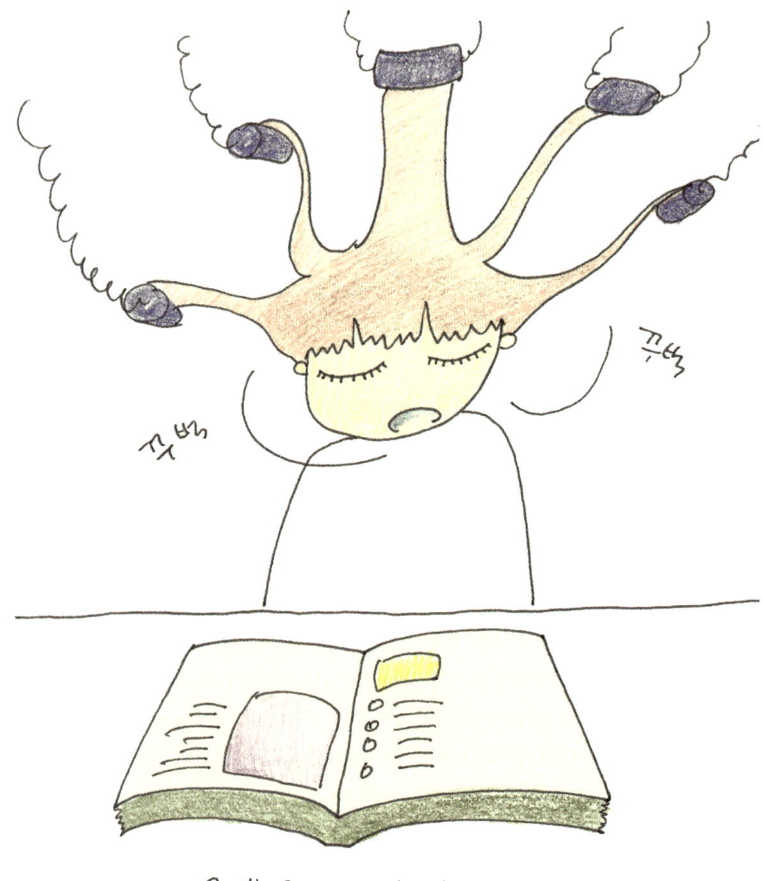

끄벅
끄벅
20110923   whywhy

이뻐질라니 힘들구만.

머리 정리할 때도 되었고 펌도 하고 싶어 일단 컷 예약을 하고 미용실을 찾았다. 수영장을 가는 날이라서 컷만 하려고 했는데 펌도 하고 싶다고 선생님한테 얘기했더니 안 그래도 할 때가 된 것 같다고 하는 게 좋지 않겠냐고 한다. 이리저리 고민하다가 그냥 결국 펌을 하기로 했다. 머리 감고 머리 손질하고 트리트먼트하고 머리 감고 머리에 뭘 말고 기계에 매달고 중화하고 또 머리 감고 뭔가 순서가 복잡하고 엄청 오래 걸린다. 앞에 읽으려고 펼쳐놓은 잡지가 무색하게 나는 깊은 잠에 빠져들었다. 요즘 밤에 잠을 잘 못 자는 데다가 자꾸 머리를 만지니 더 졸리는 듯하고 또 광란의 헤드뱅잉. 아 정말 낯뜨거워서. 원 여자들 이뻐지기도 참 힘들다. 이 고통의 인고 시간 끝에 사랑스러운 컬이 나오는 게 아니겠나.

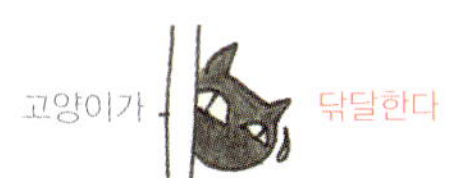

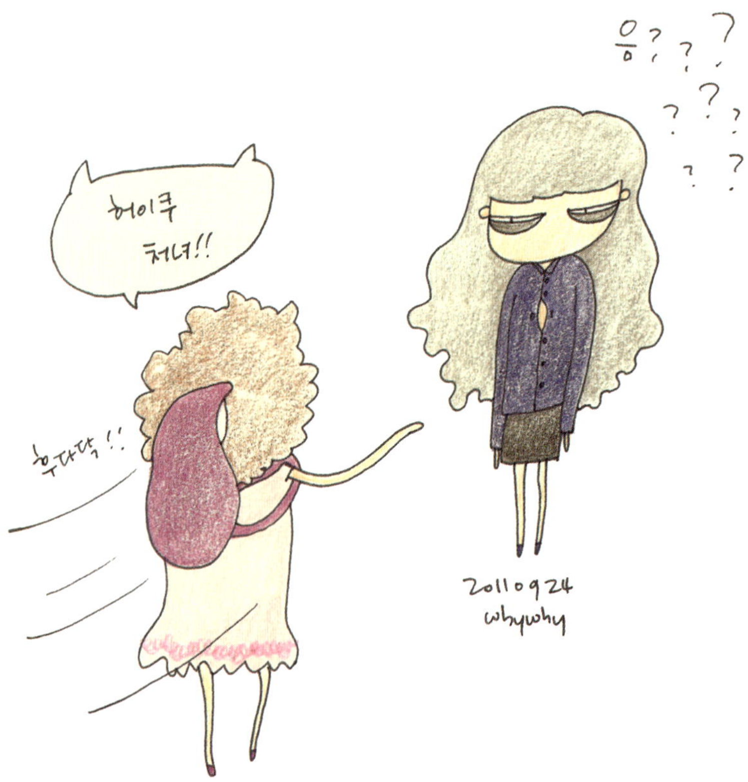
헤이쿠
처녀!!

후다닥!!

응???
?
?
?
?

20110924
whywhy

망신망신 이런 망신살.

동기 결혼식에 갔다가 집에 가는 길이었다. 친구들이랑 주르륵 일렬로 명동 바닥을 걸었다. 몇몇 언니들이 나를 흘겨봤지만 눈치채지 못했다. 그런데 말이지... 어떤 아기를 들쳐 업은 아줌마가 갑자기 나에게 튀어오며 어이쿠. 아가씨.아가씨.아가씨... 하길래 왠 정신없는 아줌마인 줄 알았다. 그런데 말이지...

손가락으로 가리킨 곳은 내 가슴. 단추가 풀어져 있었다.

큰 것도 아닌 게. 이쒸. 저러고 명동바닥 거닐었던 것인가. 그 사람 많은 토요일에... 어쩔 꺼야. 아아아아아악!

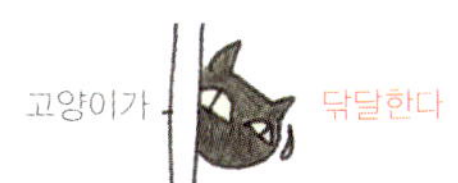

….

한적한 일요일이었다. 그냥 그런 날이었다. 하지만 내 생일이기도 했다. 친구들이나 선배 언니들 연락 오고 거래하는 은행에서도 문자가 오고 화장품브랜드며 별 이런 데서도 생일축하 한다며 연락이 온다. 하지만…
우리 가족 아무도 내 생일을 몰랐다. 심지어 엄마도. 이런 게 나이 드는 것인가. 엄청 마음이 복잡하다. 사실 생일 따위 이제 중요하지 않다. 그냥 나이 먹는 게 싫을 뿐. 하지만… 우리 가족 모두 내 생일을 몰랐다는 것에 완전 충격받았다. 힝.

이런게 나이드는 거임??
20110925
whywhy

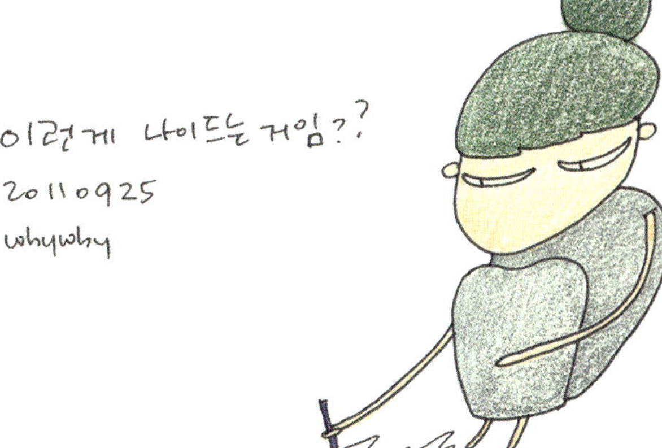

빼기는 힘들어.

8,9월 두 달 동안 거의 일주일에 4,5번은 운동을 했다. 월수금은 수영, 화목은 수영 아니면 헬스. 그런데 이번 주 일이 바빠서 계속 운동을 못 갔다. 음식조절은 안 했었지만 그나마 운동을 해서 살이 안 찌고 살짝 이나마 빠졌었나 보다. 허리라인이 살짝 보일랑말랑 했었는데... 으허헝. 운동 일주일 못 갔다고 곰방 표가난다. 다시 D라인... 악!

이게 빼기는 참 어려워도 더하기는 순식간이다. 이런 생각을 하고 있자니 살 뿐만이 아니고 더하기보다 빼기가 항상 힘들다는 생각이 든다. 진한 색에 물들기는 쉬워도 지우기는 힘이 들고 좋은 사람이 스리슬쩍 마음에 들어오기는 쉬워도 내보내기는 힘이 든다. 오죽하면 학교에서도 더하기 먼저 배우지 아마.

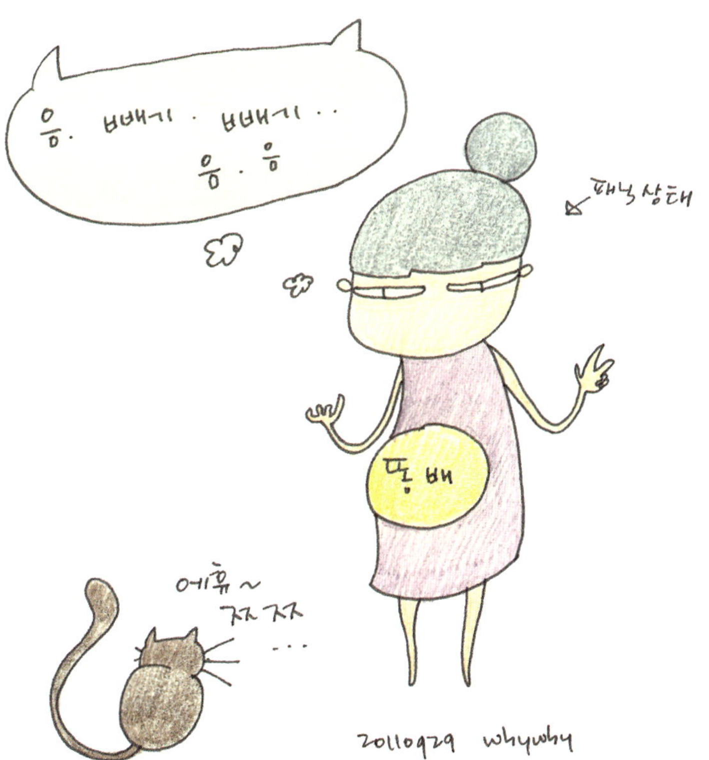
응. 빼기 · 빼기 · ·
응 · 응
패닉 상태
똥 빼
에휴 ~
쯔쯔 쯔
· · ·
20110929 whywhy

김여사짓.

가을 타는 두 여자. 향과 와이와이. 헛헛한 마음을 떨치려고 향
차로 드라이브를 가기로 했다. 목적지를 설정하고 내비게이션을
켰으나 내비게이션이 내비게이션만 안 된다. 뭐 이런 웃긴 경우
가... 핸드폰 쇼네비를 켰으나 제자리를 찾지 못하고 벌벌 떨고
있다. 일단 강변북로를 탔다. 더 갔어야 했는데 실수로 청담대교
를 타버렸다. 분당 갈 뻔 했다. 그 동네에서 뺑글뺑글 돌았다. 다
시 어떻게저떻게 영동대교 근처에 다시 왔다. 또 다리를 건넌다.
다시 강변북로를 탄다. 이거 둘이서 제대로 김여사짓. 빙글빙글
제자리를 돈다.

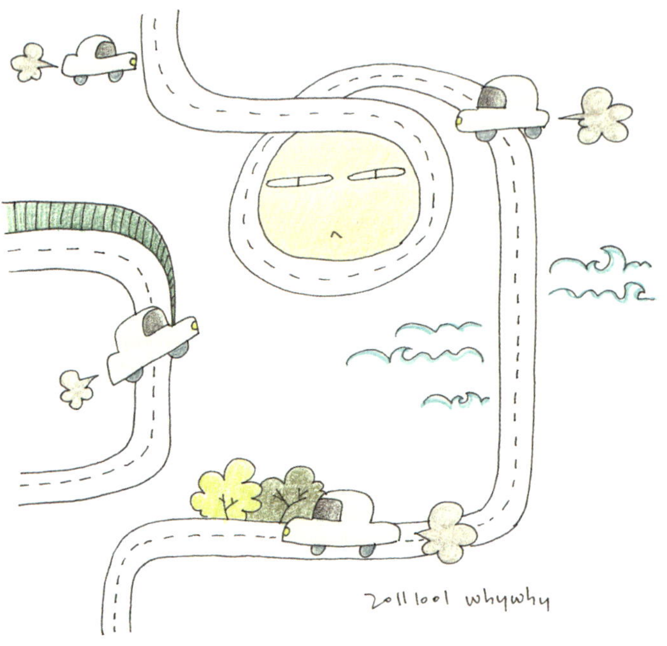

2011lool whywhy

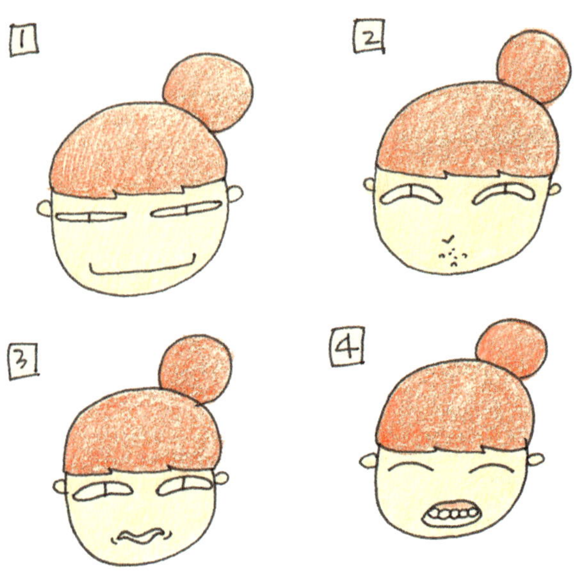

20111002   whywhy   ㅠㅠ 울고시퍼라!

예쁘게 웃는 게 참 힘들다.

가족사진을 찍으려고 우리 가족, 사진관을 찾았다. 자연스럽게
웃으라고 사진 찍으시는 분이 웃기기도 하고 크게 웃기도 하고
막 그러는데 이거 영 어색하다. 다 찍고 나서 그 중 잘 나온 것을
고르기 위해서 사진 파일을 큰 모니터에 연결해서 쭉 보여준다.

1번. 눈은 안 웃고 입만 웃고 있다. (또 나왔다. 저 표정. 여권사
진 저렇게 나와서 10년 동안 속상할텐데...)
2번. 이번엔 눈은 웃었는데 입을 꽉 다물고 있어서 턱에 올롱볼
롱 힘준 티가 확 난다.
3번. 이번에도 웃긴 웃었다. 그런데 입 꼬리가 올라가야 예쁜데
억지로 웃어서 웃기는 하지만 입꼬리가 밑으로 찌익 내려갔다.
4번. 그중 제일 활짝 웃었다. 제일 자연스럽다. 그리고 선홍빛 잇
몸도 함께 출연하셨다. 된장...;;;

참 신기한 게 억지로 웃는 게 다 티가 난다는 것이다.
연습해 연습! 스마아아일~

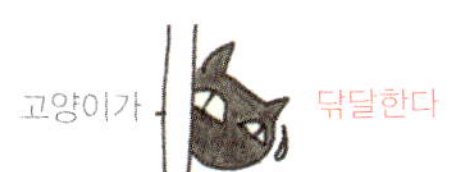

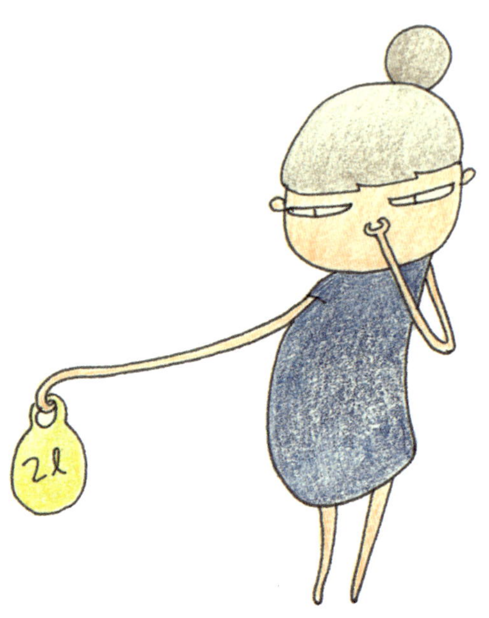
2011 1004
whywhy

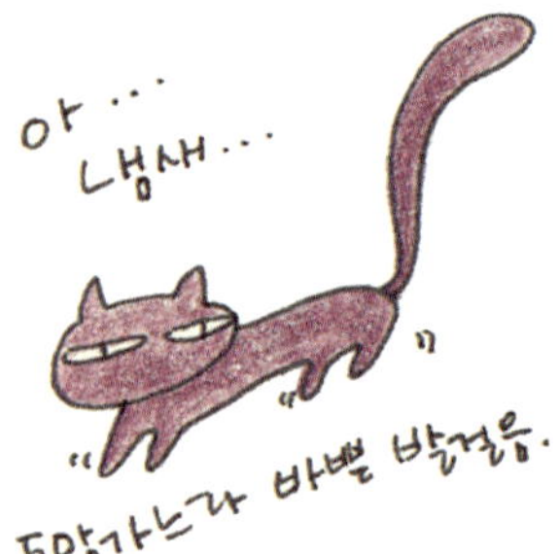
아...
냄새...
"도망가느라 바쁜 발걸음."

싱글라이프.

음식물 쓰레기봉투는 왜 1리터나 0.5리터짜리는 없을까. 싱글들은 2리터짜리 음식물 쓰레기를 채우려면 엄청 오래 걸린다. 안에 내용물이 상해 냄새가 나서 반 채우기도 전에 갖다 버리곤 하는데 왜 만들지 않을까. 점점 싱글이 많아지는 이 시점에서 말이야. 쫌 만들어주면 안되겠니~ 이런 건 어디에다 건의해야 할까?

서울시? 음..

쪽팔림은 동물들도 느낄 수 있는 감정일까?

나의 아티프랜 사수 권 언니와 일산 헤이리를 갔다. 원래는 부산 당일치기를 할 생각이었지만 운전을 하든 기차를 타든 당일치기론 영 쉽지 않은 일인 듯해서 그냥 서울 근교에 뭘 먹으러 가거나 헤이리를 가거나 하기로 했었는데 그냥 가까운 헤이리 낙찰.

평일 낮 시간인데다가 계절 탓도 있는지 아주 횡횡함의 극을 보여준 헤이리. 정말 아무도 없었다. 그리고 문을 열지 않은 곳도 많았다. 어딜 가볼까 하다 차를 적당한 곳에 주차하곤 걸어 나왔다.

그런데 몇 걸음 떼지 않은 그 시점에서 어디에선가 빡! 소리가 났다. 나는 그 광경을 제대로 목격한 1인. 글라스로 된 건물을 어떤 새가 정통으로 들이받은 것이었다. 헉. 완전 그 소리는 아직까지 생생하다. 그런데 그 아픔을 겪은 그 새는 바로 반대편으로 휘리릭 하고 날아올랐다. 정말 순식간에 완전 바로. 그 새는 쪽팔림을 알았던 것일까? 그래서 그렇게 바삐 자리를 피했던 것일까? 잘 넘어지고 잘 까지는 나로선 엄청 궁금한 일이다. 내가 한번 그러고 나면 나는 완전 얼굴을 못 들면서 아픈데도 불구하고 초인적인

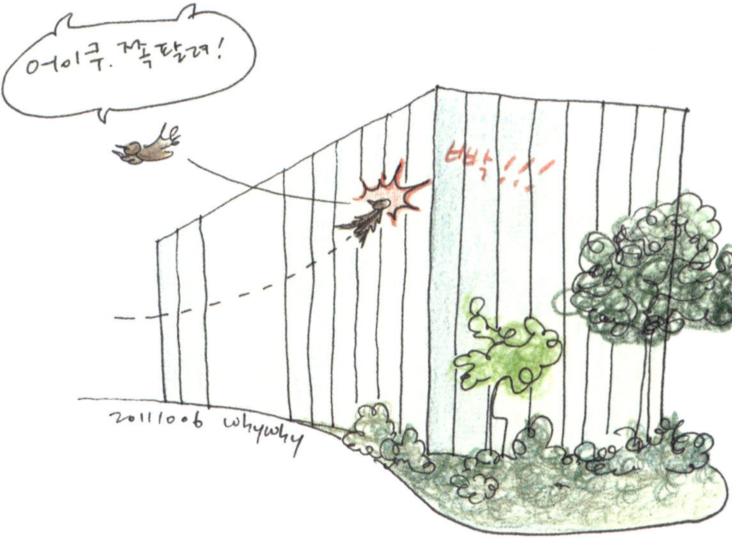

힘을 발휘. 일단 다른 곳으로 대피하곤 하는데... 혹시 그 새도...

나와 같은 것인가? 쪽팔림은 동물들도 느낄 수 있는 감정일까?

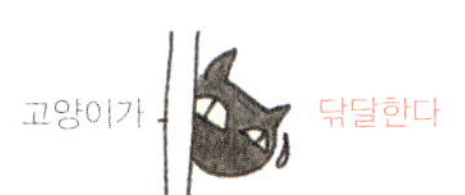

하나냐 둘이냐 그것이 문제로다.

매일 해먹는 밥도 지겹고 오랜만에 부추전도 먹고 싶어 마트에 갔더니 아 이게 웬걸. 행사를 해서 부추 한 단에 육백 원. 두 단 사면 천원에 주겠단다. 우어어어~! 한 단을 육백 원에 사느냐 두 단을 천원에 사느냐 그것이 문제로다.

사실은 한 단만 사도되는데 사람 마음이 참 이상하다. 두 단 사야 할 것 같은 생각이 든다. 두 단을 사게 되면 꼴랑 200원 절약하는 것이고 어쩌면 그 부추 한 단을 더 사지 않음으로 인해서 400원 더 절약할 수 있는 것 일 텐데 왜 고민의 늪에 빠져 한 단을 더 사게 되는지 분명히 한 단은 남아서 냉장고에 처박혀 있을 텐데 그 알 수 없는 유혹에 빠져 한 단을 더 가져오고야 만다.

다음엔 꼭 필요한 것만 사겠다며 유혹에 빠지지 않고 마트를 나올 그 시점까지 정신줄 단디 잡고 있겠다며 또 한 번의 다짐을 해본다. 하지만... 과...연...

[이것은 번외편_부추전 만들기]
우리 엄마는 부추전을 아주아주 얇게 완전 맛있게 잘 부쳐주는데 나는 그렇게 잘 안되어서 부추를 한번 갈아봤는데 은근 괜찮았다. 방법을 공개하겠다. 사진이 있으면 좋겠지만 먹는데 바빠 사진을 못 찍었다.

1. 부추를 잘 손질하고 5센티 간격으로 썰어준다.

2. 믹서기에 넣고 건더기가 완전히 갈리기 전까지 갈아준다. 너무 갈아 버리면 왠지 섭섭하다.

3. 갈아놓은 부추에 청량고추 잘게 다져 넣고 부침가루 넣고 섞는다. 이때 약간의 소금간을 한다.

4. 기름 두른 팬에 숟가락으로 한입 크기로 부치거나 국자로 떠서 작은 사이즈 전으로 노릇노릇 부쳐낸다.

5. 완전 맛있게 먹는다.

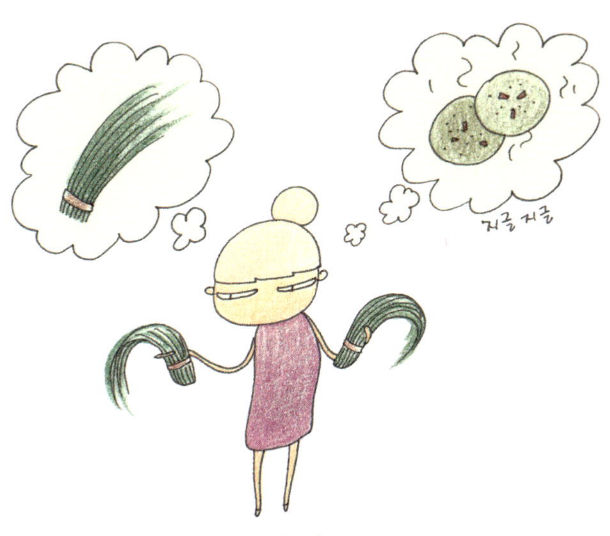

이상한 택시.

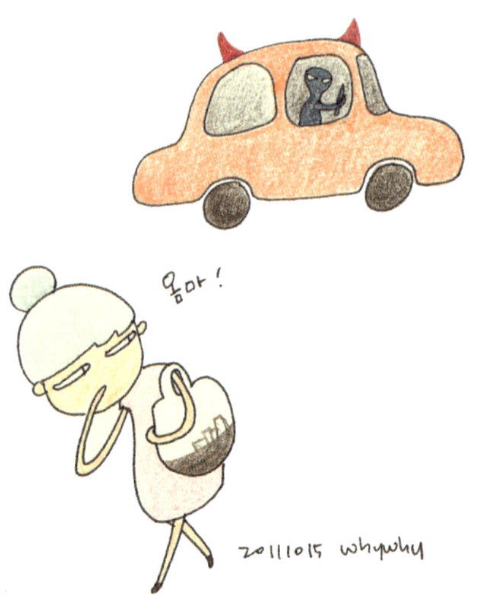

테니스치고 들깨삼계탕 먹고 이래저래 또 엄청 바쁜 주말을 보낸 뒤 향 네 집 일산에서 집으로 돌아오려고 택시를 탔다. 서울 가냐고 분명히 물어보고 간다고 해서 탑승했는데 이 아저씨가 자유로를 딱 타고나니 요즘 기름값이 비싸고 해서 2천 원을 더 얹혀 달라고 했다. 뭐 이런 경우가! 왜 그래야 되냐고 따졌지만 이 아저씨 자유로를 타서 내가 못 내릴 걸 알아서 그랬는지 아주 막무가내다. 2천 원을 더 줄 수 없고 카드로 해야 되면 다른 도시

넘어갈 때 시점에서 20퍼센트 할증료를 내야 된다고 한다. 뭐 이런 XX 어이없는 상황이 다 있나. 말만 나오고 있지 타지역 할증은 아직 시행되고 있지도 않는구만! 그러면 자유로 타기 전에 얘기해야지 이미 자유로 타놓고 나중에 얘기하는 게 어딨냐고 막 따졌지만 소용없다.

완전 짜증나서 신고할 요량으로 앞좌석에 택시기사 정보를 확인하려고 아무리 찾아도 그런 거 붙어 있지 않다. 갑자기 불안해졌다. 이대로 다른 곳으로 끌고 가거나 헤꼬지 하면 어쩌지 하는 불길한 생각이 막 들었다. 이 생각 저 생각으로 자유로를 달리는 내내 불안불안. 합정에서 빠지자마자 내려달라고 해서 내리고는 정신없이 달렸다. 정신 차리고 보니 합정역. 아놔. 신고하려면 차번호라도 알아왔어야 됐는데. 너무 정신없이 도망쳤나보다. 아... 휴일 잘 놀고는 이상한 아저씨한테 걸려서는. 우쒸. 아직까지 마구마구 열받네!

에잇. 됐어. 잊어버려!

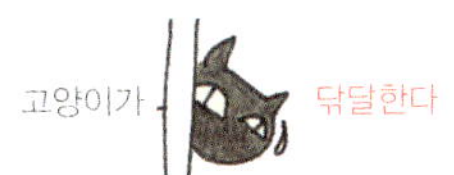

즐거운 일도 어느새 힘들어.

짱지와 남이섬 일러스트 페스티벌에 참가하기로 했다. 그때 뭘 팔까 고민하다가 에코백에 그림을 그려서 팔기로 했다. 동대문 가서 고른 가방 주문한 게 도착했고 우리는 반반 나눠 가져 그림을 그리기 시작했다. 50장씩... 허억. 너무... 많다.

이게 그리다 보니 이상하게 5장 이상 같은 그림 그리기 힘이 드네. 앞장은 같은 그림인데 뒷장은 또 다 다르게 그리기도 하고 뭐는 또 한 장씩만 그리게 되는 스페샤루에뒤션도 생긴다. 그러다 보니 종류가 수 만 가지. 며칠째 그림만 그리다 보니 너무 힘이 든다. 처음에는 막 신나게 그렸는데... 어느 시점, 한계가 딱 되고 보니 그냥 즐겁게 하려고 했던 일이 또 힘든 일이 되어버렸다. 50장은 너무 많았나 보다. 25장씩만 할걸.

아~ 인생은 도전과 후회의 연속. 그래도 새로운 것을 계속 찾아 도전하려고 노력하니 나름 괜찮은 삶이 아닌가 또 합리화하고 위로해본다.

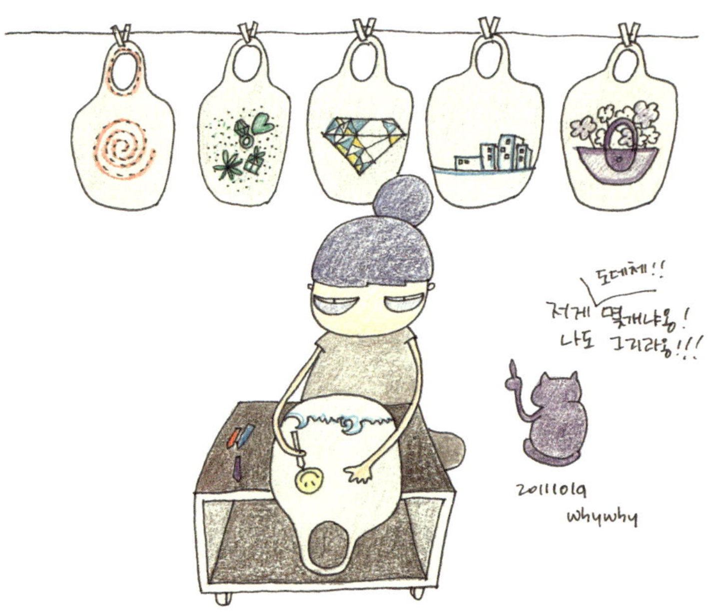
도대체!!
저게 몇개냐옹!
나도 그리라옹!!!
20111019
whywhy

고양이가 닦달한나

가내수공업.

남이섬 일러스트 페스티벌 D-1일.

짱지와 나는 일러스트 가방을 다 완성하고 나머지 반지와 귀걸이 가내수공업에 착수. (액세서리도 같이 팔기로 해서 이런 또 수작업을...) 자기와 유리 자재를 쌓아두고 에폭시를 짜내가며 반지 만들기에 돌입했다. 처음에는 예쁘다며 우리끼리 엄청 감탄하고 이것저것 우리가 하겠다고 다 빼놓는 건 아닌지 미리부터 걱정하면서 (어떻게 될지도 모르면서) 마구 만들어댔다.

그런데 반지 100개에 귀걸이 100쌍 만들기는 그리 쉽지 않은 공정. 금세 우리는 지쳤다. 점점 굽어가는 우리의 허리를 걱정했고 너무너무 힘들었다. 게다가 반지는 그냥저냥 잘 붙었는데 귀걸이는 잘 붙지 않고 똑똑 떨어져서 어째야 되나 왕 고민에 빠지게 했다. 우리는 곧 다크가 무릎까지 내려와 다크서클로 줄넘기를 해도 될 정도의 상태가 되었고 어거지로 조팜므를 불러 일을 시켰다. 일당 비싼 조팜므는 의외로 조폭떡볶이 한 접시에 훅 낚였고 아주 싼 일당 오처넌 투자로 우리는 일을 마무리 할 수 있었다. 큭.

다 하고 나서 반지 진열할 것도 제작하고 일일이 가격 따라 포장도 하고 사진도 찍고 차곡차곡 일을 진행했다. 비록 벼락치기이긴 했으나 완성된 우리의 작업들을 보고 있자니 뿌듯했다. 새벽같이 나가서 버스를 타야 하니까 모두 들고 나갈 수만 있게 포장해 두었다. 모든 일이 가내수공업. 어느 하나 손이 안가는 일이 없다. 잘 팔려야 할 텐데...

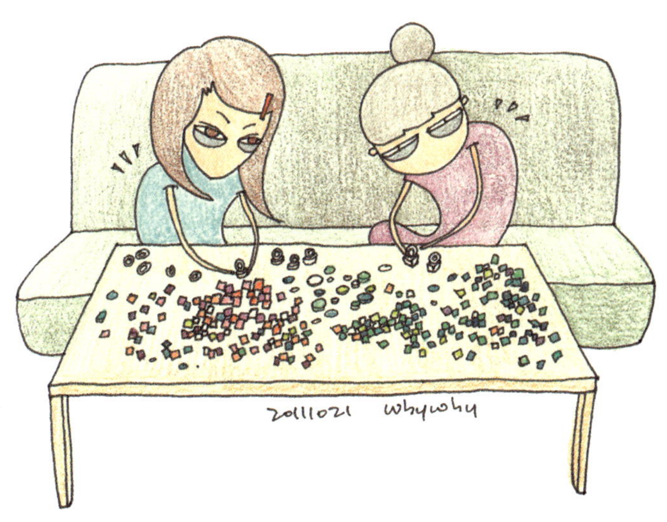

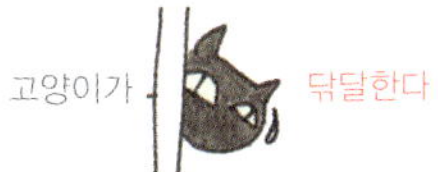

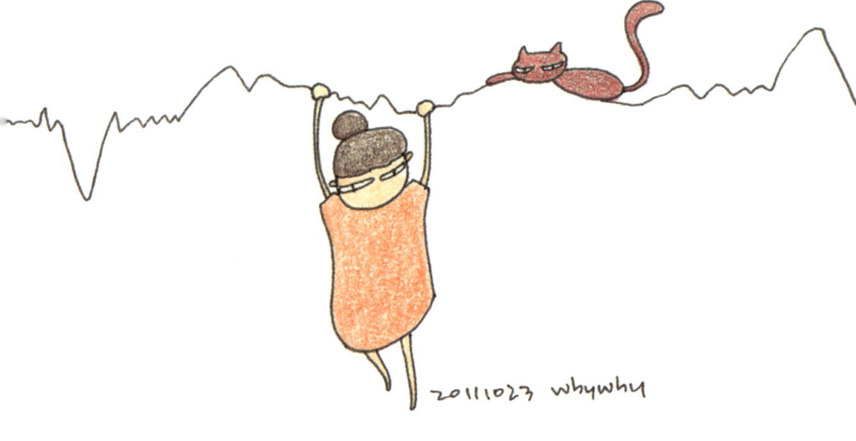
고양이가 닭달한다
20111023 whywhy

나는 나름 평탄한 인생?

소개팅을 했다. 얘기를 하다 보니 참 나랑은 다른 사람이었다. 학교도 들어갔다 다시 입시 준비해서 다른 학교를 들어갔고 직장에서 하는 일도 계속 바뀌었단다. 처음 했던 일은 인사팀에서 직원관리. 그다음은 무슨 리조트 분양하는 곳에서 영업. 그것도 때려치우고 무슨 학원에서 무슨 과정을 이수하고 올해 초부터 지금은 게임회사에서 기획을 한단다. 참 그런 이야기를 듣고 있자니 나는 나름 평탄한 인생을 살고 있는 게 아닌가라는 생각이.. 나도 나름 우여곡절 많고 오르락내리락 많이 하는 인생이라고 생각하고 있었는데 이거는 쨉도 안 되지 않는가. 한 때 집이 힘들었지만 어쨌건 내가 하고 싶었던 그림을 그렸고 지금도 디자인을 하고 있고 앞으로도 하고 싶은 것 하며 살 것은 틀림없는 사실. 할 수 있는 것도 이것밖에 없고 다른 것을 하고 싶다는 생각도 안 드니 그 사람에 비해서는 일찍 하고 싶은 것을 하고 있다는 것에서만은 잔잔한 호수 같은 평탄하고 복 받은 인생이 아닌가 하는 생각이 든다. 참 요즘 사람들 만나보면 이런저런 사람들 정말 많다.

나랑 비슷하면서 잘 맞는 사람 찾기란 하늘에서 별 따기?

이런 오래 사는 모기들을 봤나.

아직까지 밤에는 모기가 출몰한다. 왜 이 가을까지 난리인지… 우리 집만 이런 건가? 자다가 왜애앵 기분 나쁜 소리에 깨서 전기 매트 킬라 꽂고 에프킬라 뿌렸다. 이놈의 모기들 한 마리가 아니었다. 한 마리 잡고 보니 또 저쪽에서 왜애앵~ 또 저쪽에 붙어 있고. 이것들이 죽기 전 마지막 발악들인가. 이것들을 다 잡고 자야겠다는 일념 하나로 몸을 날려 잡다 보니 잠이 다 달아났다. 이게 뭐여. 자다 깨서.
요즘 모기들은 무슨 오래 사는 주사라도 맞고 있나?

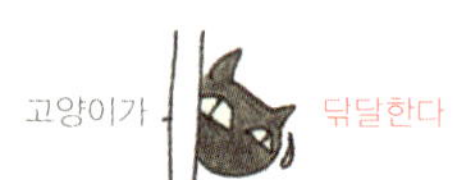

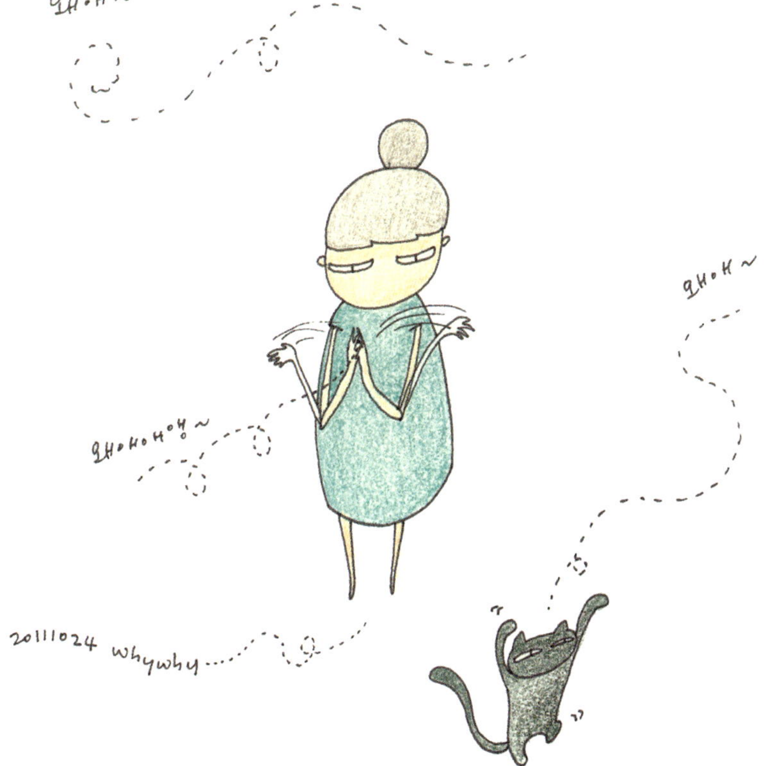

9H·H~
9H·H~
9HoHoHoH~
20111024 whywhy

이 닦이기는 정말 어려워.

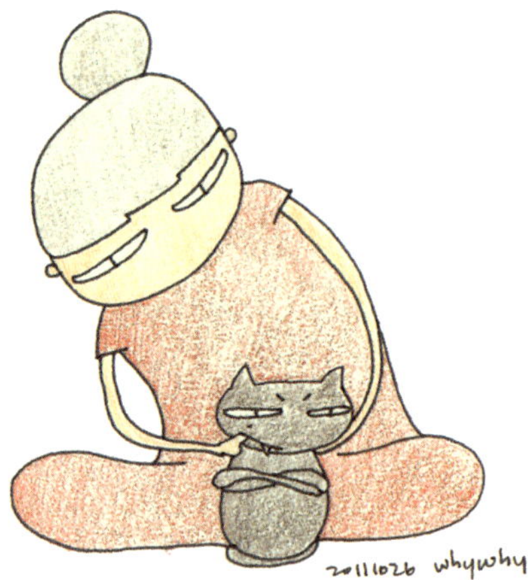

심장사상충 약도 바를 겸 수술부위 검사도 받을 겸 우리 카스 병원을 다녀왔다. 8월에 수술하면서 스케일링을 같이 해서 아직까지는 이가 깨끗하지만 지속적인 관리가 필요해서 치약칫솔을 사왔다. 물론 우리 고양이 어렸을 때부터 이 칫솔질을 시도했었지만 손가락만 넣으면 XX발광을 해서 그냥 포기하고 살았었다. 그래도 영 안 할 수는 없고... 뭔가 해야겠긴 하다. 얼마 전에 사온 치석 케어 간식은 무슨 특별식인양 엄청 잘 먹어주어서 꾸준히 주고 있고 밥에 뿌려 주는 하얀 가루는 캔 사료에 섞어준다. 그런데 이 이 닦이기가 정말 문제다. 선생님은 손가락을 자꾸 넣는 버릇을 들이라고 한다.

선생님의 방법 1. 손가락을 입에 넣는 버릇을 들인다.
좋아하는 캔 사료 살짝 손에 묻혀서 이에 넣거나 해서 반감을 없애고 계속 손가락을 넣는다.
선생님의 방법 2. 손가락에 치약을 묻혀서 입에 넣는다.
선생님의 방법 3. 칫솔에 치약을 묻혀서 닦는다.

음... 참 말은 쉬운 것 같다. 하지만 손가락 입에 넣다가 잘근잘근 씹혀 손가락에 구멍 날 지경이다. 그리고 우리 카스 입도 작고 이도 작아서 이거 영 힘이 든다. 과연 이 힘든 과정을 견뎌내고 우리 카스가 칫솔질하는 날이 올까?

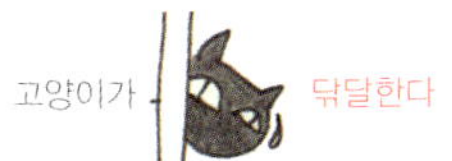

화르륵!

얼마 전 망고에서 니트티를 하나 샀다. 한번 입은 거라 옷장에 다시 넣기는 그렇고 스탠드 형 옷걸이에 휙 걸어놓았다. 외출하려고 그 옷을 다시 찾았다. 이...이... 망할!

스웨터 딱 정중앙에 올이 쫘아악 나갔다. 아아악! 카스짓이다!!! 나쁜뇬카스! 딴청 피운다! 이거이거 이 닦았다고 지금 복수하는 건가? 아... 한번 입었는데. 단 한 번. 완전 승질이 뭐같이 나지만 어떻게 할 수 없다는 것에 더 화가 치민다. 아아아아 부글부글~

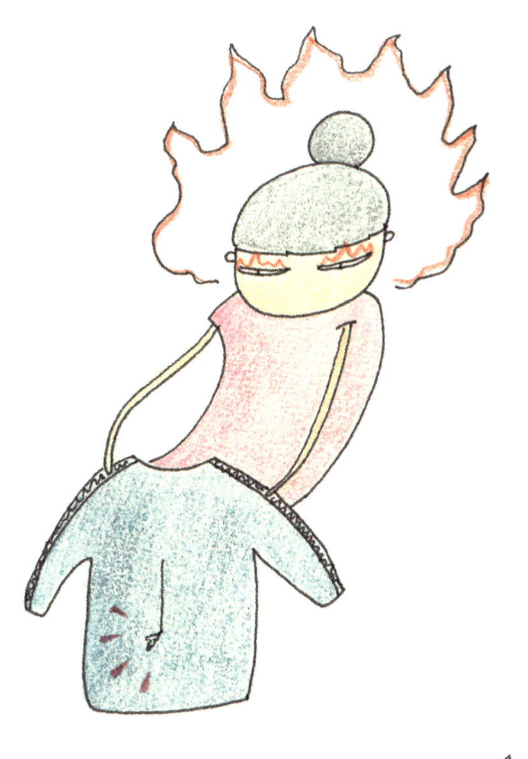
후비적~
20111027 whywhy

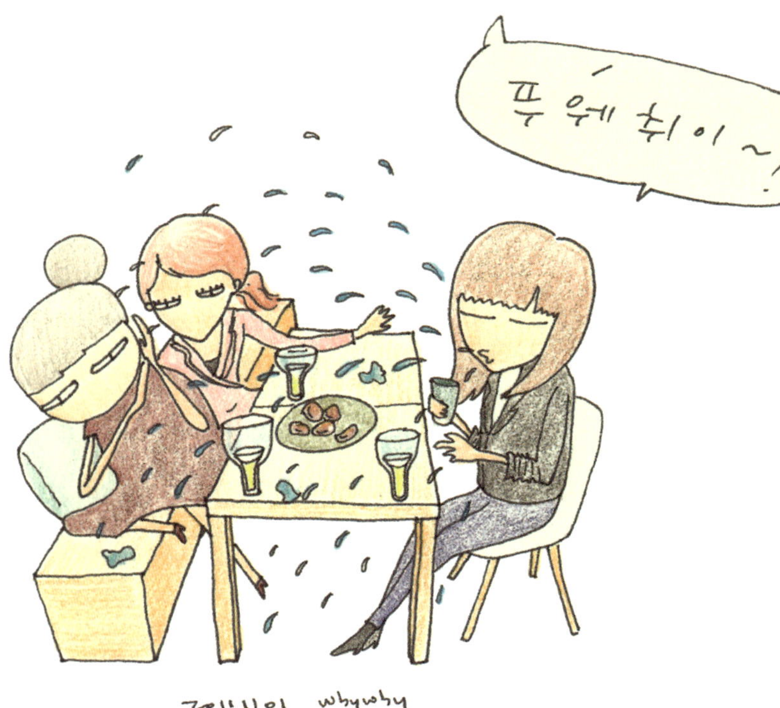

푸우에취이~!
2011 11 01 whywhy

분무정의 습격.

짱지와 나는 간간히 만났는데 빽과 함께 셋이 만난 건 오랜만이다. 그러고 보니 빽은 오늘 처음 등장. 이태원에 '이스트빌리지'라고 한식 비스트로가 있다길래 왕궁금증을 안고 그곳으로 향했다. 마침 또 에딩거 두 잔을 한 잔 가격으로 마실 수 있는 이벤트도 하고 있는 중이었다. 이 웬 횡재.

음식도 맛있었고 에딩거도 맛났다. 여느 때처럼 우리는 즐거웠고 여느 때처럼 우리는 일상의 대화와 소소한 웃음으로 수다 삼매경을 이어가던 중 빽이 갑자기 이런 말을 했다.

"시집갈 수 있을까?"

순간. 정말 많은 양의 물 폭탄이 빽과 나에게 투하되었다! 뿜어댄 물로 인해 우리의 옷과 여기저기는 짱지 입에 들어갔다 나온 물들로 흥건했다. 거의 다 먹고 배 두드리고 있던 상황이어서 망정이지 이거 완전 대형사고 감이다. 그 한마디에 빵 터진 우리의 막말정, 협상정, 요래요래정이 분무정으로 변신하는 순간이었다.

지. 못. 미. 분무정.

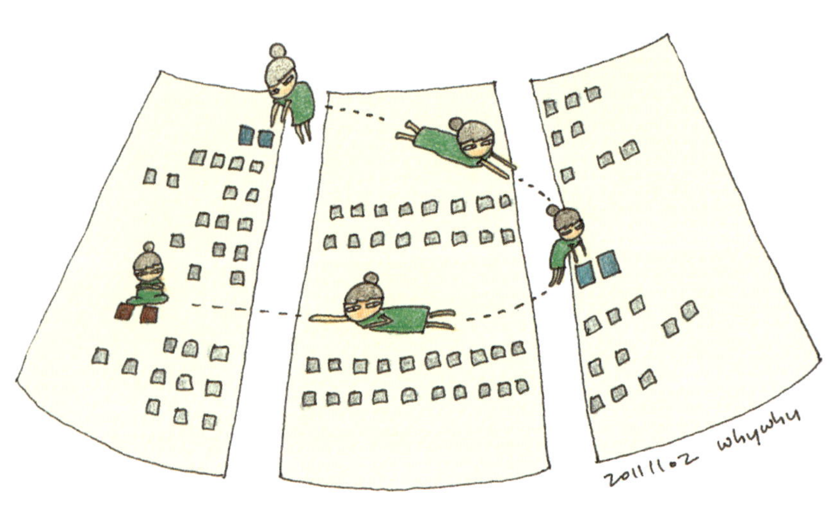

20111102 whywhy

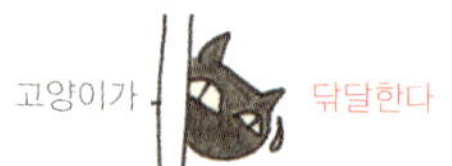

고양이가   닦달한다

성식이형과 박정현 러브콘서트.

연말에 우리 선양께서 성식이형 콘서트를 보고 싶어 하셔서 예매를 하려고 인터파크 공연예매사이트에 들어갔다. 11월 2일 2시부터 딱 예매를 시작하는데 잘 맞췄네.

성식이형과 박정현 러브콘서트. 그해 겨울.

날짜와 시간을 선택하고 좌석을 선택하는데 무슨 VIP석은 시작하자마자 전부 좌석이 없고 R석도 거의 반은 벌써 좌석선택을 할 수 없다. 그래도 좀 앞에서 보겠다며 좌석 선택 클릭을 하면 그사이에 이미 다른 사람이 선택해버려서 살 수 없고 또 좌석 선택 클릭을 하면 또 그런다. 뭐 이렇게 힘드냐. 왜 이렇게 들 빨라? 결국 그래도 빠른 클릭질로 좌석선택 완료. 결제. 휴...
잠실실내체육관이라 그들이 보이지도 않을 것 같긴 하지만 티켓들이 등급별도 만원씩 차이밖에 안 나서 기왕이면 그래도 좋은 자리에 앉겠다는 생각이 들었다.
아아~ 기대된 당~ 성식이형과 박정현을 세트로 본다니.
꼭 안경 챙겨갈 것이다!

전기장판 위의 카스.

11월이 되어 부쩍 날씨가 쌀쌀하다. 이상기온이라 낮에는 그래도 좀 날씨가 푸근하지만 아침저녁으로 바람이 슝슝~ 얼마 전부터 전기장판을 꺼내서 이불 밑에 깔았다. 나 전기장판 완전 사랑하는 1인. 자려고 전기장판을 먼저 켜놓고 샤워를 했다. 그리고 방에. 들어. 왔는데... 귀신같은 뇬. 카스. 전기장판 켜놓은 건 어떻게 알았지? 거기 따뜻한 건 어떻게 또 알아가지고는 떡 하니 퍼질러 계신다. 요즘 날씨가 추워서 부쩍 무릎 고양이가 되어 주시더니 전기장판도 좋은가 보다. 지금 내가 사용하는 건 딱 1인용으로 좁은 건데 이거 원, 좀 넓은 전기장판으로 바꿔야 되나?

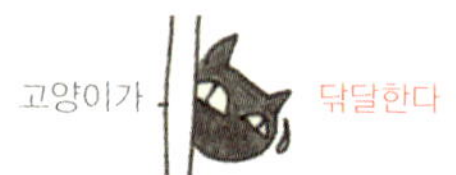

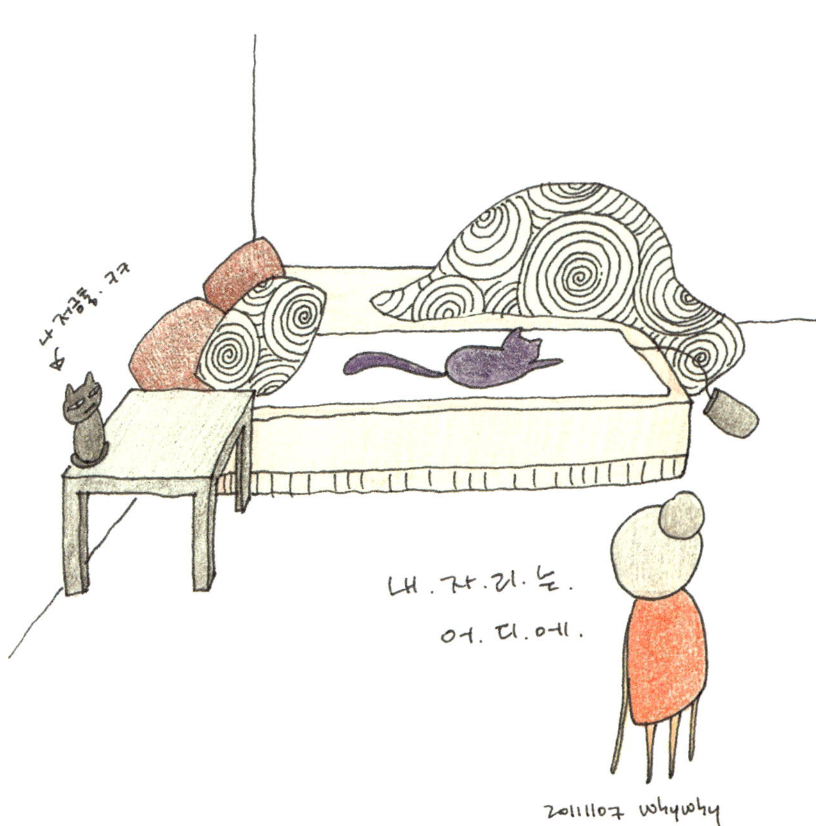
나 저기 앉을래 ㄱㄱ
내.자.리.는.
어.디.에.
20111107 whywhy

난감 시츄.

환절기로 뒤집어진 얼굴을 부여잡고 피부과를 갔다. 아~ 올해 피부과 자주 가는구나아아~ 그렇지 않아도 건조한 피부인데 환절기라서 트러블이 난 데다가 수영장을 다니니 더 건조해져서 더욱 심각해진 것 같다고 한다. 수영장 물이 피부에 닿으면 보습에 더더더욱 신경을 썼어야 했는데 수영 끝나고 나면 빨리 집에 오겠다고 스킨만 슉 바르고 찬바람 쐰 것도 왠지 문제였던 듯. 선생님이 당분간 수영도 쉬고 얼굴 빨개질 일 같은 것 하지 말라신다. 술도 마시지 말고 사우나는 절대 안 되고... 좌.절. 뭘 하라는 것인가.

좌절감에 진료실을 나왔는데 이게 웬걸. 또 주사실로 가란다. 헉. 나 오늘 원피스 입었는데 들어갔더니 아니나 다를까 엉덩이 주사... 아~ 난감난감. 어쩜좋아. 부끄부끄. 민망민망.
정말 난감 시츄에이션.

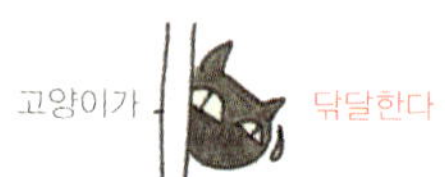

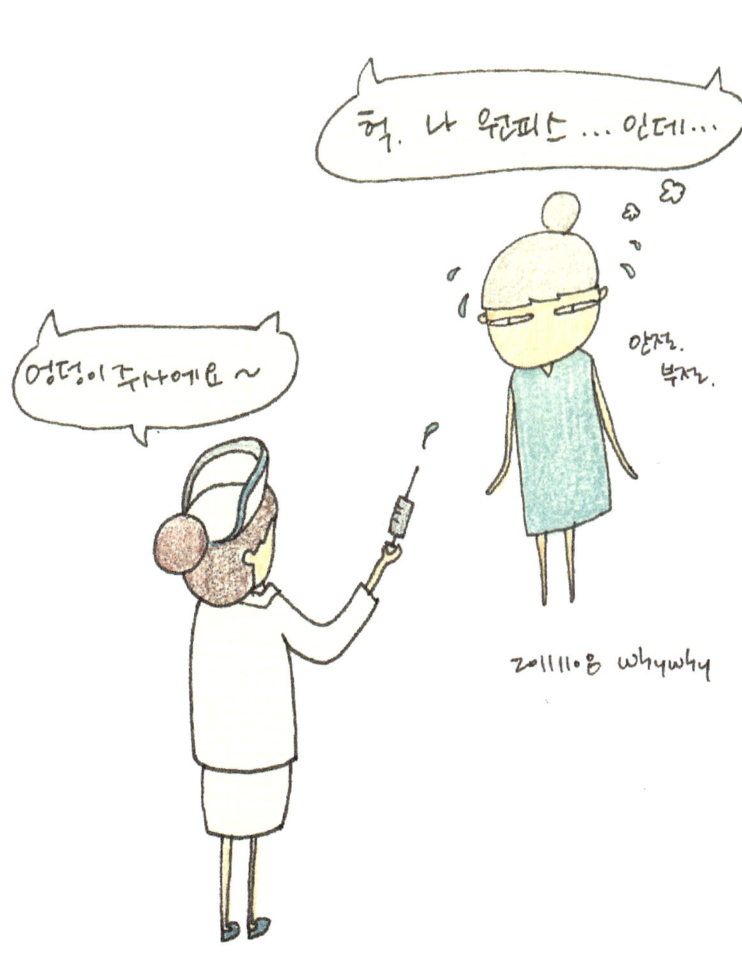
엉덩이 주사에요~
헉. 나 원피스 ... 인데...
안져.
부져.
2011110응 whywhy

열정 유녕.

상황이 날 이렇게 만든다는 자기합리화적 생각은 이제 그만할 때도 되었어! 열정 유녕을 찾아야 해! 어디에 있니? 돌아와~! 제발. 도대체 어디 간 거야?

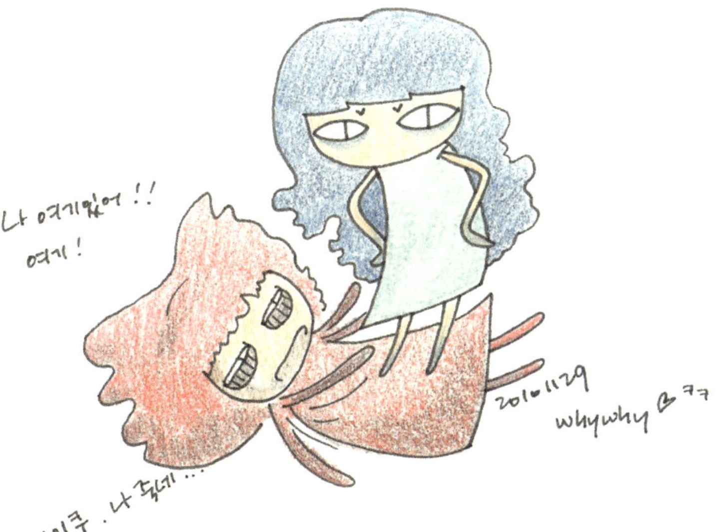
나 여기있어 !!
여기 !
여이쿠 . 나 죽네 …
2010·11·29
whywhy ㅋㅋ